「あとでな……ネ、ネフェリア」
「名前で呼んでくださったの、初めてですね……ザ、ザガン」
親しみ
力に、
ザガン
身ならぬ衝撃を受けて悶絶した。
魔王の俺が奴隷エルフを嫁にしたんだが、どう愛でればいい？

ああああああっ、耳にまで触ってる！
魔術師の密会を目撃した
シャスティルに衝撃が走る！

月明りを浴びて、エリゴルの姿が変わっていく。
そしてそこに妖艶な美女はなく、
怒り狂った殺戮者が佇んでいた。

魔王の俺が奴隷エルフを嫁にしたんだが、どう愛でればいい？16

手島史詞

HJ文庫
1042

口絵・本文イラスト　COMTA

Contents

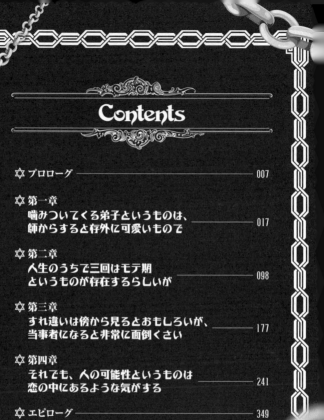

魔王の俺が奴隷エルフを嫁にしたんだが、どう愛でればいい？
ザガン
本作の主人公。
幼いころとある魔術師に実験用として攫われ、逆に魔術師を暗殺してその財産と知識を手に入れた。
ネフィに一目惚れして買い取るが、初めて人に好意を持ったためにどう扱っていいのか悩んでいる。
ネフィ
白い髪を持つ珍しいエルフの少女。愛称はネフィ。魔力の高いエルフの中でも際立って魔力が高く、
“呪い子”として扱われていた。自分のことを「必要だ」と言ってくれたザガンに少しずつ好意を抱いていく。
ACTER

バルバロス

ザガンの悪友。魔術師としての腕はかなりのもので、次期<魔王>候補の一人であった。シャスティルのポンコツっぷりに頭を悩ませながらも放っておけない。

シャスティル・リルクヴィスト

聖剣の継承者で聖剣の乙女と呼ばれる少女。剣の達人だが真面目すぎて騙されやすい。近頃は護衛役の魔術師バルバロスとの仲を周りに疑われているが絶賛否定中。

アスモデウス

≪蒐集士≫の二つ名を持つ<魔王>の一人。
他の<魔王>たちにも一目置かれる絶大な力を持ち、煌輝石を集めるために活動する。

フォル

賢竜オロバスの子で現<魔王>でもある少女。ザガンとネフィの養女となり、二人に溺愛されてとてつもない勢いで成長中。

アルシエラ

夜の一族の少女。実は悠久の時を生きており、ザガンを<銀眼の王>と呼ぶ。失われた歴史について把握しているが、何らかの理由で答えられない模様。

マルコシアス

かつて≪最長老≫と呼ばれた<魔王>。
<ネフェリム>として蘇り、複数の<魔王>たちを集めて暗躍する。

CHAR

✡ プロローグ

「珍《めずら》しいな。貴様の方から俺《おれ》を訪ねてくるとは――〈魔王《まおう》〉ナベリウス」

魔《ま》王殿《おうでん》玉座の間にて、ザガンと巨漢《きょかん》の〈魔王〉が向かい合っていた。

玉座の上で膝《ひざ》を組み、銀色の瞳《ひとみ》におもしろがるような色を浮《う》かべてザガンはその来訪者を見下ろす。

ネフィの誕生日を無事に迎《むか》えることができ、面倒《めんどう》だったシアカーン戦の後始末も終わった。いまのザガンは極《きわ》めて上機嫌《じょうきげん》である。多少の面倒も笑って許せるだろう。

反面、ナベリウスの方は仮面越しにもわかる程度《ご》には辟易《へきえき》とした様子だ。ザガンよりも頭ひとつ高い巨漢であり、その隆々《りゅうりゅう》と盛り上がった筋肉はザガンやキメリエスのそれを凌《りょ》駕《うが》している。

ナベリウスはこれ見よがしに大きなため息をつくと、ようやく口を開いた。

「そろそろお暇《いとま》させてもらおうと思ってねえ。いい加減、これ以上いいように使われるのは、たまったもんじゃないのよう」

「知らんな。弱みを見せる貴様が悪い」

「その弱みにこれでもかってくらいつけ込《こ》んだのはあんたよねえっ？」

ザガンは素知らぬ顔で視線を逸《そ》らした。

この〈魔王〉は本来、ゴメリに引けを取らぬくらいには自由で面倒臭《めんどうくさ》い男らしいのだが、やれアルシエラへの命乞《いのちご》いだの、やれ〈魔王の刻印〉の紛失《ふんしつ》だのと、ザガンに対しては弱みがダダ漏《も》れだったのだ。

当然のこと、ザガンは最大限そこにつけ込ませてもらった。

――ネフィへの誕生日プレゼントも、結婚指輪も、申し分ないものが手に入った。

まあ、アルシエラやネフィたちもいろいろ厄介《やっかい》ごとを押《お》しつけたらしいので、文句のひとつもこぼしたくなるのはわからないでもない。……別にその文句を聞いてやる筋合いもないとは思うのだが。

――ただ、わざわざ俺の前に顔を見せたということは、まだなにかあるな。

この男とて〈魔王〉なのだ。

本気で逃《に》げたいならいくらでもやりようがあっただろう。いまだってザガンに不満をぶつけるくらいなら対価を要求するなり殴《なぐ》りかかってくるなり、〈魔王〉らしい振《ふ》る舞《ま》いというものがあるはずだ。

それがこうして小言混じりの〝別れの挨拶《あいさつ》〟とやらを交《か》わしに来るということは、なにか探《さぐ》りでも入れに来たと考えるべきだ。

ナベリウスが友好的なのは契約《けいやく》関係にあるからで、その契約ももう終わったのだ。いまさら余計な情報などひとつも与《あた》えるつもりはないので、ザガンは冷たく笑う。

「批難がましいことを言うな。貴様もアスモデウスが狙《ねら》ってると知っていながら、ネフィの誕生日プレゼントに煌輝石《エリアル・ブラッド》なんぞ使おうとしただろうが」

「あらあ？　あたしは顧客《クライアント》の要求を満たそうとしただけよう。実際に、煌輝石《エリアル・ブラッド》以外にあんたの要望を満たす方法はなかったわよう？」

「……ふむ」

口調とは裏腹に、その声音《こわね》に嘲《あざけ》るような響《ひび》きはなかった。

――この男の目的は〝作る〟ことであって、それがどう扱《あつか》われるかは関心がないのか。

収集欲と独占欲《どくせんよく》が、似て非なるものであるのと同じようなことだ。

関心があるとすれば、せいぜい人手に渡《わた》るまでの間くらいだろう。あるいは顧客が目の前でそれを壊《こわ》したところでなにも思わぬ可能性もある。

――変人の思考は理解しがたいからな。それがわかっただけでも収穫《しゅうかく》か。

自分が魔術師《まじゅつし》として相当な変わり者である事実に微塵《みじん》も関心を向けず、ザガンはひとりでそう納得《なっとく》した。

それから、じとっとナベリウスを睨《ね》めつける。

「で？　貴様は愚痴《ぐち》をこぼしに来ただけか？」

そう問いかけると、ナベリウスはくっくとおかしそうに喉《のど》を鳴らした。

「――アスモデウス――あんたと一戦交えたらしいわね」

その名前が出るとは思わず、ザガンはスッと目を細めた。

「ことを構えたのは事実だな」

「いまのあの子の力を把握《はあく》しておきたくてねえ。あの子も、あたしのお気に入りのひとりだもの」

実際に戦ったのはフォルだが、魔王殿の中での戦いだ。当然、ザガンはその一部始終を観察していた。片手間に、〈魔王〉グラシャラボラスの相手をするのは骨が折れたが。

――アスモデウスか。やつはフォルのお気に入りだからな。

一応、客ないし準身内くらいの扱いは考えている。

ザガンは鼻を鳴らす。

「《蒐集士《しゅうしゅうし》》と呼ばれる〈魔王〉だ。《魔工》とは犬猿《けんえん》の仲だと思ったが？」

「跳《は》ねっ返《かえ》りほど可愛《かわい》いものよう？　アスモデウスが〈魔王〉になって三百……いや、三百五十年になるかしら。あの子が〈魔王〉になってまずなにをしたか、わかるう？」

「……なるほど、貴様の首を獲《と》りにいったのか」

思えば、当然の帰結である。

《魔工》ナベリウスこそが、魔術師の歴史の中でもっとも煌輝石《エリアル・ブラッド》に触《ふ》れてきた〈魔王〉なのだから。

「お互《たが》い生きているところを見ると、痛み分けといったところか」

ザガンの指摘《してき》に、ナベリウスは嘲笑《ちょうしょう》めいた笑《え》みを浮かべる。

「やだぁ、相手は〈魔王〉になったばかりのひよっこよう？　もちろん、返《かえ》り討《う》ちにしてあげたわよう。あの子の体の傷の半分は、あたしが付けたものだもの」

フォルの話によると、リリー《アスモデウス》の体は古傷だらけだったらしい。〈魔王〉ともあろう者にそうそう傷を付けられる者がいるのかとは疑問だったが、まさかこの男の仕業《しわざ》だったとは。

──魔眼による傷は治癒《ちゆ》不能だったのか……？

ラーファエルのように腕《うで》ごとなくなったりしたならともかく、治癒した傷の痕《あと》を消す程度は〈魔王〉ならできて当然である。

それがいまも残っているということは、消せなかったのかそれとも消さなかったのか。

まあ、ザガンには関係のない話なのでナベリウスに視線を戻《もど》す。

「ふん？　それで引き下がる玉には見えなかったがな」

「……まあ、こっちも魔眼の半分を潰《つぶ》されて、手持ちの煌輝石《エリアル・ブラッド》とそれを使った魔道具根こそぎ持って行かれたけどねえ」

「それを痛み分けと呼ぶのだ。覚えておけ」

十の魔眼を持つ魔眼族《イビルアイ》という魔獣《まじゅう》が、この男の正体だ。

その魔眼の半数を潰されたということは、本体をさらけ出して全力で迎え撃《う》っての結果だったのだろう。返り討ちとはよくも言う。

ナベリウスは懐《なつ》かしそうに語る。

「あの子ったら、それから煌輝石《エリアル・ブラッド》は呪《のろ》われた宝石だって噂《うわさ》を吹聴《ふいちょう》し始めて参ったわよ。こっちは材料で必要なのにまったく手に入らなくなるし」

「にも拘《かか》わらず、お気に入りか？」

問いかけると、ナベリウスは心底心外そうにまばたきをした。

「美しいものを好むのが、人というものではないのう？」

「……否定はできんな」

ネフィに一目惚《ひとめぼ》れして全財産はたいたのがザガンである。この理屈《りくつ》を否定できる言葉などあろうはずもない。

――だが、こいつにはあれが美しく見えたわけか。

ザガンの目には、記憶《きおく》をなくしたリリーは磨《みが》きようでいかようにも光る原石に、記憶を取り戻したアスモデウスは鋭《するど》すぎていつ砕《くだ》けてもおかしくない刃《やいば》のように映った。

ナベリウスは言う。

「あたしの知る限り、十三人の〈魔王〉全員を相手取るつもりで力を求めた〈魔王〉は、三人だけよ」

「ほう……？」

ザガンがおもしろがるような声を上げると、ナベリウスは目を細めた。

「ひとりは十三人の〈魔王〉を殺すと宣言したザガン……あんたね」

「ふたり目は、十三人の〈魔王〉を敵に回してでも〈ネフェリム〉を作ろうとしたシアカーンか」

その言葉にうなづくと、ナベリウスは口を開く。

「最後のひとりが、十三人の〈魔王〉から煌輝石《エリアル・ブラッド》を奪《うば》い、守ろうとしたアスモデウスよ」

そう言って、ナベリウスはつぶやく。

「あれから三百五十年。あたしは、あの子が強くなったのか、それとも弱くなったのか、少し気になってねえ」

ザガンはふむと考える。

――アスモデウスが最後に見せた〈奈落《ならく》・禍月《まがつき》〉――あれは世界を滅《ほろ》ぼす力だ。ザガンの〈天燐《てんりん》〉と同種であり、それ以上の力とも言えよう。ザガンは対〈魔王〉、対聖剣《せいけん》、対〈アザゼル〉と用途《ようと》を定めて型を作ったが、あの〈禍月〉は違《ちが》う。この街どころか大陸そのものが飲まれていただろう。

あのままフォルが止めることができなかったなら、ザガンが死力を尽《つ》くして止めたとしてもキュアノエイデスという領地は失っていた。

十三人の〈魔王〉すらものともしない、恐《おそ》るべき力である。

なぜならアスモデウスの目的は煌輝石《エリアル・ブラッド》を余人の手から奪い返すことであって、飾《かざ》り立てることではないからだ。

奪えぬのなら、相手もろとも消し去るというのは当然の発想だった。

ただ、その力は、ナベリウスにも見えていたはずだ。あのとき、この男は同じ魔王殿にいたのだから。

「見ればわかる話だろう？　やつの力は十三人の〈魔王〉を同時に相手取るに足る」

もちろん『戦えば自分が勝つが』という揺《ゆ》るぎない自信の下、そう答える。

ナベリウスはそれでも不満げにつぶやく。

「そりゃあ、力の上じゃそうだろうけどねえ。ウォルフォレお嬢《じょう》ちゃんと引き分けたっていうのが、気になるところねえ。あの子ったら、どうにもよくない連中とつるんでるみたいだし」

アスモデウスがマルコシアスに与《くみ》していることは、ザガンも聞いている。

仮にも千年にわたり〈魔王〉筆頭として君臨し続けた《最長老》である。なにを対価につるんでいるのかは知らないが、うさんくさいから抜《ぬ》けると言って逃がしてもらえる相手ではないだろう。

意外なことに、ナベリウスはそれを気にしているらしい。

「まあ、ウォルフォレちゃんがそれだけ強くなったと考えることにしましょうか」

「そういえば、マルコシアスのときにフォルを〈魔王〉に推薦《すいせん》したのは貴様らしいな。なぜだ？」

「そりゃあ、あたしは弟子《でし》を取ってなかったもの。あのときの魔王候補で〈魔王〉を師に持たないのはあんたとウォルフォレのふたりだけだったわよう」

厳密にはキメリエスもだが、彼はシアカーンやオリアスとの関わりが深い。それに師であるゴメリはオリアスの直弟子であるため、教えなかったのだろう。

「バルバロスもだがな」

「誰《だれ》だっけそれ？」

まあ、バルバロスとこの男では、絶望的に感性が合わないことは想像に難《かた》くない。恐らくお互い視界に入っていても認識《にんしき》したくない次元の話なのだろう。

——あれは阿呆《あほう》だが使える男なんだがな。

それから、ふと思い出したようにナベリウスは口を開く。

「そういえば、こないだも元魔王候補がこっちに来てたらしいわねえ。名前、なんて言ったかしら？」

「《激震《げきしん》》のウェパルか？　まあ、おもしろいやつだったさ」

その魔術師のおかげで、シャスティルの誕生日はなかなか愉快《ゆかい》なことになったのだ。

ザガンは二週間ばかり前のこと、ネフィの誕生日会から半月ほど遡《さかのぼ》ったころのことを思い返した。

「――ゴメリ。お前、元魔王候補のウェパルという魔術師を知っているか？」

ネフィの誕生日まであと二週間というころ、魔王殿玉座にてザガンは配下の魔術師にそう問いかけていた。

老婆《ろうば》の姿をしたこの魔術師は、元魔王候補のひとりであり、ザガンが左腕《ひだりうで》として信頼《しんらい》する腹心である。

ちょうど別件の報告に来ていたおばあちゃんは、黄ばんだ歯を見せてにちゃりと嫌《いや》な笑みを浮かべた。

「きひっ、これは懐かしい名を聞いたのう。当然知っておるとも。あのときの魔王候補の中でも、そなたに次いで高い愛《め》で力《りょく》を持っておった魔術師じゃ」

「あ、そうなんだ……」

ということはその魔術師もこのおばあちゃんのおもちゃにされた口なのだろう。面識はないが、ザガンはその魔術師に深い同情を抱《いだ》いた。

「ウェパルのやつがどうかしたのかえ？」

「数日前からキュアノエイデスに入り込んでいる。まあ、こちらを探っている様子がないところを見ると敵ではなさそうだが、マルコシアスのことがある。どういうやつか把握しておきたい」

シアカーンは倒《たお》し、ビフロンスは死んだ。元魔王候補とはいえ、領地に他勢力の魔術師が入り込んだところで、特別警戒《けいかい》する理由はない。

そのはずだったのだが、先日のアスモデウスの一件で少々事情が変わった。

元魔王候補ということは、準〈魔王〉ということだ。世界でもっとも優《すぐ》れた魔術師のひとりだということだ。その力は、場合によっては脅威《きょうい》になりかねない。バルバロスやゴメリたちと同格と考えれば、とうてい無視できる相手ではない。

ゴメリはふむとうなづく。

「可能であれば目的も、というところかのう？」

普段《ふだん》、やりたい放題のこのおばあちゃんだが、魔術師としては本当に有能なのだ。ザガンが説明するまでもなく、やるべきことを察してくれた。

「恐らくじゃが、ウェパルがこの街に来たのはマルコシアスではなく、アスモデウス絡《がら》みであろうな」

「というと？」

言葉の続きを促《うなが》すと、ゴメリはおもしろがるようにこう答えた。

「ウェパルはアスモデウスの弟子じゃ」


意外な事実に、ザガンは目を丸くする。

——リリーとしての人格ならともかく、アスモデウスが弟子を取るとはな。

人間嫌《ぎら》いというより、人類そのものを憎《にく》んでいる魔術師だ。彼女《かのじょ》の人生を思えばそれも当然ではあるが、それがその人類である誰かに魔術《まじゅつ》を教えるとは。

「まあ、一年前の魔王候補の半数は〈魔王〉の弟子じゃからな。あやつもその口だという だけじゃ。マルコシアスとは特に接点はないとは思うが」

「いや、アスモデウスがマルコシアスに与している以上、関《かか》わり合いになっている可能性は高い。いまはそうでなくとも、これからそうならんとは限らん」

「確かに、じゃな」

管理するというのは傲慢《ごうまん》だろうとも、その意図は把握しておかなければならないのだ。

どう接触《せっしょく》するか思案する老婆は、普段のふざけたおばあちゃんとは違う、鋭い眼光をしていた。

マルコシアス——先代〈魔王〉にしてザガンが持つ〈魔王の刻印〉の前の持ち主。一千年を生き、そして一年前に死んだはずのあの男は、〈ネフェリム〉として蘇《よみがえ》り、シアカーンの〈刻印〉を奪って再び〈魔王〉として君臨した。

それでいて、浮浪児《ふろう》として野垂れ死にかけていたザガンに生きる術《すべ》を与えてくれた恩人でもある。

その目的は不明だが、かの〈魔王〉は千年にわたって歴史の表と裏を支配してきたのだ。

魔術師と聖騎士《せいきし》の確執《かくしつ》とて、あの男が意図的に作り出したものである。

先日のアスモデウスの襲撃《しゅうげき》も、マルコシアスの命だったという。

いまの世であの男がなにを企《くわだ》てているのかは知らないが、遠からずザガンと衝突《しょうとつ》することになる予感がある。

——備える必要がある。

そのためには、まずは力と情報が必要だ。

中でも元魔王候補というのは確実に抑《おさ》えておきたい。

ゴメリは懐かしむようにうなづく。

「しかし、魔王候補か。あれから一年で、〈魔王〉もずいぶんと顔ぶれが変わったものじゃのう」

「もうひとりばかり、顔ぶれを変える必要があるがな」

当時の魔王候補のうち、ザガンがマルコシアスの〈刻印〉を継《つ》ぎ、フォルもまたビフロンスの〈刻印〉を手にした。

魔王候補には含《ふく》まれていなかったが、ネフィがオリアスの〈刻印〉を継ぎ、シアカーンの弟子であったシャックスがよりによって〈魔王〉筆頭だったアンドレアルフスの〈刻印〉を手にしてしまった。

四人も入れ替《か》わった上に、空間跳躍《ちょうやく》の〈魔王〉フルカスが再起不能となってザガンの庇《ひ》護《ご》下にいる。いや、庇護下というか配下に言い寄っているというか……。

いずれにしろ、その大変動の全《すべ》てがザガンの下に帰結している。他の〈魔王〉たちともいよいよ無関係ではいられなくなってくるだろう。

背もたれに身を預け、ザガンはつぶやく。

「一年前の魔王候補は十人いたはずだな？」

うち半数が、ザガンの陣営《じんえい》にいる。

〈魔王〉に昇格《しょうかく》したザガンとフォル、それから目の前のゴメリとその相棒であるキメリエス。あとひとりは悪友のバルバロスである。

ゴメリがうなづいて言葉を引き継ぐ。

「正確には九人じゃな。デカラビアは推薦はされたが魔王候補になれなんだからのう」

〈王の銀眼〉という義眼の呪いにかかったデカラビア＝ステラは、自我《じが》すらも崩壊《ほうかい》しておりとうてい魔術師を名乗れるものではなかった。

デカラビアの自我が消滅《しょうめつ》したあとは元のステラの人格を取り戻したが、彼女は聖騎士側に立つことを選んだ。

「残る四人は《激震》のウェパル、《神眼》のフラウロス、《封牢《ふうろう》》のアケロン、《雷甲《らいこう》》のフルフルじゃな」

「連中はビフロンスの夜会に招待されていなかったのか？」

いまザガンの陣営にいる魔術師の大半は、ビフロンスの夜会で配下に加わった者だ。その中にはゴメリやキメリエス、現〈魔王〉のシャックスまでがいる。

ゴメリは首を横に振る。

「招待されていたはずじゃが、参加はしなかったようじゃな。まあ、あそこでなにがあったかを考えれば正しいが」

ビフロンス〝泥《どろ》の魔神《まじん》〟を復活させたことで、全員危《あや》うく死ぬところだったのだ。魔術師として真っ当な警戒心《けいかいしん》を持っていたということだろう。

「できれば連中にもわたりをつけておきたいところだな。配下になれとは言わんが、マルコシアスの手駒《てごま》に使われると面倒だ」

「であるな」

まあ、元魔王候補以外にも無名の恐るべき魔術師というものは存在する。シャックスもそのひとりだし、他にもベヘモスやレヴィアタンといった〈魔王〉になっていないのが不思議なくらいの魔術師もいるのだ。

これからは、そういった魔術師たちにも接触していく必要がある。

それを警戒しなければならない程度には、《最長老》マルコシアスの名は大きいのだ。

──もうシアカーンのときのように、後手に回るわけにはいかんからな。

あのときも最善は尽くしたつもりでいたが、現実には多くの情報を取りこぼし、配下やネフテロス、リチャードたちを危険にさらした。王として恥《は》ずべき失態である。

力ある魔術師たちの動向にも目を光らせておかなければならない。

彼《かれ》らを味方に引き入れられれば最上だが、ひとまずは立ち位置くらいは把握しておきたい。その上で明確に敵対するなら、始末することも考えよう。

まあ、元魔王候補ほどの魔術師が、そう簡単に居場所を掴《つか》ませてくれるとは思わないが。

と、そこでザガンは頭を振る。いつの間にか話が脱線《だっせん》していた。

「話を元に戻すぞ。シアカーンの後始末も終わったし、ネフィへの誕生日プレゼントも完成した。俺が直接出向いてもいいが、面識があるなら貴様の方が向いているだろう。探りを入れてくれ。使えるようなら〝例の件〟で好きに使ってかまわん」

それでトラブルになった場合、ケツを持つのが王の役目だ。いまはバルバロスとシャスティルの方が重要である。

「きひっ、心得たのじゃ！」

ゴメリはうきうきとスキップをするような足取りで玉座の間を去っていった。

——早まったかな……。

その後ろ姿には、なんだか不安な気持ちがこみ上げてきた。

そうして静けさを取り戻すと、ザガンは背もたれに身を預ける。

それから、怒《いか》りを堪《こら》えるように、あるいは身の内からこみ上げる強大な魔力《まりょく》を御《ぎょ》しきれぬかのように、ため息をこぼす。

にわかに噴《ふ》きこぼれた魔力によって魔王殿が、いやキュアノエイデスそのものが震《ふる》えるように鳴動した。

ザガンは苦悩《くのう》するように前髪《まえがみ》をかき上げる。

――最近、ちっともネフィとくっつけてない。

重大な問題である。

ザガンはシアカーン戦の事後処理とネフィのプレゼント作りで、ネフィは〈魔王〉になったことで魔術と神霊魔法《しんれいまほう》の修行《しゅぎょう》に時間を取られ、同じ城の中にいるのにろくに顔も合わせられていないのだ。

しかもマルコシアスの馬鹿《ばか》がまたなんか始めたらしいから、これからまた忙《いそが》しくなる可能性がある。

――もはや一刻の猶予《ゆうよ》もならん。ネフィとどこかにデートに行かなければ！

ザガンの精神が耐《た》えきれず、キュアノエイデスを崩壊させかねない。

そんな衝動《しょうどう》を自制せんと苦悩していると、またノックの音が響いた。

扉《とびら》の向こうにいる人物に意識を向けて、ザガンは意外そうに目を丸くした。

「ほう、お前が俺を訪ねてくるとは珍しいな――聖騎士長リチャード・フマラマキ」

そこに立っていたのは、新たに聖騎士長となったリチャードだった。

「間が悪いようでしたら、出直しますが？」

直前の鳴動をなにかのトラブルと捉《とら》えたのか、そこに現れた聖騎士は緊張《きんちょう》した面《おも》持ちでそう語りかける。

◇

緩《ゆる》やかに波打つ金色の髪《かみ》に、碧《あお》の瞳。真《ま》っ直《す》ぐな心根を表すように整った美丈夫《びじょうふ》で、スラリとした背丈《せたけ》はザガンよりも高い。真白なマントと共に、格調高い聖騎士長の洗礼鎧《がい》に身を包んでいる。

聖騎士長リチャード・フマラマキ。シャスティル配下の一介《いっかい》の聖騎士でありながら、ネフテロスと出会ったことで教会内での彼女の世話係に抜擢《ばってき》されたのだが、それがなにがどうなったのか、いまでは聖剣所持者として次期オベロン卿《ネフテロス》の専属護衛に出世していた。

かつてはその非力さゆえに義妹《ネフテロス》との交際にも難色を示したザガンだが、いまのリチャードは〈魔王〉の己《おのれ》が一目置くべき男と認識している。

どこに行くにもネフテロスといっしょだったはずのこの男だが、珍しいことにいまはひとりである。

ザガンは首を横に振る。

「いや、かまわん。入れ」

そう促され、玉座の前に足を踏《ふ》み入れるとリチャードは恭《うやうや》しく頭を垂れた。

「お久しぶりでございます、〈魔王〉ザガン殿《どの》」

その言葉に、ザガンは鼻を鳴らす。

「久しぶりというほど時間は空いていないはずだがな。いや、魔術師と聖騎士では時間の感覚に違いがあるか」

それはこれからリチャードとネフテロスが向き合っていかなければならない問題でもある。

聖剣所持者となってもリチャードは人間で、ハイエルフのネノテロスは魔術師でもあるのだから。

エルフの寿命《じゅみょう》は人間よりも遥《はる》かに長いため、ネフテロスの方が寿命を合わせることはできない。

その問題に気付かぬこの男ではない。グッと歯を食いしばっていた。

――とはいえ、それはこのふたりが話すべき問題だ。

もちろん頼《たよ》られれば力を貸すが、ここでザガンが問いただすことでもない。

ザガンは気を取り直すように語りかける。

「まあ、いい。こちらもちょうど貴様に聞きたいことがあった」

リチャードは驚《おどろ》いたようにまばたきをした。

「ザガン殿が、ですか？」

「……ああ。恐らくは、貴様でなければ答えられんだろう難題だ」

ザガンの配下たちは有能だが、これぱかりは魔術師では答えられまい。それでいて、盟友であるシャスティルにも答えられるかは怪《あや》しい問題だ。

その言葉に、リチャードは気を引き締《し》めるように姿勢を正し、うなづいた。

「私にお答えできることであれば」

なにかしら、用件があったのだろうが、リチャードは先にザガンの問いに答える姿勢を見せた。

「うむ。実はだな……」

ザガンは、ふところから小さな箱を取り出す。握《にぎ》れば手の中に隠《かく》せるような大きさだ。

それを差し出し、ザガンはかつてないほど深刻な声音で、こう問いかけた。

「結婚《けっこん》指輪というものは、どのタイミングでわたせばいいものか、知らんか？」

この男がすでにネフテロスに対して完璧《かんぺき》なエスコートをこなしていることは、義母のオリアスから聞いている。

あまりと言えばあまりの問いかけに、しかしリチャードはすっかり慣れたというように苦笑《くしょう》を返した。

「そうですね……。私が贈《おく》るのであれば、やはり生涯《しょうがい》の誓《ちか》いと共にお渡しすると思います。それは婚姻《こんいん》の証ですから、受け取ってもらえれば婚姻の合意を意味します」

心臓にただならぬ衝撃《しょうげき》を受け、ザガンは思わず仰《の》け反《ぞ》った。

「な――――ッ、なんと……！　そうか。渡したら、もう結婚したことになるのか」

「あ、いえ、結婚式《けっこんしき》などを挙げて初めて成立するものですが、気持ちの上ではもうそういうことになるかと」

「うぬぬっ！　なるほど。それは、心の準備が必要だな……お互い」

もちろん言い出さなければいけないザガンには多大な覚悟《かくご》が必要だが、言われる側のネフィにも相当な衝撃を与えることになるだろう。

直前まで秘密にして驚かせたい反面、驚かせすぎるのもよくない。なにかしらネフィにも心の準備をしてもらう必要がある。

少なくとも、誕生日にいっしょに渡すという選択肢《せんたくし》はないだろう。

気を落ち着けるように前髪をかき上げ、ザガンは深呼吸をする。

「礼を言う。この疑問は、貴様でなければ満足のいく答えは聞けなかっただろう」

「そんなことは……あー、えっと、どうぞお気になさらず」

否定しようとして、ザガンの周りの人間関係を思い出したのだろう。リチャードは気遣《きづか》うような微笑《びしょう》を返した。

ザガンは平静を取り繕《つくろ》って語りかける。

「なにか褒美《ほうび》が必要だな。貴様が望むのであれば、ネフテロスと同等の寿命くらいなら工面してやるが？」

この提案は想像しなかったようで、リチャードも目を見開く。

「えっと、そのようなことをそんな簡単におっしゃってよろしいのですか？」

「簡単にではない。俺は貴様とネフテロスの仲を認めると言ったのだ。それは貴様を義弟《ぎてい》として認めるということだ。ネフテロスには幸せになってもらわねば困るからな」

年齢的《ねんれいてき》にはリチャードの方が上だが、関係上はそうなる。ネフテロスはネフィの妹なのだから。

すっかり面食らった様子で、リチャードは口を開く。

「その、申し出はありがたいのですが、もう少しネフテロスと話し合ってから決めたく存じます」

「ふむ、当然の答えだな。結論が出たらいつでも来るがいい」

「ありがとうございます」

それから、リチャードは意を決したような表情で口を開く。

「代わりと言ってはなんですが、今日はひとつお願いがあって参りました」

「ほう、言ってみろ」

そう促すと、リチャードは小さく呼吸を整えてから、はっきりとした口調でこう言った。

「〈魔王〉であるあなたならば、聖剣を破壊《はかい》することは叶《かな》いませんか？」

リチャードは聖剣〈カマエル〉の声を直接聞くことができる。聖騎士団長ギニアス・ガラハット二世と並び、聖剣に愛された聖騎士である。

そんな聖騎士長の言葉とは思えぬ要求に、しかしザガンはなるほどとうなづいた。

「聖剣の中には天使が封《ふう》じられているという話だったな。そいつを解放したい、といったところか？」

「……さすがでございますね」

リチャードは膝《ひざ》をついて懇願《こんがん》する。

「彼女たちは千年もの間、聖剣の中で死ぬこともできずに囚《とら》われ続けています。聖剣所持者の中には、大義名分の下虐殺に走った者もいます。それを止めることもできず、目を逸らすこともできず、ただ見せ続けられるのはあまりに酷《こく》ではないでしょうか」

「貴様らしい言葉だな。だが、仮に聖剣を破壊できたとして、それでネフテロスを守れるのか？」

「守ります。ネフテロスを悲しませるつもりもありません」

ほう、とザガンは息をもらす。

並の男であれば、ここで「命を賭《と》してでも守る」などと答えるだろう。

その程度の覚悟であれば、聞くに値しない。なぜならそれはネフテロスを置いて勝手に死ぬということだからだ。見捨てるのと同義である。

それを、この男はネフテロスを悲しませないと言った。

「具体的にはどうするつもりだ？　聖剣がなければ貴様はただの人だぞ」

「ミヒャエル殿やオベロン殿が使っていたような、聖剣に近しい力を持った剣《けん》というものは存在します。洗礼鎧も聖剣に依存《いそん》した力ではありません。そして、私は強くなるために手段を選ぶつもりはありません」

つまり、魔術だろうとなんだろうと使ってみせるということだ。

それに剣もシアカーン戦で初代〈魔王《まおう》〉たちが振《ふ》るっていた〈呪剣〉とかいう剣ならば、聖剣の代替品《だいたいひん》たり得るだろう。現実的に可能な方法ではある。

——そこまで腹が決まっているなら、異論を挟《はさ》む余地はないな。

泥を啜《すす》ってでも生きる覚悟があるのであれば、ネフテロスを独りにはしまい。そんなリチャードを、ネフテロスが支えもせずに黙《だま》って見ているはずもない。

ふたりであれば、大抵《たいてい》の困難は乗り越《こ》えていくだろう。どうしようもなくなれば、陰《かげ》ながらザガンやネフィが力になることもできる。

ザガンは納得してうなづく。

「よかろう。聖剣の破壊とやら、協力してやろう」

「……ッ、ありがとうございます！」

「喜ぶのはまだ早い。聖剣の破壊なんぞ、一筋縄《ひとすじなわ》ではいかんだろうからな」

傷つけることができるのは実証済みだが、同時に自己修復能力があることも確認《かくにん》している。破壊するにしても、どこまで破壊すれば中の天使の意思とやらが消滅するかは未知数で、下手を打てばただ苦痛を与《あた》えるだけで終わりかねない。

その言葉を肯定《こうてい》するように、玉座の間に声が響《ひび》く。

『――聖剣を砕くだなんて、容易なことではないのですわ』

顔を上げると、玉座の間に無数の蝙蝠《こうもり》が羽ばたいた。

一点に群がる蝙蝠の群れの中から、やがてか細い腕が突《つ》き出し、続いて縫《ぬ》い目《め》だらけの不気味なぬいぐるみが姿を見せる。左右で束ねた金色の髪が揺れ、月と同じ色の瞳《ひとみ》がまたたく。そうして玉座の間に硬《かた》い踵《かかと》の音が響くと、そこにはひとりの少女が立っていた。

千年を生きる吸血鬼《きゅうけつき》にしてザガンの実母である少女アルシエラだった。

リチャードはまた恭しく腰《こし》を折る。

「アルシエラ殿もお久しぶりでございます。いつぞやはご忠告をありがとうございました」

「あら、あたくしなにか言いましたかしら？」

「はい。アルシエラ殿のご忠告がなければ、私はネフテロスのことをなにも気付けず、取りこぼしていました」

恐らくネフテロスがホムンクルスとしての寿命に蝕《むしば》まれていたころの話のようだ。リチャードの微笑にも苦みが浮《う》かんでいた。

──ビフロンスの横槍《よこやり》もあったからなあ。お袋《ふくろ》には助けられた。

結果だけ見れば完璧な働きだったと言えよう。心臓を刳《く》り抜かれたリチャードの治療《ちりょう》など、ザガンもてんてこ舞《ま》いではあったが。

アルシエラはおかしそうに笑う。

「クスクスクス、あたくしはなにもやっていませんわ。貴兄《きけい》が勝手に気付いて、貴兄が成《な》し遂《と》げたことなのです。もっとご自分のやったことに自信を持てばよいのですわ」

「そうですか。では私も勝手にお礼を申し上げます。本当に、ありがとうございました」

微塵《みじん》も振り回されることなく恭しく腰を折って返すリチャードに、アルシエラも安心したような笑みを返した。

ザガンはアルシエラに目を向ける。

「それでお袋、聖剣を壊《こわ》すのになにか言いたいことでもあるのか？」

忠告か助言かは知らないが、ここでわざわざ出てきたということは知らせなければならないことでもあるのだろう。

なのだが、アルシエラは面食らったように顔を覆《おお》った。

「……っ」

「なんだ？」

かった。

「……いえ、まだその呼び方に慣れなくて」

ネフィと引き合わせたばかりのオリアスのような反応に、ザガンはため息を堪えられな
——こいつ、千年も生きててなにをやってるんだ……。

フォルに〝パパ〟と呼ばれて膝を屈《くっ》した自分のことを棚《たな》に上げて、ザガンは呆《あき》れた顔をした。リチャードが『どっちもどっちなのでは……』という顔で苦笑していたが。

そんな視線に気付いたのか、アルシエラは気を取り直すようにコホンと咳払《せきばら》いをする。

「過去に一度だけ、聖剣が砕けた事例はあるのです」

「ほう……？」

心当たりがないわけではないザガンは、興味深そうに眉《まゆ》を跳《は》ね上げた。

——十三番目の聖剣〈アザゼル〉か。

黒花《くろか》たちからの報告にあったものだ。

ザガンが初めてその存在に気付いたのは、エルフの隠《かく》れ里《ざと》での記述である。そこに神霊《しんれい》文字で書かれた聖剣の名前は、十三個あったのだ。

その後、確証を持てぬまま教会の暗部に同じ名前を見つけたことで、あいまいになってしまっていた。

——恐らく、それこそが教皇でもあったマルコシアスの狙《ねら》いだな。

ザガンもまんまと嵌《は》まってしまったことになるが、黒花たちと交戦したアスラとバトーは、明確に剣として〈アザゼル〉の名を口にしたという。

リチャードも真剣《しんけん》な表情で耳を傾《かたむ》ける。

「それで、その聖剣はどうなったのですか？」

「剣としての原形を留《とど》めぬほど破壊されたにも拘《かか》わらず、そこに閉《と》じ込《こ》められた意思は残っていた。あたくしがそれに気付いたのは、三百年も経《た》ってからだったというのに」

悼《いた》むように、アルシエラは物憂《ものう》げなため息をもらす。

「苦しくなかったはずがありませんわ。結局、別の形に打ち直すことで苦痛を取り除くくらいしか、あたくしにはできませんでしたわ」

ザガンはふむとうなづく。

——それが、いまのリュカオーンの三種の神器というわけか。

道理でネフテロスの神霊魔法にも反応するわけだ。

「貴様の力で滅ぼすことはできなかったのか？」

アルシエラの銃弾《じゅうだん》にはザガンの〈天燐〉と同じ力が込められている。全盛期の彼女はその力を銃弾なんぞに込めずとも自在に使えたはずだ。

その問いに、アルシエラは首を横に振る。

「どうですかしら……。仮にできたとしても、それは魂魄《こんぱく》すら残らず消滅させるということですわ。輪廻《りんね》の輪にも戻《もど》れず、完全な虚無《きょむ》を意味するのです」

「だが、聖剣という牢獄《ろうごく》を終わらせるという意味では、可能だということだな」

「試《ため》してみたことではありませんから、可能性があるといったところですけれど」

それでも死を救いとして求めるのであれば、これもひとつの答えではある。

アルシエラはリチャードに目を向ける。

「〈カマエル〉はなんと申していますの？　貴兄は〈カマエル〉と対話できるはずでしょう」

「なんとも。ただ〝あること〟を見届けるまでは待ってほしいと言っています」

「あることだと？」

「それが、彼女も具体的には話してくれないので、私にもわかりません」

なかなか面倒《めんどう》なことを言ってくれるものだ。

だが聖剣を破壊するというリチャードの提案に、中の天使も否定的ではないらしい。まあ、ザガンの知ったことではないが、一千年生きたアルシエラの苦悩を思えば、同情心が湧《わ》かないわけでもない。

――だが、〈天燐《てんりん》〉で殺しきれないようなら問題だな。

もっと確実な手段を用意しておく必要があるだろう。

そこまで考えて、しかしとも思う。

――これ、ネフィが聞いたら、是《ぜ》が非《ひ》でも中の天使を助けようとするんだろうなあ。

うなるザガンに、リチャードは毅然《きぜん》として言う。

「もしかしたら、私が彼女の主であるうちには叶わないことなのかもしれません。ですが、それは彼女を救う手段を残さぬ理由にはならないと思います」

だから、いまこうしてザガンに打ち明けているのだ。

その言葉で、ザガンも決心が付いた。

「わかった。ではネフィにも相談してみよう」

「「え」」

ザガンがそう言うと、リチャードとアルシエラが目を丸くした。

「ネフィ嬢は、反対なさると思いますけれど……？」

「だから助ける方法を考えるだろう。俺《おれ》にできるのは壊す方だけだ」

ネフテロスの方がどこまで聞いているのかは知らないが、あの少女もきっと同じことを言うだろう。

改めて、リチャードに目を向ける。

「貴様も穏便《おんびん》に済むのならその方がいいのだろう？」

「……敵《かな》いませんね、あなたさまには」

リチャードは敬意を込めるように深く腰を折る。

「どうか、〈カマエル〉たちを救ってください。私にできることであれば、なんでもいたします」

「ふん。気にするな。貴様にはネフテロスを救ってもらった借りがある。であれば、今度は俺が応《こた》える番であろう」

いずれは大事な義妹婿《ぎまいむこ》となるだろう男だ。

その男が礼を尽《つ》くしたとあらば、ザガンとて無視はできない。

そこまで考えて、ふと思う。

——妹、か……。

どうやらザガンには妹がいたらしい。

本人は千年も昔に天寿《てんじゅ》を全《まっと》うしているが、その血を色濃《いろこ》く継いだ生き写しの娘《むすめ》がいる。

あの少女が妹と同じ名前を与えられたのは、ザガンのためなのだ。

――あっちはどうしたもんかな……。

本人も知らされていないようだが、ザガンとしても無関心とはいかないのだった。

◇

「きひひ、久しいのう、《激震《げきしん》》のウェパル。相変わらずの愛で力じゃな」

キュアノエイデス。いつもの酒場にて、ひとりの魔術師《まじゅつし》が足を踏み入れていた。

華奢《きゃしゃ》な体躯《たいく》にゆったりとしたローブ。絹糸のような銀色の髪をリボンで結び、身の丈《み　たけ》よりも大きな杖《つえ》を抱《かか》えている。年《とし》の頃《ころ》は二十歳《はたち》ごろだろうか。魔術師に見た目の年齢《ねんれい》は意味を持たないが、すれ違《ちが》えばふり返ってしまうだろう可憐《かれん》な容姿だった。

ただ、その瞳はまぶたの裏に隠されて見ることはできない。

盲目《もうもく》というわけではないらしいが、五感のひとつを絶つことで魔力を高めるという儀式《ぎしき》を行っているのだ。

この魔術師の目的を知れば、それも当然だと納得《なっとく》せざるを得ない。

ウェパルと呼ばれた魔術師は、露骨《ろこつ》に顔を引きつらせつつも苦笑を返す。

「久しぶりだね《妖婦《ようふ》》ゴメリ。その様子では、〈魔王〉ザガンの下でも相変わらずのようだね」

穏《おだ》やかで心地《ここち》良い声に、ゴメリも思わず老婆《ろうば》から美女の姿に変貌《へんぼう》してしまった。

それからウェパルは首を傾《かし》げる。

「おや、今日は彼……キメリエスは、いっしょじゃないのかい？」

「我《わ》が王の陣営も人が増えたからのう。あやつは子守《こもり》じゃ」

キメリエスはフルカスの監視《かんし》兼《けん》護衛として、彼らを遠目に見守る任務についている。そのおかげで、ゴメリも好き勝手できているわけである。

「ああ……。それは残念だ」

さも面倒くさいことになったと言わんばかりに、ウェパルは顔をしかめた。

まあ、ウェパルはこの容姿である。

以前会ったときは当然のようにゴメリははしゃいだし、それをキメリエスが止める間に逃《に》げられてしまったのだ。

今回はそのキメリエスがいないため、そう簡単に逃がしはしない心積もりである。

ともかく、ここに来てしまったからには、もう手遅《ておく》れである。宝玉の嵌まった長い杖をカツンと鳴らすと、ウェパルは諦《あきら》めたようにゴメリと向かい合って腰をかけた。

注文した葡萄酒《ぶどうしゅ》が届くのを待って、ウェパルはこつんとグラスを重ねる。

「まずはこの街の〈魔王〉ザガンの勝利を祝して、といったところかな？」

「シアカーンとの戦のことかえ？　そなたも耳が早いのう」

「それは聖騎士団まで巻き込んでの大事件だったからね。その上〈魔王〉が四席も落ちたとなれば、嫌《いや》でも耳に入るさ」

　ザガンとシアカーンの戦いは、すでに大陸中が知ることとなっていた。

「特にウォルフォレが〈魔王〉になったことには驚いたよ。次の〈魔王〉はキミかバルバロスあたりだろうと思っていたからね。なにより、彼女は当時の魔王候補の中でもっとも幼く、力も弱かった」

　その言葉に、ゴメリもピクリと眉をゆらした。

　フォルが〈魔王〉となったいまも、彼女の容姿はあの鎧の姿でしか知られていない。ザガンが過保護を拗《こじ》らせたがゆえの当然の結果である。

　それを、ウェパルは性別だけでなく幼いということまで把握《はあく》していた。

　この閉ざされた瞳は、目に映らぬ多くのものを正確に見据《みす》えているようだ。

　ゴメリはなんでもなさそうに笑う。

「まあ、妾《わらわ》もそれなりに力はもらったがのう。ウォルフォレの愛で力《ゆりょく》……じゃなかった力の伸《の》び代《しろ》には及《およ》ばぬよ」

だが、ウェパルはさもおかしな冗談《じょうだん》でも聞いたように笑う。

「よく言う。キミがその自慢《じまん》の大鎌を振るえば、ウォルフォレどころか〈魔王〉ザガンとて決して勝てぬ相手ではなかったろう」

ゴメリは魔術師でありながら、常に大鎌を持ち歩いている。師オリアスから与えられたこの大鎌は、とある〝曰《いわ》く付き〟の一品だった。

なのだが、ゴメリは白々しく心外そうに目を丸くしてみせる。

「きひ、持ち上げてくれるのう。そんなによいしょをされても愛で力しか返せぬぞえ？」

「……まあ、そんなキミだからキメリエスはああも献身的《けんしんてき》に付き従っているのだろうね」

「いまキメリエスは関係なくない？」

思わず声を荒《あら》らげると、ウェパルは口元を隠しておかしそうに笑う。その隣《となり》を通りかかった客が思わず見蕩《みと》れてそのまま柱にぶつかっていた。

そんな外見とは裏腹に、ウェパルは豪胆《ごうたん》にクイッとひと口で葡萄酒を飲み干すと、瞳を閉ざした顔をゴメリに向ける。

「それで、私を呼び出したということは、なにか用かな？」

「きひ、なんの用じゃと思う？」

もったいぶるように問いかけると、ウェパルはふむと顎《あご》に手をやる。それから穏やかに

微笑《ほほえ》んでこう言った。

「さしずめ、シアカーン戦で警戒心を覚えた〈魔王〉ザガンの命で、他の元魔王候補たちの動向を摑んでおこう、といったところかな？」

——さすがに元魔王候補じゃのう。

ザガンがそうする以上に、ウェパルもザガンを観察していたのだ。

ゴメリはさも愉快《ゆかい》そうに笑って返す。

「きひひ、正解じゃ。半分は、じゃがな」

「ふふ、それはキミがわざわざそんな雑用で遣《つか》わされるはずがないものね」

実際にはザガンは警戒《けいかい》はしてもそれ以上の関心は抱《いだ》いていない。せいぜい〝ふたりで美味《うま》いものでも食ってこい〟という話でしかないのだが。

「残り半分はなにかな？」

「おっと、その前にそなたの話も聞かせるのじゃ。場合によっては、我が王も悪いようにはせんじゃろうよ？」

ウェパルは肩《かた》を竦《すく》める。

「私の目的は、まあキミの想像通りだと思うよ」

「ふむ。やはり、いまもアスモデウスを追っておるのかえ？」

「師《アスモデウス》の打倒《だとう》が私の宿願だからね」

その声には、少なからず苛立《いらだ》ちのような色が滲《にじ》んでいた。

「アスモデウスか。なかなか凄《すさ》まじい愛で力の持ち主だったようじゃな」

別件に当たっていたゴメリは結局直接顔を合わせることはできなかったが、同じ街にいるだけで肌《はだ》がひりつくような愛で力を感じた。同志マニュエラが接触《せっしょく》したようだが、彼女《かのじょ》も『かつてないくらい美味《おい》しい子だったわ！』と大いに興奮していたほどだ。

――師弟《してい》そろってなんたる愛で力。セットで味わい尽くしたいものよのう！

鼻血があふれそうになるのをなんとか自重する。

ウェパルはグラスに新たな葡萄酒を注いで鼻を鳴らした。

「万物《ばんぶつ》を愛でようというキミの性癖《せいへき》に口を挟むつもりはないが、あれはやめておいた方がいい。アスモデウスは魔術師の私でも嫌悪《けんお》する邪悪《じゃあく》そのものだ」

「そう言うわりには、どこか誇《ほこ》らしそうに聞こえるぞえ？」

アスモデウスを語るウェパルの顔には、どこか敬意にも似た笑《え》みが浮かんでいた。

ウェパルはそんな自分の顔に触《ふ》れると、吐《は》き捨てるように言う。

「……力の上なら、紛《まぎ》れもなく最強の〈魔王〉だ。魔術師として、私もその一点には敬意を払《はら》っているよ」

「力、か」

ゴメリはうなる。

最強とは、なにを以《もっ》てそう呼ぶのか。

戦って強ければ最強だろうか。

しかし力が弱くとも、駆《か》け引《ひ》きで強者を倒《たお》すことはできる。魔術師の勝負は自分の土俵に引きずり込んだ方が勝つのだ。

だからアスモデウスは――自分から斬《き》られたとはいえ――グラシャラボラスに後《おく》れをとったし、真の最強だったはずのアンドレアルフスもビフロンスに惨敗《ざんぱい》を喫《きっ》した。

その意味では、ザガンこそが最たる存在だろう。

〈魔王〉相手にも〈刻印〉を封じ、常に〝魔術喰《まじゅつく》らい〟という自分の土俵での戦いを強要することができる。魔術師の身でこれを倒すのは不可能に近い。

だが、ウェパルが言っているのはそういうことではない。

力である。

あの〈魔王〉の力は重力崩壊にまで至っている。フォルの話では〈天燐・崩星〉にすら比肩《ひけん》していたという。アルシエラが紡《つむ》いだ神殺しの力に並ぶというのだ。単純な力の大きさなら、ザガンすら凌《しの》ぐ。

——宝石族《カーバンクル》の核石《死の尊厳》を取り戻すという、執念《しゅうねん》が生んだ力じゃ。

その願いが叶わぬのであれば、世界もろとも滅《ほろ》ぼすという覚悟が紡いだ力である。

それはいかなる〈魔王〉とて及ばぬであろう。

最強の名にもふさわしい。

まあ、真に恐《おそ》るべきは、そんなアスモデウスと引き分けたフォルかもしれないが。

ただ、ここでひとつの疑問が発生する。

——そんなアスモデウスが、なぜ弟子《でし》など取った？

それも、一年前には《最長老》の後継者《こうけいしゃ》として魔王候補に推薦《すいせん》するほど、手塩にかけていたのだ。

ザガンからの命とは無関係に興味が湧いて、ゴメリは問いかける。

「そういえば聞いたことがなかったのう。そなたと師であるアスモデウスの間に、なにがあったのじゃ？」

そう問いかけると、ウェパルはさもどうでもよさそうに肩を竦める。

「私の父親が煌輝石《エリアル・ブラッド》を持っていた、と言えばわかるかな?」

なるほど、とゴメリはうなづく。

——アスモデウスは同胞《どうほう》の核石を集め、その持ち主を苛烈《かれつ》な見せしめに遭《あ》わせてきた。

つまり、ウェパルの父親もそういった殺され方をしたということだ。

「まあ、死んで当然のろくでなしではあったがね。それでも、あんな死に方をしなければいけないほどの人間でもなかったよ。私が魔術《まじゅつ》を学んだ理由は至って単純《シンプル》。復讐《ふくしゅう》さ」

復讐。それは事実なのだろう。

だがそう語るウェパルの声には、どこか憧憬《しょうけい》のような色もにじんで聞こえた。

「それがどうしてアスモデウスの弟子になったのじゃ?」

「……それが、実は私にもよくわからないのだよ」

自嘲《じちょう》するように、ウェパルは天井《てんじょう》を仰《あお》ぐ。

「当時の私は、多少の魔術を学んで思い上がっていた。アスモデウスを見つけて挑《いど》んだまではよかったが、造作もなく一蹴《いっしゅう》されてね。死を覚悟したが、なぜか生かされた。召使《めしつか》いのような扱《あつか》いではあったが、ときおり魔術の手解《てほど》きもされて……って、どうした?」

なんだか他人事に聞こえない話に、ゴメリは顔を覆った。

「いや、どこの魔術師も似たようなことをするものじゃなと」

「そうかい……？」

自分に噛《か》みついてきた悪たれを、そのまま育てて弟子にした魔女《まじょ》がいたらしい。

それはキメリエスを拾った自分のことかもしれないし、シアカーンを愛したダンタリアンかもしれない。

同時に、理解できた。

――こやつから感じた愛で力の正体は、それであったか。

アスモデウスがなぜウェパルを弟子に取ったのか。もう、我が身のことのようによくわかる。同じようなことをした身だから、嫌《いや》ってくらいわかる。

――キメリエスのやつと、同じような顔をしておったんじゃろうなあ。

かつてゴメリの首にその牙《きば》を突き立てた獅子獣人《ししじゆうじん》は、世界の全《すべ》てを憎《にく》むような顔をしながらも哀《かな》しそうな瞳をしていた。

誰《だれ》よりも救いを欲《ほっ》しているくせに、それを訴《うった》える術《すべ》を知らないかのように。

無性《むしょう》に庇護《ひご》欲が湧いて、放っておけなくなったのだ。

だって、自分自身も似たようなことをしてきた過去があるのだから。

それに加え、アスモデウスとウェパルは同じ銀髪《ぎんぱつ》である。容姿の上でも、なにか親近感を抱いてしまった可能性は高い。

ウェパルの方はまだキメリエスやシアカーンのようにはなっていないようだが、しかし潜在的《せんざいてき》にはすでにその兆候が見え隠れしている。

それゆえに確信した。

――この愛で力を《煉獄《れんごく》》めにぶつければ、絶対愉快なことになるのじゃ！

愛で力と愛で力がぶつかれば、相乗効果で膨《ふく》らみ弾《はじ》ける。その愛で力は大きければ大きいほど、周囲を巻き込む爆発《ばくはつ》となるのだ。

いまのバルバロスとシャスティルの間に放《ほう》り込めば、どこまで大きな爆発になるのか、ゴメリですら予測が付かない。絶対おもしろいに決まっている。

そんな邪悪な企《たくら》みを感じ取ったのか、ウェパルはゾッとしたように身を退いた。黒花と同じく、勘《かん》の良いことである。

ウェパルは、話を逸《そ》らすように口を開く。

「質問の答えには十分かな？　そろそろ、キミの方の目的も話してもらいたいものだが」

「おっとそうじゃったな」

ゴメリもグラスに葡萄酒を注ぐと、一気に飲み干してこう言った。

「そなたは《煉獄》とも面識があったはずじゃな？」

「ああ、彼《かれ》は人間としては最低だが、魔術師としては非常に優秀《ゆうしゅう》だからね。関《コネクション》わりを持っておいて損はない」

「くふっ、ならば話が早い。あやつはいま、少々困ったことになっておってな。助けが必要なのじゃ」

その言葉に、ウェパルは意外そうに眉をひそめる。

「へえ、彼ほどの魔術師がかい？　私で力になれるかはわからないが、そういうことなら話を聞こうじゃないか」

ここでバルバロスに貸しを作っておくのもおもしろいと、ウェパルはやわらかく微笑んで返した。

その答えに満足そうにうなづくと、美女姿のゴメリは好々爺《こうこうや》の笑顔《えがお》を浮かべた。

「きひ、助かるのじゃ。頼《たの》みというのはじゃな、あやつにデートの手解きというものをしてやってほしいのじゃ」

なんの企みもない、いたって善意の提案に、ウェパルもなんて他愛《たあい》のない話なのかと穏やかな微笑を返した。

「は？　死んでも嫌だが？」

「え、そんなに？」

まさかここまで強固に拒絶《きょぜつ》されるとは思わず、ゴメリも面食らって仰け反った。

それまでの冷静沈着《ちんちゃく》な物腰《ものごし》から打って変わり、ウェパルは額に汗《あせ》までにじませていた。

「おぬし、さっきはコネクションを持っていて損はないと申したではないか」

「人間としては最低だと言ったろう？　それは魔術師ではなく人間の部分の話だよ。まともな取り引きならともかく、デートなんて〝例の女〟絡《がら》みだろう？　そういうときの彼がどれだけ面倒くさいか、キミ知らないのかい？」

ウェパルは生理的嫌悪というより、身の危険を感じたかのようにぶんぶんと首を横に振っていた。銀色の髪《かみ》がふわふわと揺《ゆ》れて、見蕩れた隣の席の客がだばだばと麦酒《エール》をこぼす。

「あー、いや、面倒くさいのは知っておるつもりじゃが、そんなに……？」

「そんなにだよ。悪いことは言わない。キミも首を突っ込むのはやめた方がいい。少なくとも私は絶対に関わり合いになりたくない」

もう、いつでも逃げ出せるように半ば腰まで浮かせて、ウェパルは訴える。

バルバロスの名前を聞いただけならここまで拒絶反応は見せなかったところを見ると、これは本当に面倒くさいところを見てしまったか、いや恐らくなにかの巻《ま》き添《ぞ》えに遭ったたのだろう。

——じゃが、それで引き下がる妾ではない。

ゴメリはさも困ったように額へ手をやる。

「ふぅむ。無理強《むりじ》いしてもよい仕事は期待できぬからのう。そういうことであれば仕方がないか」

「……おや、ずいぶん簡単に引き下がるのだね」

「我が王はそなたに関心を持っておるからのう。妾が心証を損《そこ》ねるわけにもいくまい」

その言葉に、ウェパルはようやくホッとした顔を見せる。ザガン《上司》の意向には、このおばあちゃんも従うと感じたのだろう。

ウェパルはわかっていなかった。

走り始めたゴメリは、たとえ〈魔王〉であっても制御《せいぎょ》不能だということを。

「アスモデウスの居場所や動向など、話せることは多かったのじゃがのう」

シンッと、空気が凍《こお》り付いた。

「……ゴメリ」

ウェパルの冷たい声に、ゴメリはいかにも失言したというように口を押《お》さえる。

「おっといかん。妾としたことが、口が滑《すべ》ったのじゃ。いまのは忘れておくれ」

杖がミシミシと軋《きし》むほど握《にぎ》り締《し》める。

「あなたという人は……！」

「ふむ？　なんじゃウェパル。言いたいことがあるなら言ってくれてかまわんぞえ？」

甘《あま》くささやいてやると、ウェパルは沈痛《ちんつう》そうに額を押さえた。

「……少し、考えさせて」

「あ、うむ。すぐに決めんで大丈夫《だいじょうぶ》じゃよ？」

アスモデウスの情報をちらつかせれば食いつくかと思ったのだが、その上で天秤《てんびん》が拮抗《きっこう》するくらいには嫌なことらしい。

――あやつ嫌われ過ぎじゃろう……。

まあ、そもそもバルバロスは悪い魔術師と聞いて、誰もが思《おも》い浮かべるような最低の部類の魔術師である。

腕《うで》はよくとも、同業者とてあんまり関わり合いになりたくないというのが実情だろう。

その後、口数も少なく、ときおり近況《きんきょう》程度の世間話をはさみながら料理と酒をついばんでいると、お開きの流れになる。

気まずいだけの食事会になってしまった。

――むう、《煉獄》の人望のなさは想定外じゃった。

わかっていたつもりでも、わかっていなかった。

つくづく、シャスティルはよくそんなバルバロスを好きになったものである。

会計をすまし、店を出ようとしたところで、ふとウェパルが足を止めた。

「ゴメリ」

「なんじゃ？」

「……先ほどの話だが、受けるよ。やはり、師の打倒という目標に少しでも近づきたい」

まるで借金の形に身売りされた生娘《きむすめ》のように、打ちひしがれた声音《こわね》だった。

「そこまで思い詰《つ》めておったのっ？」

ゴメリにしては珍《めずら》しく、心からの謝罪をするのだった。

◇

「ひいっ、誰か、助けてくれえッ！」

夜。キュアノエイデスを遠く離《はな》れたとある街に、絶叫《ぜっきょう》じみた悲鳴が響いていた。

片田舎《かたいなか》の寂《さび》れた街だ。教会も手入れが回らず床《ゆか》が抜《ぬ》けていて、店々の看板も汚《よご》れてなにが書いてあるのかわからない。かといって農家を営むノウハウも失われているようで、周囲には荒《あ》れた地が広がっているばかりだ。

そんな田舎街の暗夜に、溶《と》けるように浮かび上がったそれは人型の影とでも呼ぶべき形容しがたい〝なにか〟だった。

実体を持たないようにゆらゆらと宙を漂《ただよ》い、手足のような末端《まったん》も不安定に形状を歪《ゆが》め続けている。

そのくせ、腕らしきものを振り下ろせばズシンと大地が揺れ、運悪くそこにいた人間を真っ赤なシミに変えるのだ。

よくよく目を凝《こ》らせば、影のような姿が実は砂のような粒子《りゅうし》が集まってできたことを観察できたかもしれない。突然《とつぜん》降って湧いた理不尽《りふじん》を前に、そんなことを悠長《ゆうちょう》に観察できる者はいないだろうとも。

「うわああっ嫌だ、死にたくない！」

「ま、待って、置いていかないで！」

情けない悲鳴を上げて青年が逃げていき、そのあとに転んでしまったらしい若い娘がひとり取り残される。

「もうやだぁ！　なんであたしに言い寄る男って、みんなあたしを置いて逃げるのっ？」

どこかで見たような光景。数週間前、同じような目に遭った娘に、今度こそ理不尽な化け物の腕が振《ふ》り下ろされるが――

「――あれ、もしかして前もお会いしましたぁ？」

そんな化け物の腕が、宙に縫い付けられたように止まっていた。

娘の前に立っていたのは、美しい銀色の髪をした少女だった。

年の頃は十五、六だろう。まだ幼さを残しつつも整った顔貌《かおかたち》。真っ黒なローブを肩に羽織り、胸元《むなもと》には銀のペンダントが下がっている。

その菫色《すみれいろ》の瞳《ひとみ》には、星の形をした印が浮かんでいた。

最低最悪の〈魔王《まおう》〉にして《蒐集士《しゅうしゅうし》》アスモデウスである。

それが誰なのか気付いてしまったのだろう。娘は頭からダラダラと冷《ひ》や汗《あせ》を垂らして視線を逸らす。

「ひ、人違《ひとちが》いじゃないですかね……？」

「まあ、私も鬼《おに》じゃありませんから、また有り金全部で助けてあげますよ？　よかったですね」

「ワ、ワア、ウレシイナ」

死んだ魚のような瞳で、娘は歓喜《かんき》の声を上げた。

――にしても、魔族のこの出現率は異常ですねえ。

この化け物は魔族と呼ばれる存在だ。

前回この娘が巻き込まれた事件から数週間で、さらに二桁《けた》に届く数が出現しているのだ。

出現速度は加速している。

――このまま行くと、五年前よりヤバいことになりますね。

五年前、シアカーンが希少種狩《が》りを行っていた裏で、魔族の大量発生が起きていた。

……いや、逆だろう。魔族大量発生の混乱に乗じて、シアカーンは希少種狩りを始めたのだ。それが魔族の名前を表に出せないため、表と裏がひっくり返ってしまった。

ともあれ、五年前もひと月に何体もの魔族が現れ、〈魔王〉連中も対処に駆り出された。

最終的には、リュカオーンの吸血鬼《きゅうけつき》アルシエラが魔族を封印《ふういん》し直すことで決着したが、終息するまで丸一年もかかったのだ。

――でも、今回はそのアルシエラちゃんが動いている様子がない。

彼女の警戒心《けいかいしん》は、恐らく魔族を封印する結界とやらに向いているのだろう。あの少女がその管理者であることを考えれば当然の話だが、それゆえ内側の異変を感知できていない可能性が高い。

となると、結界自体に異常はない。

五年前とは違う原因があることになる。

それでいて、マルコシアスの方も魔族が出現するたびにアスモデウスを差し向けるという――《星読卿《ほしよみきょう》》の占《うらな》いであらかじめ予測がついているとはいえ――場当たり的な対処しかしていない。

〈魔王〉の中でも誰も原因への対処を取っていない……どころか掴《つか》めてすらいない可能性まである。少なくとも、アスモデウスには把握できていないのだ。これは問題である。

いずれにしろ、このまま増え続ければ数か月後には日に何体という数になっていくだろう。少女がいかに強力だろうと、大陸全土になど手が回るはずもない。

世代交代した〈魔王〉たちがどこまで使えるかわからない。〈魔王〉たちは間違《まちが》っても従順ではないのだ。全員に対処を要請《ようせい》したところで、果たして何人応《こた》えることか。

そもそも、その要請を出せる者《マルコシアス》はもう死んだはずなのだ。彼の召集《しょうしゅう》に応じたのがアスモデウスたち三人だけだったことからも、期待はできない。

原因を突《つ》き止《と》めなければ、いずれ数で押し切られる。

そのことにあの〝自称《じしょう》〟マルコシアスが気付いていないとも思えないが、この魔族の異常発生自体があの男の目論見《もくろみ》である可能性も否定できない。

対処するなら、自分でやるしかない。

アスモデウスとて無尽蔵《むじんぞう》に力を使えるわけではないのだ。戦い続ければ魔力《まりょく》も疲弊《ひへい》するし、触媒《しょくばい》や道具はさらに消耗《しょうもう》していく。

こういう仕事は、あの殺人狂《さつじんきょう》ことグラシャラボラスにでも回してもらいたいものだが。

——まあ、それがペナルティってことですかねえ。

前回、アスモデウスは〈メルクリウス〉とかいう杖を奪取《だっしゅ》せよという、マルコシアスの命令に失敗した。在処《ありか》についてすっとぼけたこともバレていることだろう。

それゆえ、こうして連日のように魔族狩りに差し向けられているのだ。

——在処と言えばお姉ちゃんの〝目〟もですけどね。

姉の核石は取り戻したが、刳《く》り抜かれた眼球は以前として行方《ゆくえ》不明のままである。

持ち主に心当たりがないわけではないのだが……。

——さすがに、なかなか隙《すき》を見せてくれないんですよねえ……。

あれを取り戻すまでは、マルコシアスに従わざるを得ないのだ。

『ヴヴヴッヴヴ』

思案にふけっていると、人型の影《かげ》がなにか呻《うめ》いていた。

「あ、すみません。いま楽にしてあげますねー」

うっかり始末するのを忘れていた。

アスモデウスがパチンと指を鳴らすと、魔族の体がぐしゃりと潰《つぶ》れる。体の内側に向かって押し潰されるかのようだった。

魔族とは、魔術師であれば元魔王候補クラスが数人がかり、聖騎士《せいきし》であれば聖剣《せいけん》が数本は必要になるだろう災厄《さいやく》そのものである。

それをこうも造作もなく屠《ほふ》れる者は、〈魔王〉の中でも何人といないだろう。

銀色の髪をさっと振り払い、少女は死んだふりでもするようにうつ伏《ぶ》せに転がる娘に向き直る。

「さて、お代をいただきましょうか？」

「これで全額です……」

土下座の姿勢で、小さな麻袋《あさぶくろ》が差し出される。

中には、金貨が三枚と銀貨が十数枚入ってるだけだった。

「ちょっとー、あなたの命、前の半分以下になってるじゃないですか。そんなちんけな命じゃ誰も助けてくれませんよ？」

「あなたに全額巻き上げられてからまだひと月も経《た》ってないんですよっ？」

「うえっ、ひと月も経ってないのにまた魔族に襲《おそ》われてるんですかあ？　それって呪《のろ》われてません？　もう少し、私から離れてもらっていいです？」

引いた顔をして娘から距離《きょり》と取る。

あまりと言えばあまりの言葉に、娘もとうとう顔を覆《おお》って泣き出した。

「うわーん！　あたしがいったいなにしたって言うんですか！」

「あは、運の悪さに理由なんてないもんですよ？」

「え、なんなんですか、その妙《みょう》に実感のこもった言葉……」

「あは、秘密です」

アスモデウスの笑みからなにを感じ取ったのか、娘はゾッとしたように後退《あとずさ》る。その拍子に、娘のふところからなにやら紙束が散らばった。

「なんです、これ？」

「あ、それは――」

拾い上げると、いかにも安っぽい紙にでかでかと挿絵《さしえ》が描《えが》かれたゴシップ誌だった。

「なになに……『各地に現れる異形の怪物《かいぶつ》。それを追う謎《なぞ》の少女の姿。調査員レベッカ・アッペルマンの命がけの追跡《ついせき》に……』って、これまさか私のことですかあ？」

ゴシップに描かれていたのは、チープなモンスターの姿と、それと対峙《たいじ》するひとりの少女だった。魔術師の格好をしており、どうにもアスモデウスを描いているようだ。

いかにも大衆受けするように誇張《こちょう》された記事《ストーリー》になっているが、まったくのでまかせというわけでもない。

ただ、都会ならともかく、こんな田舎では文字を読める人間も少ない。ゴシップは記者が大声で読み上げ、民衆はそれに金銭を払うという形式になる。加えて、散らばっているのは全て同じゴシップだった。

となると、この娘《むすめ》はどこぞのゴシップ記者なのだろう。

読み上げると、娘はすごい勢いで顔を逸らした。

アスモデウスの姿を目撃《もくげき》したものならいくらでもいるだろうが、挿絵はなかなか細かいところまで詳細《しょうさい》に描かれている。銀のペンダントまで描かれているくらいなのだ。となると、顔が見えるくらいには接近できた者だろう。

ちょうど、そこに転がっている娘のように。

「あは、アッペルマンってあなたのことですか？　もう少し可愛《かわい》く描けなかったんですかねえ。いまからでもリテイクできません？」

「ええっと……怒《おこ》らないんですか？」

「怒ってますよお？　こんなんじゃ、私が中途半端《ちゅうとはんぱ》な美少女だってことになっちゃうじゃないですかあ」

ペンと記事を指で弾くと、娘――レベッカ・アッペルマンはしどろもどろに視線を泳がせながら手を揉《も》む。

「いやあ、そこのところは次からもっと可憐極《かれんきわ》まりない美少女と描写《びょうしゃ》させていただきますんで、どうかご容赦《ようしゃ》を……」

「頼みますよお？」

しっかりとクレームを入れると、レベッカは困惑《こんわく》したように問いかけてくる。

「えっと、魔術師《まじゅつし》ちゃん、なんか丸くなりました？」

「魔術師ちゃんって……」

相手が自分の二十倍近く生きている〈魔王〉などと知る由もない娘は、怖《こわ》いもの知らずにもそんなことを言ってきた。

怪訝《けげん》な顔をするアスモデウスをどう見たのか、レベッカは慌《あわ》てて言い繕《つくろ》う。

「いやいやいや！　悪い意味じゃないですよ？　なんていうか、前遭った……会ったときよりも優《やさ》しい雰囲気《ふんいき》になったというか……なんて」

調子のいいことを言う記者に、アスモデウスはいつもの作り笑いを返す。

「あは、私は最初から優しかったでしょう？」

「ハハハハッハハッ……ッ」

なにがおかしかったのか、レベッカは乾《かわ》いた笑い声を上げた。

「しかし、こんなところでゴシップなんて売っても、読める人いないんじゃないです？　朗読するならこんなたくさんいらないでしょうし」

「あ、それは近々大きなニュースを流すことになるんで、その根回しというか……」

「大きなニュース？」

魔族の出現以上の大ニュースはそうそうないとは思うが、一般人《いっぱんじん》からすると魔族そのものが馴染《なじ》みのないものである。まったく知らないものを文字で説明されても想像できず、注目もできないのだろう。

アスモデウスが首を傾《かし》げると、レベッカは慌てて口を押さえる。

「え、えっとお、本社のことなんで、あたしも詳《くわ》しくは……」

「ふうん。その本社ってどこなんです？」

「キ、キュアノエイデスです」

アスモデウスは眉《まゆ》を跳《は》ね上げた。

――フォルちゃんの街ですか。

マルコシアスのかつての居城だったこともあり、いまもなにかとちょっかいをかけている街である。

フォルの領地は〝虐《しいた》げられし者の都〟ゆえ、直接の被害《ひがい》はないとは思うが、魔王殿《まおうでん》にも出入りしている以上は無関係ともいくまい。

――まあ、私が気にすることでもないんですけど……。

そうしていると、レベッカは話を逸らすようにまた手を揉んで笑いかける。

「と、ところでですね。魔術師ちゃんのお名前とか聞かせてもらってもいいですか？　ほら、謎の美少女より名前のある美少女の方が読者さんもイメージしやすいっていうか」

転んでもただでは起きないというか、有り金全部ふんだくられた代わりに取材をさせろということらしい。なかなか商魂《しょうこん》たくましい娘である。

まあ、そういうのは嫌《きら》いでもない。

――とはいえ、本名を教える義理もないですよね。

適当な名前を口にしようとして、ふと脳裏《のうり》を過《よぎ》ったのはとある幼女の顔だった。

――いつでも帰ってきて。私は、待ってる――

どれだけ痛めつけても自分を曲げなかった幼女は、最後まで頑《かたく》なにそう言って譲《ゆず》らなかったのだ。

胸に下がるペンダントを指でいじりながら少し考え、アスモデウスはこう答えた。


「じゃあ〝リリー〟と呼んでください」


なぜいまになってその名前を口にしたのかは、自分でもわからない。幼くとも、あの子は〈魔王〉だ。しかもあのザガンがついていて、ゴシップのような低俗《ていぞく》誌を目にする機会があるとも思えない。

それでも、アスモデウスの口を衝《つ》いて出た名前は、それだったのだ。

――まあ、こんなところで〈魔王〉の名前を名乗るわけにもいかないですしねー。

アスモデウスは世界中に敵を持つ〈魔王〉なのだ。居場所を知られれば寝首《ねくび》を掻《か》きに来る馬鹿《ばか》はいくらでも湧《わ》いて出る。そこで徒党を組んでくる程度の連中は、だからどうしたという相手ではないだろう。しかし、煩《わずら》わしいことに変わりはない。

そう自分を納得《なっとく》させていると、レベッカが感嘆《かんたん》の吐息《といき》をもらす。

「へええ、綺麗《きれい》な名前じゃないですか」

「それはどうもー」

存外に悪い気はしなくて、それを誤魔化《ごまか》すようにアスモデウスは銀色の髪を振り払う。

レベッカは手帳とペンを取り出すと、ペロリとペン先を舐《な》める。

「それで、リリーちゃんはなんだってあの怪物……魔族って言いましたっけ？　あれと戦ってるんですか？」

「あは、愛と平和のためですよ？　ラブアンドピースっていい言葉だと思いません？」

「すごい！　こんな感情の伴《ともな》わないコメントされたの初めてですよ」

「あなたも結構いい性格してますねえ」

呆《あき》れつつも、会話をしてもいいくらいには気に入ってしまったのかもしれない。アスモデウスは仕方なさそうに付け加える。

「ま、身も蓋《ふた》もないことを言うと、雇《やと》い主《ぬし》の意向ってやつですよ。あれ放っとくといろいろマズいことが多いんで、始末してこいってね」

「てことは、報酬《ほうしゅう》なんかもがっぽりな感じですか？　それならあたしからまでお金巻き上げなくても……」

「私、無償《むしょう》で労働なんてしちゃうと耐《た》えがたい苦痛を発症《はっしょう》する持病を患《わずら》ってるもので？」

命の危険を感じたのか、レベッカは蒼白《そうはく》な愛想《あいそ》笑《わら》いを返す。

「報酬って大切ですよね！　ありがとうございます！」

冷ややかな笑みを返しながら、アスモデウスは俯《うつむ》く。

――とはいえ、ペナルティなのにちゃんと報酬出てるところがおっかないんですよね。

これだけ各地を飛び回り、魔族を始末して回っているのだ。マルコシアスからはうなづけるだけの報酬が出されている。

その報酬とは、煌輝石《エリアル・ブラッド》である。

というか、これ以外の報酬でアスモデウスを従わせることはできない。

――この世界に残る煌輝石《エリアル・ブラッド》は、あと十数個です。

アスモデウスが〈魔王〉となって、三百五十年になる。魔術師となってからは四百年近くになるだろうか。

四百年かけて、大陸中の煌輝石《エリアル・ブラッド》を奪《うば》い返して回ったのだ。宝石種が滅んでしまった以上、煌輝石《エリアル・ブラッド》の数が増えることはない。

同時に、これまで滅ぼされた里を調べ上げ、恐らくは存在しただろう煌輝石《エリアル・ブラッド》の総数をまとめ上げていた。

その数、およそ一万。装飾品《そうしょくひん》などに加工されたものを含《ふく》めても、ほとんど回収し終えたことになる。

ただ、その残り十数個の行方だけが長らく摑めていなかったのだが、マルコシアスはそれらの在処を把握《はあく》しているらしい。

魔族の始末と引《ひ》き換《か》えに、その情報を提示してきた。

これはつまり、残りの煌輝石《エリアル・ブラッド》はマルコシアスが隠《かく》し持っていたことに外《ほか》ならない。

内いくつかは火山の火口の中であったり魔獣《まじゅう》の巣であったり、並の魔術師では近寄ることもできない場所だった。だがマルコシアスほどの〈魔王〉が――それが面倒《めんどう》だったとしても――回収できないはずはない。

――それって、私を従わせるために何百年も前から用意してたってことですよね。

それでいて、ただ与《あた》えるような親切で済ますとは思えない。

マルコシアスの最終的な目的は知らされていないが、このまま行くと〈魔王〉ザガンとの衝突《しょうとつ》は避《さ》けられまい。

にも拘《かか》わらず、《殺人卿《さつじんきょう》》グラシャラボラスでさえ、正面から挑んではザガンには及《およ》ばなかった。あの糸目の男――バトーと言っただろうか――も腹の底ではなにを考えているかわからず、アスモデウスなど報酬が切れた瞬間《しゅんかん》に裏切るのが目に見えている。

まともに従う気があるのは、《星読卿》エリゴルくらいのものだろう。

明らかにマルコシアスは手駒《てごま》が足りていない。

そこでアスモデウスにこんな無駄《むだ》なことをさせて、限られた報酬を浪費《ろうひ》していることを考えると……。

――これ絶対、煌輝石《エリアル・ブラッド》を集め終わった瞬間、始末されちゃうやつですよね。

一万もの煌輝石《エリアル・ブラッド》を使えば、どんな途方もない魔術とて行使できるだろう。〈魔王〉以上の魔道兵器を生み出すこともできるかもしれない。

たとえば《魔工》ナベリウスあたりならば喜んで飛びつく仕事である。アスモデウスの読みでは、すでに彼らの間で密約が結ばれているはずだ。

無論、アスモデウスとて裏切られるのは当然の魔術師である。

自分以外の十二人の〈魔王〉が連名で始末しに来ることだって覚悟《かくご》して《蒐集士》をやってきたのだ。そうなったときに、皆殺しにする用意くらいはある。

力に訴える人間の躾《しつ》けは楽でいい。

より大きな力でねじ伏《ふ》せれば黙《だま》るのだから。それは相手が〈魔王〉であっても変わらない。

過信でも慢心《まんしん》でもなく、アスモデウスにそれができるのは純然たる事実である。

――ただ、〈魔王〉がそんなおバカさんなわけないですよねえ。

力だけで頂点に立てるほど、魔術師の世界は単純ではない。

当然、アスモデウスの手札を想定した上で対策してくるだろう。

その対策というものがアスモデウスの想定を超《こ》えていた場合、自分にできるのはせいぜい全員道連れにすることくらいだろう。

――別に、それでもよかったんですけどね……。

なのに〝帰るところ〟と感じてしまう場所ができてしまった。

そろそろ逃亡《とうぼう》する算段を付けるべきかと頭を悩《なや》ませて、アスモデウスはふとレベッカに目を向けた。

「あ、ところで記者さん？」

「なんですか？」

「もうちょっと離れてもらっていいです？　具体的には二十メートルほど」

視界から消えろと言わんばかりに、アスモデウスはそう告げた。

「そこまで毛嫌《けぎら》いしなくてもいいじゃないですかっ？」

あまりと言えばあまりの言葉にレベッカが嘆《なげ》きの声を上げるが、アスモデウスは聞いていなかった。

――残業とか主義に反するんですけどねえ！

レベッカの襟首《えりくび》をむんずと摑むと、問答無用でぽいっと宙に放り投《な》げる。

「ひいいっ、なにするんですかああぁぁぁぁぁぁっぁぁぁぁ――」

遠ざかっていく悲鳴を背に、アスモデウスは頭上に向けて片腕《かたうで》を突き上げる。

「――〈漆極《しっこく》・朧《おぼろ》〉――」

空に向かって放たれたのは、小さな黒い球体……ではなかった。

中核《ちゅうかく》にそれらしきものは見えるが、いくつもの球体が重なって巨大《きょだい》な球体を形作っている。全《すべ》てを押し潰す重力の塊《かたまり》だ。

朧とは名ばかりの破壊《はかい》の塊は、弾丸《だんがん》のような速度で空へと打ち上げられる。

周囲のものをその中へと吸《す》い込《こ》みながら。

◇

速度と範囲《はんい》を拡大し戦闘に特化させた〈漆極〉である。

これを初見で防げる者がいるとすれば、即座《そくざ》に魔術《まじゅつ》を吸収反射できる《魔術師殺し》のザガンくらいのものだろう。

果たしてそんな〈朧〉は空にあった〝なにか〟を呑《の》み込むが……。


直後、パリンとガラスのような音を立てて重力球は砕《くだ》け散っていた。


「――あぁぁぁぁあっって、はれ？」

放り投げられた哀《あわ》れな記者は、アスモデウスの細腕《ほそうで》に受け止められていた。

一歩遅《おく》れて、周囲の建物がガラガラと崩《くず》れ始める。

〈奈落《ならく》〉に比べれば加減したつもりだったが、アスモデウスの魔術は容赦なく周囲を巻き込んでしまう。先日も、それで街ひとつ沈《しず》めてしまったばかりなのだ。

アスモデウスは笑《え》みを絶やさぬことを意識してつぶやく。

「うーん、ちょっと格の違《ちが》うやつが出てきちゃった感じですねえ」

「え、え？」

自分を放《ほう》り投げたはずの相手に受け止められるという奇妙《きみょう》な現象に、記者は困惑の声を上げることしかできない。

星の印を宿した菫色の瞳には、夜の空に漂う人影が映っていた。

魔術師のようなローブをまとい、体躯《たいく》はそれなりと言ったところか。一般的《いっぱんてき》な成人男性よりも少し高く、体つきはしっかりしている。目深《まぶか》までフードをかぶり、その顔を見ることはできない。

ただ、顔など見えずとも人間でないのは明らかだった。

風に吹《ふ》かれてなびくローブの隙間《すきま》からは、実体のないような黒い影と、そこに浮《う》かぶ円と直線を組み合わせたような奇妙な模様が覗《のぞ》いていた。

黒い人影という意味では先ほどの魔族にも似ているが、明らかに存在として密度のようなものが違う。

たとえるなら、先ほどの魔族が気体だとするなら、これはそれを固体になるまで凝縮《ぎょうしゅく》し、なおかつ同じ体積まで集めたようなものだろうか。

――魔族。それも……。

新たに現れた魔族は、〈漆極《しっこく》・朧《おぼろ》〉を力尽《ちからず》くで破ったのではない。

中核を破壊することで魔力を霧散《むさん》させたのだ。

それを見抜《みぬ》くことができる知恵《ちえ》と、それを実行できるだけの技量というものを併《あわ》せ持っている。

それまでの軽薄《けいはく》な笑みとは打って変わり、アスモデウスは冷たく微笑《びしょう》する。

「知能のある魔族っていうのは、初めてお目にかかりますね」

衣服を身に着けていることからもわかるが、この魔族にはものを考える知能がある。これまでの手足を振り回すだけの有象無象《うぞうむぞう》の魔族どもとは根本的に違うものだ。

――問題は、どれくらいの知能があるかってことですよね。

犬や狼《おおかみ》、鷹《たか》のように狩りをする生き物は高度な狩猟《しゅりょう》技術を持っている。〈漆極〉を破った技量も、魔族ならばその延長でできるかもしれない。

だが、そうでないなら――会話ができるほどの知性を持っているというのなら、果たしてアスモデウスの力は及ぶだろうか？

――知性があるってことは、魔術だって使えるってことですからねえ。

竜《りゅう》族が最強の名を縦《ほしいまま》にしてきたのは、人智《じんち》の及ばぬ強靱な肉体と強大な魔力に加え、人間以上に高度な魔術まで振るうからである。

知能もなく、ただ出現して暴れるだけの魔族でも〈魔王〉が出向く必要があるのだ。それが人並み以上の知能を持つとしたら、さてこれは人類の手に負えるものだろうか？

レベッカを地面に立たせると、アスモデウスは魔族から視線を逸《そ》らさず語りかける。

「記者さん、できるだけ遠くに逃《に》げた方がいいですよ。たぶんこの街、この前のときみたいに無くなりますから」

「ひっ――」

その意味がわからぬ娘なら、ここまで生きてはいないだろう。小さく息を呑むと、レベッカは脱兎《だつと》の勢いで逃げていった。

先に魔族が暴れていたおかげで、周囲からは他に人の気配はない。

そんな背中が遠ざかっていくのを確かめて、アスモデウスは苦笑《くしよう》する。

――わからないよリリー。それで、リリーは幸せになるの？――

あれから、なぜかことあるごとにあの幼女の言葉が棘《とげ》のように胸に刺《さ》さる。

別にこんな田舎街がなくなろうが、レベッカが巻き込まれようが、アスモデウスの気にすることではない。

なのに、なぜかわざわざ〈朧〉に巻き込まれぬよう助けたり、この場から逃がそうなどと無意味なことをしている。

金づるとしても期待できない、貧乏人《びんぼうにん》相手だと言うのに。

――本当に、困った子ですよフォルちゃんは。

おかげで、こんな面倒を背負《せお》い込むことになっている。

アスモデウスは後ろで手を組むと、もう一度いつも通りの軽薄な笑みを作って語りかける。

「そこの魔族さん、言葉はわかります？　とっても強そうですけど、こんないたいけな女の子に手を上げるもんじゃないですよ。女の子っていうものはどんな宝石よりも尊いものなんですから」

言葉が通じるなら煽《あお》っているとしか思えぬ言動だが、これに反応するなら言葉がわかるという証でもある。

片目をつむって人差し指を突き出し、相手の反応をうかがう。

果たして、ローブの魔族はというと……。

『――〈魔王の右足〉――我らが王の欠片《かけら》か』

存外に、よく通る声で魔族はそう言った。

アスモデウスは目を細める。

——言葉は通じて、魔術の知識もある。最悪ですねー。

〈魔王〉の名を口にした以上、魔術を知っているのは確定である。この魔族が魔術を使うかは問題ではない。魔術に対処できるだろうことが問題なのだ。

しかも〝我らが王〟ということは、どうやらこの魔族よりも上がいる。それでいて恐《おそ》らく同格の個体が複数存在するだろうことがうかがえる。

力に訴《うった》える者は、より大きな力にねじ伏せられるのだ。

その理屈《りくつ》は、アスモデウス自身も例外ではない。

だが、千載一遇《せんざいいちぐう》の機会とも言える事態でもあった。

——こいつなら、魔族の大量発生の原因を知っているかもしれない。

マルコシアスに嵌《は》められるだろう未来が想定できている以上、こんなところで力を浪費したくはないのだ。

魔族騒動《そうどう》など、とっとと片を付けてしまいたいのがアスモデウスの事情である。

アスモデウスは唇《くちびる》に指を添《そ》えて小鳥のように首を傾《かたむ》ける。

「言葉がわかるのなら、少しおしゃべりしません？　私もわけもわからないのに、毎回魔族を退治させられるのって面倒なんですよ」

挑発《ちょうはつ》とも取れる台詞《せりふ》。だが、アスモデウスが伝えられる精一杯《せいいっぱい》の情報を込めたひと言。

アスモデウスが魔族を始末せざるを得ない状況《じょうきょう》にあり、それでいて魔族側と交渉《こうしょう》の意思があるというメッセージである。

——どうせこのやりとりも、エリゴルさんに監視《かんし》されてますからねー。

大っぴらに交渉もできないというのが、いまのアスモデウスである。

果たして、魔族の答えはというと……。

『お前は少々、危険過ぎる』

返礼とばかりに、殺気が返ってきた。

「あらら、残念」

まあ、魔族からすると同胞《どうほう》を皆殺しにした敵でしかない。こちらの情報でも欲《ほっ》していない限りは、交渉の余地などあるまい。

——まともにやり合うには未知数が過ぎますし、少しだけ本気を出しますか。

仕方なさそうに指をパチンと鳴らす。

「——〈黒針《こくしん》・樹城《じゅじょう》〉——」

その呼びかけとともに、魔族の足元から影でできた針が突き出す。かつてバルバロスがとある〝化け物〟を相手に使った切り札のひとつと同種の魔術である。

剣山《けんざん》のように無数に出現したそれを、魔族はひらりと身を翻《ひるがえ》して躱《かわ》すが、アスモデウスが使う〈黒針《こくしん》〉はそれで終わりではなかった。

突き出した針から、さらに無数の棘が突き出す。

『――ッ』

魔族を取り囲むように這《は》い出した針から、さらに無数の棘が突き出した。その棘からも、さらに同じ数だけの棘が突き出し、木の枝のように歪《いびつ》に広がっていく。

それはまさに樹城の名にふさわしい様だった。

全方位からの刺突に、魔族も避けきれずにその身を貫《つらぬ》かれる――はず、だった。

「……これくらいの魔術じゃ、直撃《ちょくげき》しても効果ないですか」

直撃したはずの〈黒針《こくしん》〉の棘が、逆に砕かれていた。

それはつまり、元魔王候補クラスでさえ、この魔族を傷つける術《すべ》が存在しないことを意味する。

――体表を硬化《こうか》させた……。となると、体術も扱《あつか》いそうですね。

ただ、そうなるとひとつ疑問が発生する。

――避ける必要のない攻撃《こうげき》を避けた？

初見では〈黒針《こくしん》〉の威力《いりょく》を見極《みきわ》められなかったのだろうか。それとも、防げるからといって痛みを感じないわけではないということだろうか。

――んー、いやたぶんこれ、違いますねえ。

その意図を汲《く》み取ったことで、アスモデウスは次に仕掛《しか》ける手を定める。

アスモデウスの肩《かた》には、新たにもう一枚のローブが掛《か》けられていた。いまの牽制の間に宝物庫から取り出したものである。

黒というにはあまりに深く暗い色。

光そのものがそこから欠落しているかのような、あるいはローブの形に虚無《きょむ》が這い出したかのような、闇《やみ》と呼ぶのも生ぬるくおぞましい色である。

十三人の〈魔王〉の中でも極《きわ》めて火力に特化したアスモデウスだが、その通り名は破壊《はかい》者《しゃ》でも復讐者《ふくしゅう》でもない。

では、なぜ《蒐集士》なのか。

「――禁織《きんしょく》〈タルタロス〉――」

これは魔術ではない。アスモデウスの宝物庫に収められた蒐集品《しゅうしゅうひん》である。

二枚目のローブは、それ自体が意思を持つように独りでに解《ほつ》れ始める。破れるように、崩れるように、しかし決して千切れることなく、周囲へと広がっていく。

その先端《せんたん》に触《ふ》れたものが、バリバリと音を立てて消滅していく。

消滅したのは物体のみに留《とど》まらず、空間そのものさえも侵蝕《しんしょく》して虚無の地平を垣間見《かいまみ》せていた。

「亜空間捕食者《ゾーンイーター》っていう虫を魔術で一本の糸に変えて織り上げた、特別製のローブですよ。触れるとたぶん魔族《まぞく》でも死んじゃいますから、気をつけてくださいねー？」

ゾーンイーターという生物は、亜空間《あくうかん》に住まう掃除屋《そうじ》である。巨大な芋虫《いもむし》のような外見をしていて、空間を食い破ってこの世界に顔を出すこともあるという。その攻撃を防ぐ手立ては、現世の人間にはないだろう。

そんなおぞましい生物を何千何万匹《びき》と織《お》り込んだという、狂気《きょうき》じみたローブである。

別名〈虚《うつ》ろの帷《とばり》〉とも呼ばれるこの織物は、とある〈魔王《まおう》〉が作り出した禁忌《きんき》の魔道具である。ただそこに在るだけで世界を侵蝕し滅《ほろ》ぼしかねないため、五百年前に厳重に封印されたはずのものだった。

そして、この〈タルタロス〉でさえ《蒐集士》の蒐集品のひとつに過ぎない。

アスモデウスの宝物庫には、過去千年の間この世界に存在した神々の遺産から、冒涜《ぼうとく》的な禁忌の魔具までありとあらゆる秘宝が収蔵されている。

歩く火薬庫どころの騒《さわ》ぎではない。

動く魔道館美術目録とでも呼ぶべき〈魔王〉ゆえ、アスモデウスは《蒐集士》なのだ。

そのアスモデウスが本気を出すということは、宝物庫を開くということである。

これが、力に訴える者なら十三人の〈魔王〉だろうとねじ伏せられるという根拠《こんきょ》。力で挑《いど》むという行為《こうい》そのものが、アスモデウスの土俵に踏《ふ》み入るということなのだ。

――フォルちゃんは、途中《とちゅう》で気付いたみたいでしたけどね。

それでも最後まで食い下がってきたあの幼女には、正直敬意さえ覚える。

そんな空間侵蝕の織物は、瞬《また》く間《ま》に魔族を包み込むように広がっていた。

『よくも、このような罪深いものを生み出すものだ』

そうつぶやくと、魔族の手に刃《やいば》が紡《つむ》がれる。

――魔術……というより体の一部を変化させたんですか？

〈黒針《こくしん》〉の直撃をものともしないほどに硬化する体である。それを刃に転化すれば、なるほど最強の剣《けん》だろう。

魔族はまとわりつく織物を斬《き》り払《はら》うが、断《た》ち切るには至らない。逆に刃の方がボロボロに侵蝕されてしまう。

いや、〈タルタロス〉に触れても消滅しない時点で驚嘆《きょうたん》に値する。

魔族の刃は斬るには届かなかったが、織物をはね除《の》けていた。

そのままアスモデウスに斬りかかってくるが、その刃は少女に届くことなく止められていた。

盾《たて》のように広がる織物が魔族の刃をふわりと受け止めている。

この〈虚ろの帷〉本来の役割は、防具なのだ。

――でも、身を守るために取り出したわけじゃないんですよね。

魔族が刃を振《ふ》るう間に、アスモデウスの魔術は完成していた。


「――〈奈落《ならく》・白夜《びゃくや》〉――」


『……ッ?』

魔族の動きがピタリと止まる。

いや、動いてはいるが宙に縫《ぬ》い付けられたように前に進まなくなっていた。

「あ、よかったぁ。一応、重力の影響《えいきょう》は受けてるんですね?」

アスモデウスはホッとしたように微笑《ほほえ》む。

この情報は大きい。

重力子というものは光や空間さえも歪《ゆが》める。事実上、重力の影響を受けないものは存在しないはずだが、魔族というものはなにかと物理法則を無視している節があった。

重力の影響を受けるのなら、アスモデウスの魔術を止める術はない。

見上げた空には、月が浮かんでいた。

半分に欠けた月と、真っ白な満月の、ふたつの月だった。

白い月光の降り注ぐその場所から、まるで重力というものが遮断《しゃだん》されたように全てのものが浮かび上がっていた。

崩れた家屋も、足元の石ころも、地に根を張る花からまでも花弁が散っていく。

あたかも重力が反転したかのような現象。

重力から解き放たれた魔族は、宙へと高く浮かび上がっていた。

『チイッ――』

鋭《するど》く舌打ちをして、魔族は刃を投げ放つが、それもアスモデウスに届く前に勢いを失いふわふわと夜空に登っていく。

――遮断してるのは重力じゃなくて、力の流れそのものなんですよね。

一切《いっさい》の物理現象を停滞《ていたい》させるのが、この〈奈落《ならく》・白夜《びゃくや》〉という魔術である。

剣だろうが雷《いかずち》だろうが、数センチメートルと進む前に力を失って止まってしまう。

そんな中、自在に動くことができるのは、そもそも触れたもの全てを消滅させる〈タルタロス〉だけである。

宙で為《な》す術《すべ》もない魔族を、しかしアスモデウスは静かに観察する。

「ふうん、舌打ちなんてしちゃうんですか。その見た目だと、そもそも口なんてあるようには見えないですよね？　ということは……」

そんなつぶやきさえも、すでに魔族には届いていまい。だが、唇を読めるのか、言葉が伝わっている気配はあった。

それを確かめながら、アスモデウスは観察を続ける。

フードの下には眼球のような光が浮かんでいるが、その位置は人間の目の位置ではない。口も見当たらない。

とうてい、舌打ちをするための舌も見当たらないのだ。

なのに舌打ちをした。

唇に指を当てて、アスモデウスは妖《あや》しく笑いかける。

「もしかしてあなたたち、元々人間だったりします？」

口もなく、どうやってしゃべっているのかもわからないのに舌打ちをする。それはつまり、過去にそうした習慣があったから出てしまった仕草ではないだろうか。

『…………』

そういった自覚があるのか、それともないのか、魔族は黙り込んでアスモデウスを見据《みす》える。見据えると言っても、どこに目があるのかはわからないが。

「あは、図星でした？」

『よく口が回る』

音も聞こえなければ口があるのかもわからないが、そんなことをつぶやいたのが感じられた。

その直後、魔族の体が膨《ふく》れ上がる。

「うわわわっ？」

直後、魔族の体からローブを破って無数の触腕《しょくわん》が突《つ》き出したのだ。

〈タルタロス〉で止められぬような速度ではないが、これだけ動けるという事実自体が驚《きょう》異的《いてき》である。

触腕を織物で受けるも、触腕が消滅することはなかった。

まったくの無事というわけではないが、どうやら先ほどの刃と同じく硬化した魔族の体は〈タルタロス〉に触れてもある程度は耐えられるらしい。

――〈白夜〉の影響下で、これだけ動けるのか。

アスモデウスは地面から足を離《はな》してふわりと宙に舞《ま》う。

触腕の一本一本に山をも貫くくらいの力が込められて、ようやくこの動きといったところか。〈魔王〉の手にも余るだろう驚異的な力だった。

触腕の数はすでに二桁《けた》を超えていて、その全てがアスモデウスを追尾《ついび》してくる。

これは〈タルタロス〉でも全てを消し去るのは骨だ。

アスモデウスは花束でも抱《だ》くように胸の前で手を重ねる。

そうして両腕《りょううで》を前に伸《の》ばすと、その手の平には黒い花が咲《さ》いていた。

白い月光の下でなければ、その輪郭《りんかく》すら認識《にんしき》することができぬだろう、虚無の色の花である。


「――〈奈落《ならく》・孤月残花《こげつざんか》〉――」


黒い花から花弁が散る。

しかしどれだけ散ろうとも、虚無の花から花弁の枚数を減らすことはなく、いつしか舞い踊《おど》る花弁は花吹雪《はなふぶき》のような量となって広がっていた。

舞い散る花びらは、魔族の触腕へと纏《まと》わり付く。

『――ガッ、ギィァァァアアアッ』

初めて、魔族が苦痛の声をもらす。

それもそのはず、黒い花びらが触れた部位からはスプーンで抉《えぐ》られたように肉が消滅しているのだ。

触腕は見る見る削《けず》り取られていき、絶叫《ぜっきょう》を上げるしかない魔族の体を〈タルタロス〉が容赦《ようしゃ》なく呑み込んでいく。

数秒のあとには、もうなにも残っていなかった。

圧倒的《あっとうてき》。

恐らくは過去に類を見ぬほど強力な魔族だったはずだが、アスモデウスには傷ひとつ刻むことはできなかった。

そのはずなのだが、アスモデウスの表情は浮かないものだった。

――おかしい。弱すぎる。

こんな猛攻《もうこう》を受けて生きていられる者など、〈魔王〉の中にもいまい。

だが、アスモデウスはこの程度では倒《たお》せぬと感じたのだ。だからこそ、これだけの力を見せたのである。

本当に倒してしまったら意味がない。

いぶかるアスモデウスに応《こた》えるように、その声はすぐ内側から聞こえた。

『恐ろしいものだな。いまの世には、お前のような個体が何体もいるものなのか？』

そう、内側――触れたもの全てを消滅させる〈タルタロス〉の内側から、その声は発せられていた。

虚無の色の織物の中に、魔族の顔と同じ模様が浮かんでいた。

――こいつ、〈タルタロス〉を逆に侵蝕して……！

アスモデウスは身構えるが、あまりに遅《おそ》すぎて、そして近すぎた。

「あぐッ――」

〈タルタロス〉から突き出した腕《うで》が、アスモデウスの首を捕《と》らえる。

そして――

『――――――――――――』

「……っ」

その声は、耳元で囁《ささや》かれたかのように近くで聞こえた。

――いや違う。空気の振動《しんどう》だけで語りかけてきている……？

アスモデウスの首を摑《つか》む腕が、小さく震《ふる》えている。これが空気を振るわし、アスモデウスにだけ声を届けているのだろう。

「――――――――」

なんとかその腕を摑み返すと、アスモデウスも同じ方法で言葉を返す。

その接触《せっしょく》はほんの数秒のことで、魔族はアスモデウスを地面に叩《たた》き付けた。

「かはっ――」

あたかもものすごく痛かったような息を吐《は》いて、アスモデウスは〈白夜〉を解いた。

解放された魔族は、そのまま闇に溶《と》けるように消え始める。逃げるつもりのようだ。

「ケホッ……待って、あなた、名前は、あるんです、か？」

自分でも意外なことに、アスモデウスの口を突いて出たのはそんな問いかけだった。

『……シェムハザ』

魔族はそう答えると、今度こそ夜の帷へと消えていった。

「うぅ、ごめんなさい〈タルタロス〉。せっかく出てきてもらったのに、上手《うま》く使ってあげられませんでした。次はもっと上手に使えるように練習しておきますね」

星の印の浮かんだ瞳《ひとみ》に涙《なみだ》まで浮かべて、アスモデウスはおぞましい織物を労《いたわ》るように撫《な》でる。

〈タルタロス〉まで侵蝕されるというのは予想外だった。やはり魔術師《まじゅつし》が最後まで信じられるのは魔術というところもあるが、道具が成果を出せないのは使う者の責任だと思う。

アスモデウスの目的は煌輝石《エリアル・ブラッド》を集めることだが、《蒐集士》として蒐集品を大切にしていないわけでもないのだ。全ての蒐集品は毎日ちゃんと手入れをしているし、宝物庫の中でほこりをかぶらせたこともない。

これまで煌輝石《エリアル・ブラッド》の持ち主たちを惨殺《ざんさつ》してきたアスモデウスだが、その理由の一端《いったん》にはどの所持者も煌輝石《エリアル・ブラッド》を手入れできていなかったというのもあるのかもしれない。

とはいえ、とアスモデウスは魔族の消えた空を見上げる。

――存外に、紳士《しんし》でしたね……。

アスモデウスにだけ聞こえたささやき。あの魔族シェムハザは、アスモデウスのメッセージを正しく受け取ってくれていたのだ。

それに応えるという魔族側のメッセージが、避ける必要のない〈黒針《こくしん》〉を避ける――戦う演技をするという行為だったのだ。

〈白夜〉の中では、音や光さえも動きを止める。当然、魔術もである。

つまるところ、中での出来事はエリゴリでも感知できない。

それをわかってくれたから、黙ってアスモデウスの攻撃を受けていたのだ。

――つまり、知性も〈魔王〉並、と……。これは敵に回したくないですねえ。

摑まれた首をさすりながら、アスモデウスはうめく。

「これ、アルシエラちゃんは知ってるんですかね？」

どうにも、非常によくないことが起こり始めているようだ。

そこであの魔族シェムハザが敵になるのか、それとも協力者たり得るのかは、まだわからない。

だが、これまでにないことが起きているのだ。

「……さっきの記者さん、まだ捕《つか》まえられますかね？」

これにより、レベッカ・アッペルマンの身にさらなる不運が舞い込むことが確定した。

「――ということだ。聖剣《せいけん》の中の天使をどうにかしたい」

日を改めて魔王殿《まおうでん》。玉座の間にはザガンとリチャード、そしてアルシエラの昨日と同じ三人。それにネフィとネフテロス、〈魔王〉を退いたオリアスのハイエルフ三人。最後に、千年前に直接天使と戦っていたアスラを加えた七人が集まっていた。

ことの大きさに、誰《だれ》もが声を出せずに重苦しい空気に支配される。

ザガンでさえ、緊張《きんちょう》を隠《かく》しきれずに表情を強張《こわば》らせていた。

――どうしよう。なんか、家族会みたいな面子だ。緊張する……。

家族と呼ぶならフォルがいないのが心寂《うらさび》しいが、親族会議のようなメンバーで、オリアスを除く全員が恋人《こいびと》連れという状況である。しかも気軽に殴《なぐ》って安心できるバルバロスがいない。

こういった状況は珍《めずら》しい。

そこでザガンの脳裏《のうり》に浮かんだのは、指輪のことだった。

――いやでも、結婚《けっこん》指輪を渡《わた》すタイミングではない……と、思う。

さすがに性急だろう。それに家族の前で渡すなら、フォルもいてくれないと困る。だから、いまではない。

と、そこで気付く。

よくよく考えたら、ネフテロスとリチャードが付き合うことになったのは皆《みな》知っているが、きちんと紹介《しょうかい》したことはなかったかもしれない。特にアスラのことは、顔を知っていてもどういう人間か知らない者もいるだろう。

その意味では、この集まりには大きな意味がある。

沈黙《ちんもく》を破るように、ザガンはコホンと咳払《せきばら》いをした。

「そういえば、先に紹介するべきだったな。まず、アルシエラが俺《おれ》のお袋《ふくろ》だったことはみな聞いたと思うが、こっちのアスラにはそのお袋の面倒《めんどう》を見てもらっている。千年前の英《えい》雄《ゆう》だった男だ。この時代で不慣れなところもあるだろう。助けてやってくれ」

「んぎゅふっ」

アルシエラがまたなんか変な声を上げて顔を覆《おお》っているが、いまは黙殺《もくさつ》する。オリアスが背中を撫でてくれてるし、まあ放っておいても大丈夫《だいじょうぶ》だろう。

反面、アスラはまったく空気を読む気がないように腕を組んで胸を張る。

「おう！　〈呪腕〉のアスラだ。よろしくな！　アーシェがなにかと迷惑《めいわく》かけてると思うけど、なにかあったら俺に言ってくれ！　彼氏《かれし》だからな！」

その宣言に、アルシエラが愕然《がくぜん》とする。

「いつから付き合ったことになったんですのっ？」

「え、違うのか？　俺、あんだけ好きだって言ってるのに、お前だって別に嫌《いや》がらなかったじゃねえか」

「もう黙《だま》っててお願い……」

老婆《ろうば》の姿のオリアスが、苦笑交じりにアルシエラの肩を叩いていた。

それから、リチャードを示す。

「あとこっちのリチャードだが、最近めでたく聖騎士《せいきし》長に昇進《しようしん》した聖騎士だ。いまはネフテロスの専属騎士をやってもらっている」

「おう！　旅先じゃ世話になったな！　改めてよろしくなリチャード」

「はい。アスラくんもよろしくお願いします」

そのやりとりに、ザガンは目を丸くする。

「なんだ。貴様らは面識があるのか？」

「ああ！　ラジエルって街からここまで送ってもらうときいっしょだったからな！　そっちの天使……じゃなくてエルフと付き合ってるのも知ってるぜ！　すごく仲良いよな！」

これにはネフテロスも褐色《かっしょく》の肌《はだ》を真っ赤にして視線を逸らした。

「アスラくん、男女の仲のことは、あまり人前で公言するものではありませんよ……？」

ネフテロスを背中にかばうように立つと、リチャードは凄《すご》みのある微笑でそう諭《さと》す。

――こいつ、いい殺気を持つようになったなあ。

出会ったときは頼《たよ》りない一般《いっぱん》聖騎士だったのに、目覚ましく成長したものだ。正直、ザガンは少し感動すら覚えていた。

凄まれたアスラは、心底驚《おどろ》いた顔をした。

「え！　そうだったのか……。悪い。俺のいた時代とはいろいろ違うんだな」

「あ、いえ、世代のギャップということでは仕方がありません。これから覚えていただければ大丈夫ですよ」

「……あの。千年前でも非常識なことだったのですけれど？」

まあ、このお袋の場合はこうでもしないと逃げ回るのでやむを得ないだろう。

面識があるなら、改めて紹介する必要はなかったかもしれない。結局、無駄《むだ》にアルシエラが恥辱《ちじょく》にまみれただけの気がするが、過ぎたことだ。

それから、アスラがリチャードに語りかける。

「なあリチャード。その〈カマエル〉……聖剣ってやつ見せてもらっていいか？」

「ええ、どうぞ」

リチャードはスラリと大剣を抜《ぬ》くと、刀身に手を添えて掲《かか》げる。

「ふうん。お前、こんな姿になっちまったのか。つっても、あんときゃ鎧《よろい》姿だったから結局どんな面してたのか知らねえけど——っ痛え！」

アスラが気安くポンポンと刀身を叩くと、鋭い放電に反撃《はんげき》されていた。

まあ、千年前は敵同士だった相手である。いきなり馴《な》れ馴れしくされては反感のひとつも覚えるだろう。

ふうふうと手に息をかけて痛がるアスラに、リチャードが苦笑する。

「えっと、〈カマエル〉は気難しいところがある方なので、触《さわ》るのは止《よ》した方がいいですよ」

「それ先に言えよ……」

「貴兄《きけい》の奇行《きこう》を予測しろというのは酷《こく》な話だと思うのですけれど……」

アルシエラが呆《あき》れ果てた顔をする。

――こいつ、自然にしてるとこんな顔なのか。

ザガンの前だとなにか常に気を張っているような顔をしていたが、アスラに振り回される姿は見た目相応の歳《とし》に見える。

それが自分の母親だと考えるとなかなかに複雑な心境ではあるが、まあ千年も戦い続けた少女にようやく訪《おとず》れた休息である。見なかったことにしてやろう。

いつの間にか、重苦しい空気が払拭《ふっしょく》されていた。

そのおかげか、ネフテロスがリチャードの裾《すそ》をくいっと引っ張り拗《す》ねたような声をもらしていた。

「リチャード。あなた、聖剣を壊《こわ》すだなんてことを考えていたの？」

「ええ、まあ……」

「……先に私に相談してくれてもよかったのに」

ぷくっと頬《ほお》を膨らませるネフテロスにリチャードも一瞬《いっしゅん》うろたえた顔をするが、すぐに毅《き》然《ぜん》とした微笑を返す。

「ネフテロス、男には見栄《みえ》を張りたいときもあるのです。あなたに話すのに、なにも手立てがないなんて言うのは恥《は》ずかしいじゃないですか」

「私はそういう恥ずかしいところいっぱい見られてるのに……」

「……っ」

この一撃《いちげき》には思わず仰《の》け反《ぞ》るが、それでもリチャードは声を落としてネフテロスの耳元に顔を近づける。

(そんなあなただから、私は好きになってしまったのです。どうか許してください)

〈魔王〉の前でふたりだけの空間を構築する義妹《ぎまい》とその婿《むこ》に、ザガンとオリアスは気圧《けお》されたように身構えさせられた。

――リチャードめ、これほどの力を身に付けていたのか!

とてもではないが、ザガンにいまの返しはできない。

ネフィに拗ねられたら威厳《いげん》もなくうろたえていただろう。それを、この男はこうも紳士に返したのだ。強者と認めざるを得ない。

「…………」

そんな妹の姿に触発《しょくはつ》されたのか、いつの間にかネフィが隣《となり》に忍《しの》び寄っていて、キュッとザガンの袖《そで》をつまんでくる。

心なしかぷくっと頬を膨らませて、ツンと尖《とが》った耳の先が拗ねるように震えていた。奇《く》しくも、先ほどのネフテロスとまったく同じ表情である。

——ネフィが甘《あま》えたがってる……だとッ？

人前でこういう反応をするのは珍しい。

〈魔王〉の前だというにも拘《かか》わらず、躊躇《ちゅうちょ》なくイチャイチャするような連中しかいないのだ。ネフィも羨《うらや》ましくなってしまったようだ。

確かにザガンもここのところネフィのプレゼント作りで工房《こうぼう》に籠《こ》もりがちで——この前息抜《いきぬ》きにデートはしたが——ネフィとの時間が減ってしまっていた。

「ひゃっ」

ひとまず気を落ち着ける意味でも、ザガンは玉座に座《すわ》ったままネフィを抱《かか》え上げるとそのまま膝《ひざ》の上に座らせた。

——やはり、こういうときは膝に乗ってもらうのが一番だな！

そう思って、はたと考える。

いつもここで満足してしまっているから、まったく進歩できないのではないか？

——先に進むときが来たのかもしれない。

近い将来、結婚指輪をわたさなければならないのだ。いつまでも同じ場所で足踏《あしぶ》みをしているわけにはいかない。

ネフィが戸惑《とまど》うような声をもらす。

「あの、あの、ザガンさま？　ち、ちちちょっと甘えたかったのは事実ですけど、いまこういうのはちょっとよくないのではと……」

真面目《まじめ》な少女の言葉に、ザガンも大仰《おおぎょう》にうなづいてこう返した。


（わかった。あとでな……ネ、ネフ、ェ、リ、ア……）


ネフィという名は愛称《あいしょう》である。

正しくはネフェリアという名前があるというのに、実はザガンは一度もその名で呼んであげたことがなかったのだ。

その名前を呼ぶというのは、ザガンにとって新たな一歩であった。

――ぐううっ、だがなんだこの恥ずかしさは！

血液が沸騰《ふっとう》したような感覚である。

自分の顔が真っ赤になっているのがわかる。このまま意識を手放してしまえればどんなに楽だろう。

それでいて、なんだかすごい達成感のような充実《じゅうじつ》感のようなものがこみ上げてくる。

ネフィという愛称は当然愛らしくて親しみやすいものだが、名前というものは正しく読むことにも意味があるのだと痛感させられた。

――うん。ネフェリアって、すごく綺麗《きれい》な名前だからな！

耳元にその名前を囁くと、ツンと尖った耳が動転するように震えた。

「はううぅっ？」

耳の先でぺしぺしとザガンの頬をはたきながら、ネフィが悲鳴のような声をもらす。

そのまま気でも失うようにくらりと頭が揺《ゆ》れるが、それでもネフィとて〈魔王〉となった少女なのだ。

気力を振り絞《しぼ》るようにカッと目を見開くと、逆にザガンの耳元に顔を近づけてこう唇《くちびる》を震わせた。

（名前で呼んでくださったの、初めてですね……ザ、ザ、ザガン）

まさかのさま抜き。

こんな返しは想定しなかった。

「ぬううううううううううっ！」

親しみを込《こ》めたその呼び方に、ザガンは心臓にただならぬ衝撃《しょうげき》を受けて悶絶《もんぜつ》した。

動揺《どうよう》するふたりの〈魔王の刻印〉から膨大《ぼうだい》な魔力《まりょく》があふれ、魔王殿を揺るがす。直上の街では商人が観光客に「あ、これうちの〈魔王〉さんたちが引っ付いてるときのあれなんで心配しないでください」などと説明していた。ザガンが多忙《たぼう》だったのは、街ごと耐震《たいしん》処置の魔術《まじゅつ》を施《ほどこ》していたりしていたせいもある。

そんなふたりに、それぞれ勝手にいちゃついていた男女も我に返る。

その視線に気付いて、ザガンはまたしてもコホンと咳払いをした。

「話を元《もと》に戻すぞ。聖剣についてだが――」

「そのまま進めるおつもりですの？」

当然とも言えるアルシエラの指摘《してき》に、ザガンは〈魔王〉の威厳さえ込めてうなづく。

「お互《たが》い、腰《こし》が抜けて立ち上がれんだけだ。気にするな」

ネフィも顔を覆ったままコクコクとうなづく。

名前呼びは、このふたりにはまだ早かったようだ。肉体強化に特化した〈魔王〉の力を以《もっ》てしても、立つことができなかった。

「貴兄らは一年も付き合っていてなにやっていますのっ？」

「貴様にだけは言われたくない。……アスラ、ちょっと来い」

アスラを呼び寄せると、ごにょごにょと耳打ちする。

「……別にいいけど、そんなこととしてなんか意味あんのか？」

純真無垢《じゅんしんむく》な馬鹿《ばか》は、首を傾《かし》げつつもアルシエラの傍《そば》に駆《か》け寄ってこう囁きかける。

（お前も人のこと言えねえだろ、アルシエラ）

「……っ」

このアスラも、いつも〝アーシェ〟としか呼ばないのだ。

アルシエラはなにか堪《こら》えるように、あるいは認めたくないように口を結ぶが、その耳が真っ赤になっているのがわかった。やはりまんざらではなかったらしく、そのまま黙り込んでしまう。

「おおー……」

アスラがおもしろそうに目を丸くする。

ザガンも『そら見たことか』と居丈高《いたけだか》に見下すが、未《いま》だに足腰《あしこし》は立たなかった。

それ以外の全員から〝この親子なにやってんだろう〟といった視線を向けられるが、ザガンが気にかけることはない。

ただ、と思う。

――千年か……。

千年前に二代目銀眼の王ルシアと結ばれて、そのますぐに彼《かれ》らは死別したという。

それから千年、普通《ふつう》の人間の何十倍もの人生の中で、アルシエラは誰にも心を許さなかったのだろうか。

いや、そんなことはないだろう。

ルシアのときほど大きな気持ちを抱くことはなかったかもしれないが、ザガンが知っているアルシエラはそんなふうに感情の死んだ人格ではなかった。

それでいて、ルシアへの気持ちを忘れたわけでもなかったはずだ。

いまのアルシエラがアスラに抱いている気持ちは、どの程度のものなのだろうか。

初恋《はつこい》の相手だった。それはもちろん大きいのだろうが、それはいまのアスラに対してはあくまできっかけに過ぎない。

この男を〝千年前の影《かげ》〟ではなく、いまを生きるひとりの人間として見ているから、アルシエラもまともに相手をしているのだ。

それでいて、アスラと同じく銀眼も蘇《よみがえ》ってしまったから、自分でも整理が付かないことになっているのだろう。

――銀眼は、自分が〝ルシア〟であることを選ばなかったからな。

彼が〝ルシア〟として生きていたら、きっとこんな面倒なことにはなっていなかったのだろう。

だがアスラが『俺が俺であることには関係ねえ』と言い切ったように、銀眼が何者であるかは誰にも強要できない。

それに、いまの銀眼は銀眼で、ザガンは嫌《きら》いではないのだ。

父親というものがどういうものなのかは未だによくわからないが、きっと〝大好きな親《しん》戚《せき》〟くらいには思っている。

まあ、結局はアルシエラが結論を出すしかない問題だ。ザガンが詮《せん》索《さく》するようなことではないと、その問題を頭の隅《すみ》に追いやる。

そこで声を上げたのは、オリアスだった。

「話を戻すが、かまわないかね？」

「もちろんだ」

ザガンがうなづくと、ネフィも膝の上で姿勢を正す。

「聖剣というものを調べてみないことにはなんとも言えないが……アルシエラ殿《どの》、これは天使とやらの遺骸《いがい》と魂魄《こんぱく》を捧《ささ》げて作られたという話だったね？」

「ええ、その通りなのですわ」

「であれば、これは聖剣という器に天使を蘇生《そせい》したということになるだろう」

それから、ネフテロスに視線を向ける。

「器から器へ魂魄を移す手段は存在する。神霊魔法《しんれいまほう》にはないが、魔術では古くから培《つちか》われてきた技術だ。ホムンクルス然《しか》り、ザガンの〈天鱗《てんりん》・祈甲《きこう》〉もその可能性は秘《ひ》めている」

「なるほど。真っ当な肉体に移《うつ》し替《か》えてやるわけか」

これならば魂魄もろとも消すよりずっと穏便《おんびん》な方法だろう。

それでも死にたいなら勝手に自害すればいいし、新たな人生を謳歌《おうか》するのも自由だ。

「だが、ここで問題なのは連中の魂魄がどう括《くく》られているかだな」

千年も括られてなお揺るがぬ強固な檻《おり》である。これを突破《とっぱ》できるかが課題だろう。

オリアスもうなづく。

「元〈魔王《まおう》〉や現役《げんえき》〈魔王〉を以てしても未知の技術だ。不可能ではないかもしれないが、時間はかかるだろうね」

「ふむ。お袋、そもそも聖剣だか天剣《てんけん》だかはどんな行程で作られたのだ？」

その問いかけに、アルシエラは首を横に振《ふ》った。

「わかりませんわ。そのころ、あたくしは諸事情で死んでいましたから」

「死んでいた？」

これには全員が耳を疑うが、アルシエラはそっと唇に人差し指を添《そ》えた。

どうやら〝話せない〟ことらしい。

鍛冶《かじ》に関することならナベリウスだとは思うが、千年前となるとあの男もどこまで掴んでいるかは怪《あや》しいところだろう。なにより、そろそろ弱みにつけ込んでいいように使うのも限界だと思う。

逆上して暴れるくらいならかまわないが――〈刻印〉もぶんどれるし――嘘《うそ》混じりの情報を掴まされるのが一番困る。ザガンにはその真偽《しんぎ》を精査する術がないし、できたとしても確かめたころには逃《に》げられているだろう。

というわけで、ナベリウスを当てにするのは危険だ。

――となると、製造工程を知っていそうなのはマルコシアスくらいか。

だが、訊《き》けたとしてもあの男がすんなり教えてくれるはずもない。

ネフテロスに目を向ける。

ホムンクルスとなると、ザガンの知る限りでは実はネフテロスの生みの親であるビフロンスが一番詳《くわ》しかったのだ。

ただ、根深いトラウマを残したあの魔術師のことを、いまのネフテロスに問いかけるのは酷というものだろう。

頭を悩《なや》ませていると、ネフテロスが「あ」と声を上げた。

「どうした？」

「えっと、役に立たないようなことかもしれないんだけど……」

「かまわん。言ってみろ。いまはなにより情報が必要だ」

そう促《うなが》すと、ネフテロスは思い返すようにこうつぶやいた。

「ビフロンスが以前、ホムンクルスのことで自分より専門家がいるみたいに言ったことがあったわ。いま思えば、たぶん私に自覚があるか試《ため》していたんだと思うけれど、ホムンクルスの技術はそいつから盗《ぬす》んだみたいに言っていたわ」

「ほう、何者だ？」

「――《傀儡公《くぐつこう》》フォルネウス――」

その名前に、ザガンとオリアスは眉《まゆ》を跳《は》ね上げた。

「〈魔王〉フォルネウスか」

まあ、〈魔王〉であるビフロンスが、自分以上と称するような相手は〈魔王〉以外にいないだろう。

「ホムンクルスを含《ふく》めた錬金術《れんきんじゅつ》に分類される魔術の頂点……いや、違《ちが》うな。始祖と呼ぶべき魔術師だよ」

オリアスの言葉に、ザガンも目を見開く。

「始祖だと？」

「錬金術の歴史は七百年と言われているが、その最初のひとりがフォルネウスなのだよ」

つまり錬金術という魔術体系自体、フォルネウスが作ったものだということだ。

「なるほど。確かに魂魄の移植はホムンクルスの精製から生まれた技術だ。その始祖ならば専門家と呼べるかもしれんな」

うなづいて、ザガンは他の場でもその名前を聞いたことを思い出す。

「そういえば、やつの弟子《でし》も元魔王候補に名を連ねていたな」

ウェパルについて調べさせるとき、ゴメリの口から名前が挙がっていたはずだ。

「《雷甲《らいこう》》のフルフルだったか。私は面識はないが、フォルネウスの弟子ならば腕も期待できるかもしれないね」

そう、オリアスが言葉を引き継《づ》ぐ。

「ふむ。こちらで行き詰まったら、そのどちらかに接触してみてもいいかもしれんな」

有益な相手なら協力を取り付けたいし、敵対するようなら厄介《やっかい》の種を始末することができる。どの道、バルバロスに与《あた》える〈刻印〉がほしかったところなのだ。

——マルコシアスがろくでもないことを始めたらしいからな。〈魔王〉連中の動向は摑んでおきたい。

いずれにしろ、ザガンにとっては都合のよい話だった。

続けてそれぞれ情報や案を出してはみるが、根本的に聖剣について知らなすぎた。

「——器の代替品《だいたいひん》はどうとでもやりようはあるが、まずは聖剣の内側というものがわからんのが問題だな」

と、そうつぶやいたときだった。

「……っ、悪いが、今日はここまでだ」

「なにかあったのですか、ザガンさま？」

「招かざる客だ」

◇

ようやく足腰が立つようになったザガンは、そう言い残すと静かに立ち上がった。

「はん？　それで話ってのはなんだ――〈魔王〉エリゴルさんよ」

キュアノエイデス酒場にて、バルバロスはある魔術師と顔を突き合わせていた。

《星読卿《ほしよみきょう》》エリゴル。マルコシアスに付き従う三人の〈魔王〉のひとりであり、最高の予知魔術師として名高い。

いや、予知というのは正確ではない。

あれは未来視らしい。

予知でも予測でもなく、未来視である。

いかなる力によるものなのか、彼女《かのじょ》が視るのは確定された未来であり、一度視た未来は本人の力でも変えることができないのだという。

あまりに強大過ぎる力ゆえ、その瞳は呪符で封印《ふういん》されている。

――ウェパルとは逆の理由で視覚を絶ってやがるわけか。

見た目が二十歳《はたち》ほどというのも、ウェパルと共通する点である。まあ、肉体的に二十代というのは最盛期であるため、年齢《ねんれい》を制御《せいぎょ》できる魔術師の多くはこの年代を選ぶというだけだが。

リュカオーンの衣装だろうか。肩《かた》から胸元《むなもと》まで大きくはだけた大胆《だいたん》な着物を身に着けており、こぼれんばかりの大きな乳房《ちぶさ》が覗《のぞ》いている。口元には一粒《つぶ》のほくろがあり、なんとも扇情的《せんじょうてき》な女だが、そんな艶姿《あですがた》に太い鎖《くさり》が伸《の》びる犬のような首輪が不似合いだった。

エリゴルはたおやかに微笑《ほほえ》むと、バルバロスのグラスにアルコールを注ぐ。

「私たちのことは〈魔王〉ザガンから聞いているかしら、《煉獄《れんごく》》のバルバロスくん？」

甘い香《かお》りとともにそう語りかけられ、バルバロスも思わずため息をもらす。

――いい女だが、俺が〈魔王〉になり損《そこ》ねたのはこいつらに〈刻印〉をかすめ盗《と》られたせいなんだよな。

となると、お世辞にも心証のよい相手ではない。美人で胸も大きく、包容力もありそうな大変いい女ではあるが。

バルバロスは足を組んでふんぞり返ると、威圧的《いあってき》に返す。

「《最長老》マルコシアスとなにかやらかそうって連中だろう？　あまりいい噂《うわさ》は聞かねえな」

これでもバルバロスは耳がよい方である。魔術師の噂話《うわさばなし》なら大抵《たいてい》は把握《はあく》している。

エリゴルはさも心外そうに肩を竦《すく》める。

「あら、それは誤解よ。私たちはもっと大局的に物事を見ているだけよ」

「どうだかな」

　グラスを煽《あお》ると、エリゴルは駄々《だだ》っ子《こ》でも見守るように微笑む。

「そうね。たとえばいままた魔族《まぞく》が各地に出没《しゅつぼつ》していることは知っているかしら？」

「……まあ、噂程度にはな」

　かつてバルバロスも魔族の召喚《しょうかん》を試みたが、失敗した。ザガンに邪魔《じゃま》されたというのが直接の原因だが、仮に成功していたところであれを御《ぎょ》し切れた自信はなかった。

　人造生命《ゴーレム》や合成生物《キメラ》にも言えることだが、魔術師は自分の力量を超《こ》えた使い魔を持つことはできない。そんなものを召喚すれば、自分が真っ先に殺されるからである。

　――いまの俺なら、魔族の一匹《ぴき》や二匹くらいなら倒《たお》せるだろうが。

　だが、それを何匹《なんびき》も相手に続けられるかと言ったら、無理である。

　そんな反応に、エリゴルは満足そうにうなづく。

「あなたたちがシアカーンと遊んでいる間、彼らへの対処をしていたのが私たちよ。おかげで世界はいまも滅《ほろ》びていないでしょう？」

　バルバロスは鼻を鳴らす。

「そんな世界を守ってくれるお偉《えら》いあんた方が、俺になんの用だ？」

　エリゴルは豊満な胸を支えるようにして妖艶《ようえん》に腕《うで》を組むと、甘く囁《ささや》いた。

「単刀直入に言うと、私たちの下《もと》に来る気はないかしら？」

まさかの勧誘《ヘッドハンティング》に、バルバロスも目を丸くした。

「私たちはあなたのことを高く評価しているつもりよ。あなたの空間魔術は《狭間猫《はざまねこ》》フルカスの域に達している。そのフルカスが倒れたいま、この時代にあなた以上の空間魔術師は存在しない」

滅多《めった》に褒《ほ》めてもらえないバルバロスは、その社交辞令的な言葉でも気分がよかった。

「はっ、〈魔王〉からおだてられるってのは悪い気がしねえな。だが、それで俺になんか得があるのかい？」

「〈魔王〉の椅子《いす》をひとつ用意できる、というのでは不足かしら」

すかさず返された言葉に、今度こそバルバロスも悪態をつけなくなった。

「……マジで言ってんのか？」

「報復手段のある相手に、空手形で取り引きを持ちかけるとお思いかしら？」

一度視認《しにん》した相手の魔力を辿《たど》り、その〝影〟を媒体《ばいたい》に空間を渡るのがバルバロスの魔術である。それは〈魔王〉だったとしても変わらない。相手が隙《すき》を見せてから首をかっ切れば殺せぬ者などいない。

同時に、これは本当にバルバロスの魔術を評価している証でもあった。

だが、だからこそ迂闊《うかつ》に返事などできようはずもなかった。

「このタイミングでそんな誘《さそ》いをかけるってこたあ、あんたらお偉い〈魔王〉方でもたどり着けねえような場所があって、本来それができたはずのやつが再起不能にでもなった……ってとこか？」

「ふふっ、頭も回るのね。好きよ？　頭の良い子は」

「はっ、そりゃどうも」

恐《おそ》らく、本来は〈魔王〉フルカスに持ちかける取り引きだったのだろう。かの〈魔王〉でなければ到達《とうたつ》できぬような場所があるのだ。

だが、そのフルカスはある事件で壊れた。いまのフルカスは、魔術のまの字も知らぬド素人《しろうと》だ。

そこにいまエリゴルが口にした『魔族の発生』という事実を照らし合わせると……。

「《狭間猫》フルカスにしかたどり着けねえような場所――そんなもん、俺はひとつしか思いつかねえな」

「…………………」

図星だったらしい。

ニコニコしていたエリゴルが黙り込んだ。

「となると〝やつ〟を敵に回すことになる。そいつはちょいとばかりリスキーだぜ？ 〈魔王〉の椅子でも割に合わねえ」

ザガンや他の〈魔王〉、聖剣所持者などいくら敵に回そうがむしろ望むところだが、〝やつ〟だけはまずい。

〝やつ〟の追跡《ついせき》能力はバルバロスと同等以上。こちらの方が寝首《ねくび》を掻《か》かれる。

このエリゴルやマルコシアスに保護を求めたところで、生き延びることはできないだろう。〝やつ〟の怒《いか》りに触《ふ》れるというのは、そういうことなのだ。

――なにより、それをやっちまったから、フルカスは再起不能になったんだ。

あの〈魔王〉がなにを見たかは知らないが、バルバロスが同じ目に遭《あ》わない保証はない。

いくら見返りが美味《おい》しくとも、あまりにリスクが大きすぎる。

エリゴルはようやく口を開く。

「思った以上に事情通なのね。でも、あなたに取って悪い取り引きでもないはずよ。マルコシアスはあなたの欲《ほ》しい報酬《ほうしゅう》を用意できるわ。そうね、たとえば――」

もったいぶるようにそこで言葉を句切ると、眼帯に隠《かく》された瞳《ひとみ》を真《ま》っ直《す》ぐ向けてこう告げた。

「〝魔術喰《まじゅつく》らい〟を破るヒント、とかね？」

「…………」

バルバロスは鋭《するど》く目を細めた。

ここで『〈魔王〉ザガンの首をプレゼントする』とでも言われれば、バルバロスは席を立っていただろう。

ザガンを倒すのはバルバロスなのだ。

他の誰《だれ》にも譲《ゆず》るつもりはない。

横槍《よこやり》を入れるならそいつから殺すというのが、バルバロスの考え方である。

だが、この〈魔王〉は『〝魔術喰らい〟を破るヒント』と言った。

バルバロスが一年かけて未だ攻略《こうりゃく》できないあれを破る手段は、喉《のど》から手が出るほど欲しいものであり、それでいて他人の手など借りたくもないという繊細《デリケート》な話なのだ。

そこに、ヒントというのは的確過ぎる落とし所だった。

──面倒《めんどう》なこと言いやがる。

だが、確実にバルバロスの心を揺さぶるひと言だった。

言葉に窮《きゅう》していると、エリゴルはクイッとグラスを空ける。

「少し性急な話だったかしら？　いますぐにとは言わないけれど、考えてくれると嬉《うれ》しいわ」

そう微笑むと、エリゴルはずいぶんと多めに酒代を置いて去っていった。

――美味《うま》そうな話ってのは、裏があるもんなんだよな。

だが、それでもあまりに魅力的《みりょくてき》な話だった。

――ザガンの野郎《やろう》はばかすか殴《なぐ》るくせに感謝とかしねえしな！

バルバロスとザガンは契約《けいやく》関係にはあっても、仲間でも配下でもない。

ここらで明確に線引きをしておくというのはあってもいい話だ。

「……………ッ」

そこまで考えて、バルバロスはガクウッと突《つ》っ伏《ぷ》した。

――その場合、ポンコツのことどうすりゃいいんだ？

ザガンと縁《えん》を切るということは〝シャスティルを護衛する〟という依頼《いらい》を解消することでもある。

ただでさえ、いまは妙《みょう》な噂を立てられて身動きが取れなくなっているというのに。

……まあ、そこで悩んでいる時点で答えなどはっきりしているのだが、バルバロスは自覚しなかった。

「いや、別にんな依頼なんてなくたって〝影〟を使えば傍に……じゃねえ！　なんで俺《おれ》がポンコツの傍にいてやんなきゃいけねえんだよ。ふざけんな」

ひとりで突っ伏してブツブツつぶやく魔術師《まじゅつし》に、隣の客が不気味なものを見たように身を退く。

（なんだこいつ……）（ほら、例の噂の）（噂？）（駆け落ちの）（あー……）

「てめえらぶっ殺すぞ！」

バルバロスは声を荒《あら》らげるが、なぜか同情するような励《はげ》ますような目を向けられた上に、麦酒《エール》をおごられてしまった。

◇

バルバロスとエリゴルの会合が終わるころ、ザガンはキュアノエイデスの街に出ていた。

ここはザガンの領地なのだ。どこでもとはいかないが、こういうときのために盗聴《とうちょう》できるよう結界が張ってある。バルバロスの行った酒場はなにかと魔術師の溜《た》まり場《ば》に使われることが多いため、押《お》さえておいたのだ。

──マルコシアスめ。このタイミングでバルバロスの勧誘だと？

正直、バルバロスがどこの馬鹿に使われてくたばろうが知ったことではないが、いまは困る。

あの男には教会と魔術師の橋渡《はしわた》しになってもらわねばならない。

魔術師として真っ当なクズであるあの男だからこそ、意味があるのだ。

まあ、バルバロスがシャスティルを裏切るようなことはないと思うが、しかしながらバルバロスである。

頭はいいのにどういうわけか馬鹿なのがバルバロスなのだ。

──なにも考えずに『いい女だなー』とついていく可能性も否《いな》めん。

普通に考えたらあり得ないとは思うのだが、その普通が通用しないことはこれまで嫌《いや》というほど痛感してきた。それくらい信用がなくて考えなしなのがバルバロスなのだ。

いままではその度に殴ればよかったが、マルコシアスにつくとなるとそうもいかない。

「……少し、釘《くぎ》を刺《さ》しておく必要があるな」

そうしてザガンが訪れたのは、教会だった。

「──あなたがここを訪ねてくるなんて、久しぶりだな」

教会執務室《しつむしつ》。

ここのところ、シアカーンとの戦いがあったりその後始末だったりで顔を出してはいなかったが、ザガンが教会を訪れるのはいまに始まったことではない。

今回も蒼天《そうてん》の三馬鹿がなにか喚《わめ》いていたが、すんなりと中に入れてもらえた。まあ、三馬鹿にとってもいま一番警戒《けいかい》すべき相手はザガンよりも別の人物だろうから、それも当然だろう。バルバロスを表に出しておいた甲斐《かい》があるというものだ。

シャスティルの執務室にて客用ソファに腰掛《こしか》けると、紅茶が差し出された。

これは給仕《きゅうじ》らしき修道女が入れてくれたものだ。十五、六くらいの少女で初めて見る顔だが、向こうもなんだか物珍《ものめずら》しそうにザガンをジロジロ眺《なが》めてくる。物怖《ものお》じしないというか、怖《こわ》いもの知らずというか、どこか肝《きも》の据《す》わっている印象を受ける。

——何度か死線をくぐり抜《ぬ》けている目だな。

魔術や剣技に精通しているようには見えないが、人間の強さとは腕力《わんりょく》や魔術のそれに限らない。

入ってまず『紅茶でも入れようか』と腰を浮《う》かしかけたシャスティルを凄《すさ》まじい勢いで止めたことからも有能さがうかがえる。

試しにカップに口を付けてみると、存外に悪くない味だった。

「ほう、いい味だ。この味が出せるまで、よほど試行錯誤《しこうさくご》してきたのだろう。そこはかとなく、苦労を感じ取れるのはなんだろうな。その歳《とし》でこれほどの味を出せるとは……シャスティルよ、貴様そいつを大事にした方がいいぞ」

ネフィには及《およ》ばぬが、という当然の前提は言うまでもないので、口には出さなかった。

そう告げると、修道女は感極《かんきわ》まったように顔を覆《おお》う。

「よかった……！　まともな味覚の人だった！」

「ええー……」

ザガンはシャスティルに疑いの目を向ける。

──こいつ、味覚がやばいとは聞いていたが、従者を泣かすほどなのか？

というか先ほど感じた〝死線をくぐり抜けている〟というのが、シャスティルの紅茶を飲んで死にかけたのではという疑惑《ぎわく》が浮上《ふじょう》してきた。

警戒心《けいかいしん》を込めて、ザガンは問いかける。

「……シャスティル、まさかとは思うが貴様、この紅茶の味がわからんなどと言うのではないだろうな？」

「そ、そんなことはないからな？　レイチェルの淹《い》れてくれる紅茶はちゃんと美味しいと思っているぞ！」

本当かと目を細めているると、修道女が慌《あわ》てたように首を横に振った。

「ち、違うんです。シャスティルさまは悪くないんです。ただ私の紅茶飲んでもバルバロスさんの紅茶飲んでも同じ感想を口にされるから、私が勝手に不安になっただけで！」

早口でシャスティルを庇《かば》おうとする姿が、逆に気の毒だった。

「お前、こいつに謝《あやま》れ！　泥水《どろみず》と紅茶を飲んで同じ感想を口にするな」

「バ、バルバロスの紅茶だって泥水ってほど酷《ひど》くないんだぞ？」

「泥水でなければ毒物だ。人が死ねる味だぞあれは！」

隣《となり》で修道女がものすごい勢いでうなづいていた。

――飲まされたのはバルバロスの紅茶か。哀《あわ》れな……。

バルバロスの作る飯がどれほど不味《まず》いかは、ザガンだって知っている。それを悪くないと思っている時点で、もはや常人の理屈《りくつ》が通じる話ではないのだ。

シャスティルにしたって、ただのひと口でネフィから厨房《ちゅうぼう》への出入りを禁じられる次元の味音痴《おんち》である。それでいて、本人たちがどれほど不味いか自覚できないのだから説得すら不可能だった。

ザガンは頭を振る。

「まあ、いい。別に貴様の味覚を咎《とが》めに来たわけではない」

「そんなに責められる覚えはないのだが……」

――こいつバルバロスに似てきたな。

ぶん殴りたい衝動《しょうどう》をなんとか堪え、ザガンは神妙《しんみょう》な表情で問いかける。

「お前、あれから教会内での噂はどうなっている？」

「……なにも変わってないぞ。相変わらず私は駆け落ちしたことになってるし、そのあともバルバロスとの関係であることないこと言われてるし、前より悪化してる気さえする」

それは日中からバルバロスと過ごすようにしたのだから、そうなるだろう。

予定通り、順調に噂はこじれて広まっているようだ。ゴメリの広報活動のたまものだろう。こういうときのおばあちゃんは本当に有能だから困る。

ザガンは痛ましいと言うように同情の表情を浮かべた。

「苦労をかけるが、もう少し辛抱《しんぼう》してもらおうか。こちらも手は打ってある。じきにその噂も終息するだろう」

「本当に信じていいのだろうな……？」

いくらシャスティルでも、そろそろ騙《だま》されていることに感づき始めたのかもしれない。

――まあ、噂になってからずっと執務室でふたりきりだからな。

それで下世話な噂が立たないはずもない。むしろゴメリが散々吹聴《ふいちょう》しているから、もはや手の付けられないことになっている。

そう、全《すべ》ては順調だったのだ。

だから、ここでバルバロスに馬鹿をやられると困る。

ザガンはいかにも言いにくそうに口を開いた。

「ただ……ひとつ、問題が起きてな。今日はそのことで来た」

堂々と話をすり替えられたことにも気付かず、シャスティルは姿勢を正す。

「問題だと？」

「ああ、バルバロスのことだ」

そのひと言に、なぜか修道女がガタリと身を乗り出した。

「……なんだ？」

「あ、いえ私のことはどうぞお気になさらず……」

そのまま滑《すべ》るように部屋の隅に移動すると、静かに気配を消す。

――こいつの気配の絶ち方は、クーより上かもしれん。何者だ？

下手をすると黒花《くろか》のそれに迫《せま》るかもしれない。シャスティルが新たな暗部を立ち上げようとしているのではないかという疑いすら湧《わ》いてきた。

そんな修道女に、シャスティルはなんの疑問も抱《いだ》かなかったように問いかける。

「彼になにかあったのか？」

「あ、ああ……。実はだな」

もったいぶるように言葉を句切ると、ザガンは重たい口調でこう告げた。

「バルバロスのやつが、とある女に口説かれていたのだ」


シャスティルの目が、点になった。

「えっと……それは、どういう……？」

「相手は魔術師なんだが、どうにもやつ好みの相手だったようだ。目に見えて揺《ゆ》さぶられていたようだから、気になってな」

シャスティルは朗《ほが》らかに笑う。

「バルバロスだって男だ。口説こうとする異性がいたっておかしくはないだろう」

そう言って紅茶を傾《かたむ》けると、シャスティルは落ち着いた表情で続ける。

「私はバルバロスを信じるよ。それは少しは浮かれたり調子に乗ったりするかもしれないが、彼は仲間だ。そんなことで私たちから離《はな》れていったりはしない」

凜々《りり》しくも毅然《きぜん》と、シャスティルはそう答えた。

――こいつ、よくもそんな惚気《のろけ》られるなあ。

だったらさっさと付き合えとは思うが、まあこのふたりなので素直《すなお》に付き合えというのも無理な話だろう。感情的には極《きわ》めて順調というだけでも収穫《しゅうかく》だろう。

ただ、部屋の片隅《かたすみ》に潜《ひそ》んだ修道女がハンカチで鼻を押さえているが、そのハンカチが真っ赤に染まっているのが気になる。

だが、こちらはシャスティルの惚気を聞きたくて来たわけではないのだ。

ザガンは確かめるように問いかける。

「あのバルバロスを、か？」

「あのバルバロスを、だ」

日中に来たこともあり、いまのシャスティルは〝職務中〟のようだ。微塵《みじん》も揺らぐことなく、断言した。

そんな頼《たの》もしき盟友に、ザガンも感服したような微笑《びしょう》を返す。

「未《いま》だに死ぬような思いをするとわかっているはずなのに平然と魔道書を盗みに入り、ぶん殴られるとわかっているはずなのに後先考えずその場の感情でものを言うバルバロスだが、本当に大丈夫《だいじょうぶ》か？　言っておくが、やつは頭がよくとも真性の馬鹿《ばか》だぞ？」

〝職務中〟の仮面に、ぴしんと亀裂《きれつ》が走った。

――甘《あま》いなシャスティル。やつのクズさ加減は貴様もよく知っているはずだ。

バルバロスの信用のなさは、ザガンでさえ比肩《ひけん》する者が思いつかないほどだ。いかにシャスティルが善良な信念で信じようとしても、普段《ふだん》の行いが悪すぎる。根本的に信じられる根拠《こんきょ》というものが存在しないのだ。根拠というなら〝信じたい〟というシャスティルの感情があるだけだ。

「いやでも、バ、バルバロスは、その……っ！」

シャスティルが見る見る挙動不審《きょどうふしん》になって左右に視線を泳がす。それを畳《たた》みかけるように、ザガンはさも心配するようにこう囁く。

「貴様らの関係に口を挟《はさ》むつもりはないが、あれはバルバロスだからな。貴様には知らせておくべきだと思った」

「か、関係とか！　そういうわけでは……ッ」

胸を押さえ、額からポタポタと動揺《どうよう》の冷《ひ》や汗《あせ》を垂れ流すと、シャスティルは怖《お》ず怖ずと問い返してくる。

「……えっと、どんな女性《ひと》、だったのだ？」

「そうだな。視覚を封《ふう》じている髪《かみ》の長い魔術師だ。見ればすぐにわかる。外見は二十歳くらいで、まあ、なんというかいかにもバルバロス好みの女だった」

あんな禍々《まがまが》しい眼帯をしてる者は魔術師にもそうはいない。

そう教えてると、シャスティルはいても立ってもいられないように、腰《こし》を浮かした。

「ザ、ザガン？　すまないが、急用を思い出した」

「そのようだな。こっちも急に来た身だ。気にせず行ってくれ」

パタパタと飛び出していくシャスティルの背中を見送っていると、修道女がそそっと近づいてきた。

「あの、いまの話、本当ですか？　その、バルバロスさんが他の女の人に……って」

「事実だ」

「……バルバロスさん、とってもダメな人ですけど、シャスティルさまに対してだけは面倒くさいというか、嫌《きら》われるようなことしないと思うんですけど？」

ザガンは目を丸くした。

——こいつ、教会の人間のくせによく見てるな。

だったら、別に話してしまってもかまわないだろう。

「嘘は言っていない。やつはいま、よその勢力からの引き抜きを受けているからな。やつ

好みの報酬をちらつかされて、どうにもぐらついているらしい。だが、いまやつを持っていかれるのは困る。そこでシャスティルの出番というわけだ」

紅茶を味わいながらそう返すと、修道女は親指を立ててひと筋の鼻血を伝わせた。

「とてもよくわかります！」

なんだかすごく見覚えのある系統の笑顔《えがお》だった。

――あ、こいつゴメリとかマニュエラの同類か。

ザガンの中で近寄りたくない人物にリストアップされた。

これが余計に面倒くさいことを引き起こすなど、知る由もなく。

◇

「――やっぱり、他の街と行き来ができないのは不便。道具もご飯も足りてない」

ところは変わって虐《しいた》げられし者の都。フォルが難しい顔をしていた。

そこは都で一番大きな建物の一室である。フォルはここを領地とする〈魔王《まおう》〉であるため、ここで執務《しつむ》に携《たずさ》わっている。まあ、都の規模的に村長の家の相談役といったところだが。

先日新調した制服調の衣服もだいぶ着慣れてきて、少しは〈魔王〉としての貫禄《かんろく》のようなものも出てきただろう。

左右にはデクスィアとアリステラの双子《ふたご》の〈ネフェリム〉が控《ひか》え、同じく難しい顔をしながらも情報を整理したり案を上げたりしてくれている。今度、ご褒美《ほうび》に街で美味しいお菓子《かし》でも食べさせてあげよう。

〈ネフェリム〉たちが作ったこの街は、街としての機能は持っているものの自給自足では豊かさに限りがある。水路や家々の改築などは技術と工夫《くふう》でなんとかできたが、食糧《しょくりょう》や絹などの素材はここでは調達できない。

なによりも、娯楽《ごらく》が足りない。

いままで〝自分たちの街を造る〟という日々が、達成感となって心を満たしてくれていたから不満が上がらなかっただけだろう。

街というものが形になってきたいま、娯楽を求めるようになるのは火を見るより明らかだ……というのが、デクスィアやアンドレアルフスたちからの提言だった。

アリステラが口を開く。

「お嬢《じょう》さま。運河を使えば、キュアノエイデスとの交易は可能だと思います。こちらには認識《にんしき》阻《そ》害《がい》の結界を張り、出入りのときだけ解くというのは、どう……でしょうか？」

「たぶん、そうしないと仕方がないと思う。でも、都の位置を知られる危険は避《さ》けられない。〈ネフェリム〉たちは不安もあるし、ザガンへの感情も整理がついてない。いまはまだ、早いと思う」

そう指摘《してき》すると、今度はデクスィアが口を開く。

「だったら転移魔術《まじゅつ》で行き来すればいいんじゃないの？　元〈魔王〉のアンドレアルフス《おっさん》もいるし、並の魔術師には追跡なんてできないと思うわよ」

「できると思うけど、その方法だと大した量の荷物は出入りさせられない。個人でやる分には問題ないけれど」

それはすでにフォルたちが出入りするのに使っている手段である。

フォルはため息をもらす。

——私は未熟。もっと知恵《ちえ》が必要。

根本的に魔術師は他者との交流を求めない。個で完結しているため、街などという大がかりな組織を運営することには向いていないのだ。

——ザガンたちに相談するにしても、もう少し待ちたい。

そろそろ落ち着いてきたようだが、いまのザガンにとっての一番は、二週間後のネフィの誕生日なのである。

それまでは、自分の力でなんとかしなければならない。

と、そこでふと思い出す。

――そういえば、しっぽ頭の誕生日もそろそろだった？

ネフィの誕生日より五日ばかり早いのが、シャスティルの誕生日だったはずだ。

まあ、そっちはゴメリが遊んでいるらしいので、フォルは関《かか》わるつもりはないが。

そうして頭を悩《なや》ませていると、部屋の扉《とびら》が叩《たた》かれる。来客のようだが、その向こうにいるのが誰なのか気付いて、フォルもぴょこんと顔を上げる。


「入って、シャックス――それに黒花」


珍《めずら》しいことに、新たに〈魔王〉になった魔術師のひとりであるシャックスと、その連れ合いである黒花だった。シャックスはともかく、黒花がここに来るのは初めてである。

「お久しぶりです、フォルさん」

「久しぶり、黒花。目の具合は大丈夫？」

ちょんと椅子から立ち上がり、フォルは黒花の元に駆《か》け寄った。

黒花は慣れた調子でフォルの体を受け止めると、優《やさ》しく頭を撫《な》でてくれる。その手はネフィの手と同じくらいの心地《ここち》よさがあって、自然と目を細めてしまった。

同じくラーファエルと縁の深い者同士、フォルと黒花は交流がある。黒花がザガンの城で療養《りょうよう》していたころは、毎日話相手になってもらっていたりもした。

「みなさん心配しすぎですよ。大丈夫ですから」

いまや剣侍《けんし》として最強の名を持つ黒花だが、少し前まで盲目《もうもく》だったのだ。

――そのせいか、なにか変なことが起きてる。

黒花の感情が高ぶったときなどに瞳の色が変わってしまうのだという。その原因や具体的な異常がわからないため、本人には知らされていないが。

彼女が銀眼の王の末裔《まつえい》であることを鑑《かんが》みると、その血による影響《えいきょう》と考えるのが自然だが、それによってどんな作用があるのかまったくわからない。

――一番怖いのは、また目が見えなくなること。

次は、ネフィにも治せないかもしれない。

だから、シャックスも神経質なくらい気に懸《か》けているのだ。

とはいえ、自分まで気にすると黒花に気付かれてしまう。フォルはなんでもなさそうに頭《あたま》を振《ふ》る。

「黒花のことを大事に思っているのは、みんないっしょ」

そう話していると、アリステラがそっと飲み物を運んできてくれた。

「どうぞ」

「あ、おかまいなく」

とはいえ、出された紅茶を飲まないのも失礼かと、黒花とシャックスは並んでソファに腰を下ろした。

「それで、今日はどうしたの？」

「ああ、ちょいとクロスケの故郷に顔を出そうってことになったからな。出立の挨拶《あいさつ》に顔を出しただけだ。この都の連中にも、世話になったからな」

シャックスはこの都で〈魔王〉としての修練を積んでいた。

連日倒れるまでしごかれていたため、〈ネフェリム〉たちに介抱《かいほう》してもらったのだ。

フォルは安心したように笑い返す。

「里帰り、行く決心がついたの？」

「ええ。本当はもっと早く行きたかったんですけど、いろいろ立て込《こ》んでましたからね」

まあ、黒花は〈魔王〉アンドレアルフスを真っ向から斬《き》り伏《ふ》せたのだ。先代聖騎士《せいきし》団長を一蹴《いっしゅう》したという話もある。教会にとって、有益ながらも危《あや》うい存在になってしまったのだ。

だから、身の安全を確かめられるまでは下手に動けなかった。

「リリスたちはいっしょじゃないの？」

「えっと……はい」

そう言う黒花は、恥《は》じらうように隣のシャックスを意識する。

――リリスたちより、シャックスといっしょに行きたかったということ？

というよりは、ふたりきりで行きたいということだろうか。

――これも、恋《こい》してるから？

つくづく、不可思議な話である。

それに気付いているのかいないのか、シャックスは軽い調子で答える。

「ま、今回はボスから〝おつかい〟も頼まれてるからな。リリスの嬢ちゃんたちを連れていくわけにはいかないんだよ」

いまのシャックスは〈魔王〉のひとりなのだ。それが直々に動くというのに、ただの里帰りというわけにはいかないようだ。

ただ、よくよく見ると、黒花はあたかも手を握《にぎ》りたいかのように手を浮かせたり伸《の》ばしたりもしている。だが、シャックスが気付く様子はなく、黒花もシュンと三角の耳を寝《ね》かせて手を元の位置に戻《もど》してしまっている。

しかしながら、シャックスばかりが悪いとも言い切れない。

その後ろでは二叉《ふたまた》にわかれた尻尾《しっぽ》が、ひっきりなしにシャックスの背中に纏《まと》わり付いているのだ。そちらに気を取られて黒花の仕草に意識を向けられなかったらしい。

フォルが注目していると、シャックスはひと口紅茶を飲んでから笑いかける。

よくもこの状況《じょうきょう》でそんな平然と笑えるものだ。フォルは〈魔王〉となったシャックスの度量に、不覚にも感服した。

「なかなか難航してるみたいだな。都の運営ってのは」

「うん。そろそろ物資や娯楽を増やしてあげたいけど、表立って街へ行き来するわけにはいかないから」

なんだか話を逸《そ》らされた気がするが、そもそもフォルも黒花とシャックスのすれ違《ちが》いが気になって話がちゃんと頭に入ってこない。なので、素直に答えた。

この虐げられし者の都は、〈ネフェリム〉たちが身を隠すための隠《かく》れ里《ざと》なのだ。公に存在を知られてしまったら、存在する意味がなくなる。

シャックスもなるほど、とうなづく。

「そいつは厄介《やっかい》な話だな」

そこで、黒花が三角の耳を震《ふる》わせて首を傾《かし》げる。

「つまり、都への出入りが隠せないことが問題なんですよね？」

「そう」

どれだけこっそり行えたとしても、仕入れという物流がある以上、場所が隠せてもいつかは存在自体には気付かれてしまう。

〈ネフェリム〉がそれを自分でどうにかできるだけの地盤《じばん》を持っていれば問題はないのだが、できたばかりの都にそれを求めるのは無理がある。

なのだが、黒花は名案があるというように口を開いた。

「なら、堂々と隠してしまえばいいんじゃありませんか？」

フォルたちは顔を見合わせた。

「というと？」

デクスィアが問い返すと、黒花は人差し指を立てて答える。

「たとえば、荷を積《つ》み込んだ船が目の前で転移したとすれば、それを追いかけられる者も限られてくるでしょう？」

最低でも空間転移に精通した魔術師である必要がある。ザガンやバルバロスのいる街で、そんな愚挙《ぐきょ》を犯《おか》す者がいれば、の話だが。

デクスィアが首を振って返す。

「そりゃそうだろうけど、コストが高すぎるわ。転移魔術は大がかりになればなるほど魔《ま》力《りょく》も触媒《しょくばい》もたくさん必要なんだから。街への行き来のたびに使ってたら大赤字よ」

黒花とデクスィアは面識があるようだ。お互《たが》い、話す口調は砕《くだ》けているというか、親しみがあった。

「本当に転移する必要はないんですよ。そういうふうに見せればいいんです」

「え？　どういうこと？」

フォルにも、黒花の言わんとすることがわかった気がした。

「転移に見えるように認識阻害をかけたら、追いかけようとする者は減る。探《さぐ》ろうとする者も、まさか運河のすぐ上流にあるとはなかなか思わない。そういうこと？」

「はい。コストが見合うなら、空に浮かべるなんていうのもハッタリが利《き》いてていいんじゃないでしょうか」

「そういうことなら、確かにできそう」

魔術師にとって、魔術の精度こそが強さの証明であるような概念《がいねん》がある。極端《きょくたん》に言うと、弱い魔術を強く見せるようなハッタリは、三流のすることなのだ。

だから、〈魔王〉がそんなことをするとは思わない。

――その方法なら、〈ネフェリム〉たちが自立するまでの時間くらいは稼《かせ》げるかも。

頭の中で具体的に使える魔術とそのコストを計算して、フォルはうなづく。

「妙案《みょうあん》。感謝する」

「お役に立ててよかったです。……って、そうでした。用事はもうひとつあったんです」

黒花がふところからなにかの紙片《しへん》を取り出す。

「これ、お義父さまがフォルさんにって」

「ラーファエルが？」

そうして手渡《てわた》されたのは、ゴシップ誌の切り抜きだった。


「――『続報！　怪物《かいぶつ》を追う謎《なぞ》の少女の名は〝リリー〟』――」


見出しを読み上げて、フォルは思わず立ち上がった。

「これ、リリーのこと？」

「やっぱり、お知り合いなんですか？」

「うん。大切な、友達」

もう半月も前になる。黒花は面識がないが、記憶《きおく》を失ってこの都に流れ着いた〈魔王〉がリリーだった。

衝突《しょうとつ》もあったが、彼女《かのじょ》はフォルに情報を残して姿を消してしまい、それからなんの足取りも摑《つか》めなかったのだが……。

——リリーの名前を使ったということは、私へのメッセージ……？

でなければ、あの少女が〝リリー〟の名を名乗るとは思えない。

記事に目を通して、フォルは表情を険しくする。

——リリーは、魔族《まぞく》と戦っている？

煌輝石《エリアル・ブラッド》の持ち主を処刑《しょけい》して回っていた少女が、人助けをするとも思えないのだが。

しかし、記事を読んでみるとひと月以上も前からそんなことをしていたようだ。つまり、

フォルと出会う前からである。

彼女は、フォルが思う以上に厄介なことに巻き込まれているようだ。

あるいは、ここに残らなかったのはこれも理由のひとつだったのかもしれない。

ただ、と思う。

——リリーが、連絡《れんらく》をくれた。

あの少女の不器用な便りだと思うと、なんだか無性《むしょう》に愛《いと》しくさえ思えた。

「ありがとう。友達の無事が知れた」

「なら、よかったです」

大切そうに記事を抱きしめ、それからシャックスに目を向ける。

——リリーのことで、シャックスに聞きたいことがあった。

すでにリリーは去ってしまったが、彼女はきっと帰ってくる。だから、フォルは問いかける。

「シャックスは、古い傷を消すことはできる？」

とうとつな質問に、シャックスは目を丸くする。

「古傷かい？　まあ、程度にもよるが、消せないってことはないと思うぜ」

「本当？」

リリーの体には惨《むご》い傷が無数に刻まれていた。

あの傷を、なんとかしてあげたい。

フォルが期待の声を上げると、シャックスはなんでもなさそうに笑う。

「大げさだな。そんなもん、俺じゃなくても現役《げんえき》の〈魔王〉や元魔王候補ならどうってことないと思うぞ？」

「え……？」

予期せぬ答えに、フォルは呆然《ぼうぜん》とした声をもらす。

「……私には、できない」

「俺でよかったら教えるが？　別にそんな難しい魔術じゃない。フォル嬢ならすぐに覚えられると思うぜ」

そんな簡単な魔術もできない自分の未熟さに苛立《いらだ》ちを覚えるも、同時にひとつの疑問がこみ上げる。

――だったら、どうしてリリーの体は傷だらけだった？

記憶《きおく》混濁《こんだく》中だったならわかる。あのときはろくに魔術も使えなかったから。

だが、あの傷はもっと昔から、アスモデウスとして煌輝石《エリアル・ブラッド》を集めていたときからの傷のはずだ。

「〈魔王〉でも消せないような傷痕《きずあと》があるとしたら、なんだと思う？」

シャックスは黒花と顔を見合わせる。

「〈魔王〉が消せない傷か。あるとしたら魔術で治癒《ちゆ》できないような呪《のろ》いの手合いか……いやでも、〈魔王〉クラスなら表面だけでも取り繕《つくろ》うくらいはできるだろうし。となると……」

「――本人が消さなかった場合、じゃないでしょうか？」

黒花の言葉に、シャックスもうなづく。

だが、フォルにはよくわからなかった。

「どういうこと？」

「あたしがいた暗部には、そういう人は結構いたんです。傷痕を残す人は。復讐《ふくしゅう》の誓《ちか》いであったり、誰《だれ》かとの絆《きずな》だったり、あとは……」

言いにくそうに、黒花は最後にこう付け加えた。

「――戒《いまし》め――自分の罪を忘れないための罰《ばつ》です」

ああ、とフォルにも理解できた。

――だから、リリーの体はあんなに傷だらけだったの……。

思えば、リリーは煌輝石《エリアル・ブラッド》を集めるための行いを、ただの一度も正義とは言わなかった。間違《まちが》っていることなど、きっと彼女自身が一番わかっていたのだ。

それでも、やるしかなかった。

だから、あれらは消してはいけない傷痕なのだ。

それをわかった上で、フォルはこう言った。

「シャックス。傷痕を治す魔術、教えて。私は覚えたい」

いつかリリーがその傷を消したいと思えたときに――自分のことを許せるようになったとき、フォルがその傷を消してあげたいから。

シャックスは褒《ほ》めるようにうなづいた。

「お安いご用さ」

まだまだ問題はあるが、虐げられし者の都も上手《うま》く回っていきそうな手応《てごた》えがある。

ひとまずの安堵《あんど》を覚えながら、ふと黒花の幼馴染《おさななじ》みのことを思った。

――リリスやセルフィは、いっしょに行きたくはなかった？

◇

「――黒花ちゃん、もう海に出たッスかねえ」

キュアノエイデス港。

本日は城の魔術師《まじゅつし》たちが方々へ遠征《えんせい》に出かける。リリスとセルフィ、それにフルカスの三人はその見送りのため、ここの桟橋《さんばし》のひとつを訪《おとず》れていた。実際には少し離れたところにキメリエスもいるのだが、彼《かれ》はいつも黙《だま》ってこちらを見守っているため、あまり話しかけてくることはない。

一番の目的だった幼馴染みは少々特殊《とくしゅ》な便で出発するため、もう出航して船の姿も見えなくなっている。

なのだが、そこでもうひとりの幼馴染みがとんちんかんな言葉をこぼしていた。

リリスは呆《あき》れた声を返す。

「もう、セルフィ……まだに決まってるでしょ。そもそも先にフォルお嬢さまのとこに顔見せるって言ってたわよ？」

「およ？　そういえばフォルちゃんの街ってどこにあるんスか？」

フォルはリリスたちの王であるザガンの養女である。つまり王女である。

このセルフィも初めのころはちゃんと『お嬢さま』と呼んでいたのだが、いつの間にか敬称《けいしょう》は失われちゃん付けになっていた。

まあ、それが許されるのがザガン家のよいところなのかもしれないが。

とはいえこれは事情が違うのでリリスは頭を横に振る。

「秘密の隠《かく》れ家《が》なんだからアタシたちが知ってたらダメでしょ……」

「ああ、本当ッスね！」

相変わらずなにも考えていないような反応に、しかしリリスはどこかホッとしたような気持ちになった。

——最近、ちょっと様子がおかしかったものね。

それが、ようやくいつもの調子に戻ってくれたような気がする。

そうしてもうとっくに見えなくなった船の方向を眺《なが》めていると、隣でフルカスが声を上げた。

「でも、シャックスのアニキはザガンのアニキから大事な用をもらってるんだよな？　すげえよ」

「あのおじさんも〝アニキ〟なの？」

「……？　だってアニキと同じ〈魔王〉なんだろ？」

「そういう基準なの？　なら、ネフィさんやフォルお嬢さまはどうなるの？」

フルカスは腕《うで》を組んで頭を捻《ひね》る。

「ネフィのアネゴ？」

「……姐《あね》さんくらいにしときなさい」

「姐さん！　それだ。やっぱりリリスはすごいな」

いまのやりとりのどこにすごいところがあったのか、フルカスはニカッと笑った。

「あんた、とりあえずすごいって言っとけばいいと思ってない？」

呆れた顔を返しつつもそう悪い気もしなかったリリスは、誤魔化《ごまか》すようにぷいっと顔を背《そむ》けた。代わりに、腰から生えた尻尾がくるんと円を描《えが》く。

そこに、セルフィが首を傾げる。

「じゃあ、自分はなんて呼んでもらえるッスか？」

「……セルフィの、アネゴ？」

「なんで自分だけアネゴなんスか……？」

セルフィは納得《なっとく》のいかないような顔をするが、一時期に比べるとこのふたりもだいぶ打ち解けたように見える。

そんなことを話していると、桟橋へ団体客がやってきた。隅《すみ》の方に避けようとして、その大半……というか全員が顔見知りであることに気付く。

そのうちのひとり、顔を拘束《こうそく》帯で覆《おお》った男が片手を上げる。

「よう、リリスたちじゃないか。見送りに来てくれたのか？」

「べへモスさん。そんなところよ。黒花たちも出立だったから」

「そういやそうだったな」

「はい、これお弁当。みんなは遠くまで行くのよね？」

これから長い船旅になる者もいるらしいので、今回はリリスたちも人数分のお弁当を用意してきたのだ。

――なんで高貴なる夢魔《むま》の姫《ひめ》であるアタシがこんなことやってるんだろう……？

ときどき疑問には思うが、まあそれもいまさらという気はする。セルフィもいっしょなおかげか、存外に居心地《いごこち》も悪くない。

弁当を配りながらリリスが問いかけると、ベヘモスの隣《となり》に立つ少女がうなづく。

「うん。休暇明《きゅうかあ》けは仕事がたくさん」

「レヴィアさんたちもこの前帰ってきたばかりなのに大変ね」

これも半月前になるだろうか。リリスたちが里帰りする際、引率役《いんそつやく》としてベヘモスとレヴィアはいっしょに来てくれたのだ。おかげで、道中はとても楽をさせてもらった。

そう言うと、レヴィアは首を横に振る。

「ひと月も休みをもらった。十分よ」

「俺《おれ》たちが気兼《きが》ねなく休めるよう、ボスはその間ひとりで仕事を捌《さば》いてくれてたんだ。今度はボスに休んでもらわねえとな」

彼らもネフィの誕生日が近いことは知っている。

だから、その日くらいはザガンが他のことを忘れて楽しめるよう、協力してくれているのだ。

「今回はみんなでどこに行くの？」

「まあ、あちこちだな。今回はなんつうか、勧誘《かんゆう》？　みたいな感じだからな」

これは聞いていなかったので、リリスは目を丸くした。

「勧誘って、新しい魔術師が来るの？」

「そうなるかはわからんが、ボスはまたなにか新しいことを始めるらしいからな」

「へええ、大変ね」

とはいえ、これは他人事ではない。料理の配膳《はいぜん》も見直さなければいけないし、なにより人手が足りない。

――こっちにも人員増やしてもらえるかしら？

ネフィとフォルが〈魔王〉に昇格《しょうかく》してしまったため、彼女たちもなかなか厨房《ちゅうぼう》には入れなくなってしまっている。

いまは執事長《しつじ》のラーファエルが上手く切り盛りしてくれているが、これ以上人数が増えるなら手が回らなくなるだろう。

増員を、申請《しんせい》しておいた方がいいかもしれない。

そこで、ベヘモスはなにやら同情したように肩《かた》を竦《すく》める。

「ま、大変なのは俺たちよりシャックスの〝おつかい〟だけどな」

「え、黒花たちの仕事って、そんな大変なことなの？」

彼らが里帰りのついでに〝おつかい〟を命じられたのは聞いているが、具体的な内容は知らなかった。

まあ、ベヘモスも答えられないようなことなのだろう。曖昧《あいまい》に肩を竦める。

「ま、黒花の嬢ちゃんもいっしょだし、なんとかなるだろう。少なくとも、ボスはそう判断したから、あのふたりを行かせた」

そこで、レヴィアがベヘモスの胸に頭を押《お》しつける。

「ベヘモス、そろそろ時間」

いつの間にか、ベヘモスとレヴィア以外の魔術師たちは船に乗り込んでいた。

「あ、やべえ。それじゃあな、フルカスも」

「ああ！　ベヘモスたちもがんばってな！」

ベヘモスはフルカスに手を振ると、レヴィアを姫のように抱《かか》えてひらりと甲板《かんぱん》へと跳躍《ちょうやく》した。

「か、格好《かっこ》いい！　俺もあれやってみたいな」

「ダメに決まってるでしょ。いまごろ船員さんに怒《おこ》られてるわよ？　チケットも見せずに乗《の》り込んで……」

「あー……」

甲板から船員の怒声《どせい》が聞こえ、ベヘモスが平謝《ひらあやま》りしているのがわかった。

ここは〈魔王〉ザガンの領地なのだ。彼は基本的には面倒見《めんどうみ》のよい主君だが、悪行に対して救済はしない。

なんというか、〝やってもいいけど自分で責任を持て〟というスタンスなのだ。

いちいちザガンから罰が下ることはないが、そのザガンに庇護《ひご》された住民からしこたまお仕置きを受ける羽目になる。

逃《に》げ切れば犯罪者の勝ちだが、逃げられなかったら袋《ふくろ》だたきは避けられない。そこからさらに教会からは明確な罰則《ばっそく》がある。

子供の盗み程度ならともかく、この街で犯罪は割に合わない行為《こうい》なのだ。

まあ、フルカスに格好いいところを見せたかったのだろうが、いささか考えなしと言うしかなかった。

そんなふたりを見送って、リリスはふと考える。

――王さまったら、今度はなにを考えているのかしら……？

最近、なんというか様子がおかしいというか、なんだか変なのだ。

頭を悩ませていると、セルフィが声をかけてくる。

「どうしたッスか、リリスちゃん？　なんか浮《う》かない顔ッスけど」

「え、あ、うん……。ちょっとね」

これを人に話してよいものか、リリスは迷った。

――でも、セルフィならいいか。

この脳天気な幼馴染みは、ときどき妙《みょう》に穿《うが》ったことを言ってくれる。

「それがね……」

躊躇《ためら》いがちに、それでも確かにリリスはこう答えた。

「最近、王さまが妙に優しいの」

フルカスが首を傾げる。

「アニキはいつだって優しいぜ？」

「……まあ、あんたからして見るとそうなんでしょうね。そういうことじゃなくて、なんていうか今朝だって厨房の片付け手伝ってくれたし、昨日もご飯の支度《したく》手伝ってくれたじゃない？　そういうの、王さまのやることじゃないっていうか……」

セルフィも納得する。

「そういえばそうッスね。リリスちゃん、自分と違ってお皿落としたり転んだりしないから、どちらかって言うと自分の方助けて欲《ほ》しかったくらいなのに」

「それ自分で言ってて悲しくならないの？」

なのだが、セルフィはなにが問題なのかわからないように、あっけらかんと笑っていた。

「もちろん、ネフィさんにするような態度じゃないのはわかってるんだけど、なんで急にっていうのがわからなくて」

なにかこう、急に優しくされると逆に自分がなにかしでかしてしまったのではないかと不安になる。

首を捻っていると、セルフィも同意するようにうなづいた。

「そうッスよね。あれはネフィさんといちゃつくときのあれって言うより、久しぶりに会った妹とか親戚《しんせき》の子をあやしてるような感じッスよね。わかるッス」

「セルフィ、あんたアタシのことそんな目で見てたのっ？」

「……？　女として見てるッスよ？」

「えううっ？　いやあの、その……そう、なの？」

この言葉はどう受け止めたらいいのだろうか。

セルフィはいつも通りなにも考えていないような表情で、どういう意味なのかさっぱりわからない。

とはいえ、確かにセルフィの言うような態度にも感じられる。

――アタシが銀眼の王の直系だから？

ザガンが銀眼の王の血筋――それもかなり古い時代の――らしいことは、リリスも聞かされている。

しかし、それなら黒花やセルフィにも同じような態度を取っているはずだ。

理由もよくわからないのに優しくされると、なにか悪いことをしたのではないかという居心地の悪さを覚える。

そうしてうなっていると、また新たに別の少年が桟橋を訪れた。

もう、ここに停泊《ていはく》中の船はないはずなのだが。

新たにやってきた少年に、声を上げたのはセルフィだった。

「あ、アインくん、こないだぶりッス！」

「やあ、三日ぶりだねセルフィ。……リンゴ食べるかい？」

「いるッス！」

どうやらセルフィの知り合いだったようだ。

腕には紙袋《かみぶくろ》を抱えていて、その中からひとつリンゴを取り出すと、セルフィに放って渡《わた》した。

リリスはそんな少年の顔を見て、にわかに硬直《こうちょく》した。

――銀色の、瞳《ひとみ》……？

その容姿からリリスの頭に浮かんだのは、ザガンの顔だった。

銀の瞳と、黒い髪《かみ》。剣士《けんし》のような格好をしていて、雰囲気《ふんいき》はあまり似ていない。だが顔立ちというか立ち姿というか、そのあたりはザガンに似ている気がする。

そんなリリスの視線に、少年は穏《おだ》やかに微笑《ほほえ》む。

「こんにちは。セルフィのお友達かな？」

「あ、ええ。アタシはリリス、こっちはフルカスよ」

「リリス……？　まさか、リリス、リリシエラ……か？」

その名前に、少年は驚《おどろ》いたように目を見開いた。

「えっと……。アタシのこと、知ってるの？」

「……いや、たぶん人違《ひとちが》いだ。知り合いに似ていたから、つい」

「そう……？」

気を取り直すように頭を振ると、少年は胸に手を当てて口を開く。

「僕《ぼく》はアイン。セルフィにはいろいろとお世話になっていてね」

「……？　自分、なにかしたッスか？」

「ふふふ、まあキミのそういうところは美点だと思うよ」

「そうッスか？　なんか照れるッスね」

なにやらずいぶん親しげではあるが、それでも少年――アインの意識がリリスに向けられているのがわかった。

セルフィが首を傾げる。

「リリスちゃんがどうかしたッスか？」

「……そうだね。まあ、キミになら話してもいいかな」

そう前置いてから、アインはつぶやく。

「ここにいるはずはないのだけれど、〝娘《むすめ》〟と容姿も名前も似ているものでね」

衝撃《しょうげき》の事実に、しかしアインは絶望的に話す相手を間違えていた。


「娘！　アインくん、こんな大きな子供がいるんスか？」


「そんなわけないでしょ！」

思わず声を上げてしまう。

アインはリリスと同年代くらいにしか見えない。

「いやでも、魔術師さんならわりと見た目の歳《とし》って当てにならないじゃないッスか？」

「いやまあ、そうだけども……」

少年はおかしそうに微笑むと、また袋からリンゴを取り出す。

「仲がいいんだね。よかったら、キミたちも食べるかい？」

「あ、どうも……」

「ありがとう！」

しれっとフルカスまでリンゴを受け取ると、そのままかじりついていた。

隣を見ると、セルフィもにこにこしながらリンゴを食べている。

（ちょっとセルフィ、はしたないわよ？　人前なのに）

いまさらこの少女に王族の気品を求めはしないが、それでも人前でリンゴを丸かじりというのはいただけない。

セルフィは首を傾げる。

「へ、ダメっすか？」

「だ、駄目《だめ》だったか？」

まったく同じ反応をするふたりに、リリスは頭を抱えた。

——このふたり、もしかして似たもの同士なのかしら……？

ため息をもらしていると、アインはおかしそうに笑う。

「喜んでくれたのなら、僕は嬉《うれ》しいよ」

そんなアインに、セルフィは首を傾げる。口元にリンゴの食い滓《かす》が付いたままなので、リリスはハンカチでそれを拭《ぬぐ》ってやった。

「そういえばアインくん、毎回リンゴくれるッスよね。リンゴ好きなんスか？」

「僕かい？　まあ、嫌《きら》いではないけど、そこまで好物というわけではないかな」

「ええっ？　でもいつも買ってるじゃないッスか」

「言われてみれば、そうだね？」

自覚がなかったのか、そう指摘《してき》されてアインは困ったような顔をする。

それから少し悩《なや》む素振《そぶ》りを見せると、なにやら閃《ひらめ》いたようにこう言った。

「たぶん、美味《おい》しそうにリンゴを食べているセルフィが見たいから、じゃないかな？」

「……んんっ？」

その言葉に、リリスは顔を引きつらせた。

――え、それってどういう意味で言ってるの？

そりゃあセルフィはいつも脳天気で考えなしの言動を取ってはいるが、これでもネプテイーナの王族たる美貌《びぼう》を持った少女なのだ。リリスだって真面目《まじめ》に見つめられるとドキドキしてしまうくらいなのに、好意を持つ男がひとりもいないはずはない。

リリスの中に、尋常《じんじょう》ではなくもやもやした感情が首をもたげた。

それをどう受け取ったのか、セルフィは反応に困るように眉《まゆ》をひそめる。

「アインくん、それって犬猫《いぬねこ》に餌《えさ》あげてほっこりしちゃうやつじゃないんスか？」

「……ああ！　なるほど、これはそういう感情なのか。そうだね。僕は美味しそうになにかを食べているセルフィを眺めていると、なんだか自分の悩みとかもどうでもよくなるような気分になれる」

「それ、自分は喜ぶところなんスか？　怒るとこなんスか？」

「……？　僕は悪い意味では言っていないつもりなんだけど」

なんだかチグハグなやりとりに、リリスはセルフィの腕を引っ張る。

（ね、ねえ、ちょっとセルフィ？　この人とは、どういう関係なの？）

「アインくんッスか？　お友達ッスよ！」

小声で問いかけたリリスの配慮《はいりょ》を台無しにして、セルフィは自慢《じまん》げに答える。

アインの方も、特に気を悪くした様子もなくうなづく。

「セルフィにはよく悩みとかを聞いてもらってるんだ」

「よくって、そんな何度も会ってるの？」

その疑問に、セルフィが唇《くちびる》に指を添《そ》えて思い返すようにつぶやく。

「えっと、二、三日に一回くらいッスかね？　自分の方も愚痴《ぐち》とか聞いてもらってるからお互いさまッスよ」

「え、ええ……？」

困惑《こんわく》するリリスをよそに、セルフィはあっけらかんと笑う。

「でもまさか毎回リンゴ持ってきてくれると思ったら、餌付《えづ》けされてるとは思わなかったッスよ。あはは」

「ふふふ、でも僕は楽しかったよ。せっかくだし、次はなにを食べたいか聞かせてもらってもいいかい？」

「あ、じゃあアイスクリームが食べてみたいッス！　ザガンさんがネフィさんといっしょに食べるために、安価でアイスを作れる魔術《まじゅつ》を作ったらしいんスよ」

「……あの子はまたなにをやってるんだ？」

ザガンとも知り合いのようで、アインは頭を抱えていた。

そこまで言って、セルフィが「あ」と声をもらす。

「でも、アイスだと会うまでに溶《と》けちゃうッスよね。そうだ！　自分、ついていくからいっしょに買いに行けばいいッスよ！」

「かまわないよ。なんならいまから行くかい？」

「行くッス！　リリスちゃんたちも来るッスか？」

「ストップ！　セルフィ、ストップ！」

あまりと言えばあまりの言葉に、リリスはセルフィの口を押さえた。

（なに考えてんのよアンタ！　向こうはアンタとふたりで行きたいんじゃないのっ？）

（もがもがっ、え、そうなんスか……？）

目を向けると、アインはなんでもなさそうにこう返した。

「かまわないよ。リリスさんのことにも興味があるし」

「ええー……？」

単におおらかなのか、それともそういう感情を持っているわけではないのか、アインは歓迎《かんげい》するようにそう言った。

そこで、フルカスがリリスを守るように割って入る。

「リ、リリスは魅力的《みりょくてき》な子だけど、そういうのはよくないと思うぞ！」

「……？　あ、すまない！　別にそういうつもりでは……」

一瞬遅《いっしゅんおく》れて、アインも自分の言ったことに気付いたのだろう。慌《あわ》てて訂正《ていせい》する。

それから、言葉を選ぶようにゆっくりと語る。

「なんというか、説明が少し難しいのだけれど、その容姿でその名前ということは〝娘〟と無関係ではなさそうだと思ってね。アルシエラに聞いておけばよかったのだけれど」

「む、娘さん……？　ということは、お義父さんってことなのか？」

「え、キミ、リリスさんと付き合ってるのかい？」

「まだ返事はもらってないけど、好きだとは伝えてるぜ！」

「……なんだろう。キミを見てると最近できた友達を思い出すんだが」

友達と呼ぶにはあまり好意的な相手ではないようで、アインは額に青筋を立てていた。

アインは気を取り直すように頭を振《ふ》ると、リリスに向き直る。

「そうだね。キミのお父上はきっと僕とは違《ちが》う人だと思うけれど、たぶん僕はキミが困っていたら応《こた》える義務のある人間だと思う。どの程度力になれるかはわからないけれど、なにかあったら言ってくれ。セルフィ伝手《づて》でもかまわないから」

「えっと、よくわからないのだけれど……？」

「そうだろうね……。僕もなにを言っているのかよくわからない」

困ったように苦笑《くしょう》すると、アインは自分の頭を指先で突《つつ》く。

「僕はちょっと別人の記憶のようなものを持っていてね。どこまでが自分のもので、どこまでが別人のものなのかがよくわからないんだ。ただ、その別人の誰かが、キミと関《かか》わりがあったかもしれないんだよ」

「それは、あなたが応えなきゃいけないような話なんですか？」

一応、敬語で問いかけると、アインは神妙《しんみょう》な表情でうなづく。

「そうだね。義務はないかもしれないけれど、無視するのも気分のよくない話……という感じかな？」

なんというか、つかみ所がないというか、言っていることがふわふわした話だった。

それは、リリスからすると妙に癇《かん》に障《さわ》る言葉だった。

――フルカスは記憶なんてないのに、もっとしゃんとしてるわよ。

フルカスは記憶もなにもかもをなくしたのに、自分が誰かなどでうずくまったりしていない。彼は誰よりも前を見ている。

リリスは腕を組むと、挑戦的《ちょうせんてき》に胸を反らして言い放つ。

「なんだか知らないけれど、そういうのはありがた迷惑《めいわく》って言うのよ。自分でもよくわからないような同情を向けられて喜ぶほど、夢魔の姫は落ちぶれていないわ」

その言葉に、フルカスもヒュッと息を呑《の》む。

「リ、リリス……？　わ、悪気はなさそうだし、そこまで言わなくてもいいんじゃ……」

「ハッキリ言ってやんないと伝わらないでしょ」

それから、ビシッとアインに人差し指を突き付けて続ける。

「いいこと？　なにをうじうじ悩んでるのかは知らないけれど、どう足掻《あが》いたって自分以外にはなれないのが人間よ」

リリスは夢魔の姫である。次なるヒュプノエルの女王となるべく、生まれたときから定められた人間である。

当然のことながら、その〝夢魔の姫〟というしがらみは、ときとして重荷になることもあった。

——セルフィが家出したときも、黒花の里が襲《おそ》われたときも、アタシは追いかけてあげることができなかった。

悔《くや》しかった。

自分もヒュプノエルの名を捨てて、追いかけようかとも思った。

——でも、アタシがふたりを追いかけられなかったのは、アタシが弱かったからよ。

ふたりのことを知ったとき、リリスは足が竦んで動けなかったのだ。家のことなど言い訳でしかない。

ヒュプノエルの名前などなくても、きっと同じことだったろう。

だから、リリスは幼馴染みふたりに、恥《は》ずかしくない自分になりたいと思った。

もう二度と会えないだろうふたり――結果としていまはこうしていっしょにいられているが――が、どこかでリリスの名前を聞いたときに幼馴染みなのだと胸を張って言ってくれるように、強くなると決めたのだ。

それが、リリスをリリスたらしめた最初の一歩である。

その言葉に、アインは衝撃を受けたように仰《の》け反《ぞ》る。

「自分以外には、なれない？」

「そうよ。他人の記憶《きおく》だかなんだか知らないけど、そんなのに振り回されるなんて馬鹿《ばか》げてるわ。アタシは夢魔《ヒュプノエル》の姫だからアタシなわけじゃない。アタシが高貴だから夢魔の姫は高貴な存在なのよ」

リリスにはアインの事情はまったくわからない。

もしかしたら見当違《けんとうちが》いなことを言っているだけなのかもしれない。

――でも、ひと言いってやんないと気が済まないわ！

これはリリスがリリスであるがゆえの、仕方がない話なのだ。

果たして、そんなリリスにアインはというと、なぜか感動したように目を見開いていた。

「僕は、僕でしかない、か……」

それから、なにか吹《ふ》っ切れたような表情で、アインは微笑む。

「さっきの言葉を訂正させてほしい。キミは、とても立派な人だ」

「ふ、ふん。わかればいいのよ！」

リリスが思わず視線を逸《そ》らしてそう言うと、なぜか他ふたりが自慢げに腕を組んでうなづいていた。

「『そうだろう《でしょう》！』」

――なんでアンタたちそんな息ぴったりなのっ？

思わず顔が赤くなっていることを自覚して、リリスはパタパタと手で顔を扇《あお》ぐ。

それから、アインはまたおかしそうに笑う。

「おっとそうだった。それで、アイスは結局どうする？」

「行くッス！　ほら、リリスちゃんも」

「え、ええっ？」

まるで空気を読まない幼馴染みにグイグイと手を引っ張られる。

――アタシ、なんか偉《えら》そうなこと言っちゃったのに、この空気で行くのっ？

アインは気にしないでいてくれるようだが、リリスの方は気まずくてそれどころではないのだが。

なのに、ここには空気の読めない人間がもうひとりいるのだ。

「行こうぜ、リリス」

「……もう」

ふたりに手を引かれ、リリスも仕方なく同行するのだった。

「……フルカスくん、ちょっと引っ付き過ぎッスよ？」

最後に、やっぱりフルカスがなんだか冷たい目で睨《にら》まれていたが。

第三章 ✡ すれ違いは傍から見るとおもしろいが、当事者になると非常に面倒くさい

「久しぶりだね、バルバロス」

ゴメリとの会合から数日後。ウェパルは酒場にバルバロスを呼び出していた。

いや、ウェパルだって本当はその日のうちに接触するべきだとは思ったのだ。だが、こ
のバルバロスという男の面倒くささを知っていると、依頼とはいえなかなか心の準備がで
きなかった。

——師を打倒（だとう）するという私の信念はそんなに軽いものだったのか？

こんな無理難題を押しつけてきたゴメリを恨む気持ちはあるが、そんなゴメリを頼らざ
るを得なかったのはアスモデウスの手がかりを摑（つか）めなかった自分の落ち度である。

結局、そうやって自分を納得させるのに宿にもこもって何日もかかった。

そんなウェパルの苦悩を知る由もなく、バルバロスは軽い調子で片手を上げる。

「おう、久しぶりだなウェパル。一年ぶりくらいか？」

それから、なにやら眉をひそめる。

「……つうかお前、なんか顔色悪いぞ？　大丈夫《だいじょうぶ》か？」

「はは、キミに気を遣《つか》われるほど酷《ひど》い顔をしていたか。すまないな、私には自分の顔は見えないものでね」

『お前が原因だ馬鹿』と肩を揺《ゆ》すってやりたい衝動《しょうどう》を堪《こら》えて、ウェパルは弱々しく笑い返した。

五感のうち視覚を閉ざしたウェパルだが、残った感覚を魔術で研《と》ぎ澄《す》ますことにより、周囲の状況《じょうきょう》は認識《にんしき》できている。

そうして研ぎ澄ました五感は、たとえば触覚《しょっかく》であれば空気の流れはもちろんのこと、音すらも形として認識する。盲目《もうもく》の者が指で触《ふ》れてものの形を把握《はあく》するという作業を、会話などで自分が発し、跳《は》ね返ってきた音で実行することができるのだ。

音を立てない障害物があろうと、天才的なまでの技量で気配を絶てる者がいようと、瞳を閉ざしたウェパルには全《すべ》てが認識できている。

まあ、それでも人の心までは読むことはできないが。

——しかし、この男が私のことまで気遣《きづか》うとは、ずいぶん変わったものだな……。

丸くなったというか、穏やかになったというか。こんな男でも、人間らしくなれるのだと、砂漠《さばく》に緑が芽吹《めぶ》く光景でも目の当《ま》たりにした気分だった。

なのだが、バルバロスは下卑《げび》た笑い声を上げる。

「そりゃ年がら年中目ぇ瞑《つぶ》ってりゃ鏡なんて見えねえだろうぜ、ひひゃひゃひゃっ」

「……まあ、人間がそう簡単に変わるはずもないか」

バルバロスは所詮《しょせん》バルバロスなのだ。期待を抱《いだ》いても虚《むな》しいだけだろう。ウェパルは自分の思《おも》い違《ちが》いを恥じた。

「あん？　なんだって？」

「目が見えても鏡が見えない者はいるものだと思っただけだよ」

「そうか？」

皮肉とは理解されなかったようで、バルバロスは不思議そうに首を傾《かし》げていた。

それから、バルバロスは馴《な》れ馴れしく背中を叩《たた》いてくる。

「しかしゴメリが言ってた助《すけ》っ人《と》ってのが、まさかお前とはな。……ま、せっかくだ。とりあえず飲もうぜ？」

その誘《さそ》いに、ウェパルは手の平を見せて制止する。

「それは遠慮《えんりょ》させてもらおう。今日はキミの相談とやらに乗りに来たのだ」

というか絶対ろくな目に遭《あ》わないので、長居したくない。

「ああん？　なんだよ、酒が入ったくらいで会話もできなくなると思ってんのか？」

「酒を飲むと、キミはなぜかそのまま いなくなることが多いからね。いまさら食《く》い逃げくらいは目を瞑るが、依頼を果たせなくなるのは困る」

「なんで人を食い逃げの常習犯みたいに言うの？」

「自分の胸に手を当てて考えてみるといい」

バルバロスは言われた通りに自分の胸に手を当てると、やはり首を傾げる。

「……？　やっぱりわかんねえぞ？」

「なるほど、ではよい魔術がある。大脳皮質の働きを外部から補助する魔術だ。健忘症《けんぼうしょう》の治療《ちりょう》に開発されたものだよ。キミには効果が期待できる」

「お前、俺のこと馬鹿だと思ってねえか？」

「……？　確認《かくにん》が必要かね？」

魔術師としては、これくらいの軽口をたたき合えるくらいに親しい相手ではあった。

ウェパルは鬱陶《うっとう》しそうに銀色の髪を払《はら》う。

「ともかく、私はキミに人並みの男女の付き合い方というものを教えるために雇《やと》われたのだ。つべこべ言わずに言うとおりにしたまえ」

「は、はーーーーっ？　なんで俺が、だ、男女の付き合い方とか勉強しなきゃいけねえんだよ。ふざけんな」

「ふざけているのはキミだ。キミはこれから意中の相手と、どう付き合っていくつもりなのかね？」

意中の相手という言葉に誰《だれ》の顔を思い浮かべたのか、バルバロスはしどろもどろに視線を泳がせた。

「い、意中の相手とかじゃねえし……。てか、別に付き合うとかじゃねえし」

面倒くささを拗《こじ》らせるバルバロスに、ウェパルはまったくの虚無《きょむ》の表情を返した。

「落第だ。キミ、やる気はあるのか？」

「べ、べべべ別にてめえにゃあ関係ねえだろ？」

「私が好き好んでキミ相手にこんな虚しく不毛な話をしているとでも思うのか？」

この数日の苦悩を込《こ》めて威圧《いあつ》すると、バルバロスもうぐっと言葉を詰《つ》まらせた。

と、そこでウェパルはあることに気付いてしまった。

――いや待て。聖剣《せいけん》の乙女《おとめ》は、こんなのに言い寄られて平気なのか？

バルバロスが惚《ほ》れてるのは知っているが、聖剣の乙女シャスティルがどう思っているのかは聞かされていない。

駆《か》け落《お》ちしたような噂《うわさ》が流れていたから失念していた。

冷静に考えたら、こんな男に好意を抱く女が存在するわけがない。一方的に言い寄られているという方がよっぽど現実的だろう。

ウェパルは、念のために問いかける。

「バルバロス、ひとつ聞いておきたいのだが、キミと聖剣の乙女の関係はどのようなものなのかね？」

ここで『付き合ってるの？』と聞いたらしこたま面倒くさいことになることは、ウェパルでも知っている。

できるだけ遠回しに問いかけると、バルバロスはなにやら神妙な顔をして腕《うで》を組んだ。

「改めて聞かれると、なんなんだ？」

「聞いているのは私の方なのだが……。護衛関係や主従関係など、なにかあるだろう？」

「ああん？　そりゃあ護衛してやってんだよ。まあ、他にも面倒は見てやってるけどな」

「ふむ。たとえばどういったことかね？」

バルバロスはなにやら自慢げに胸を張る。

「そりゃお前、あいつがドジ踏《ふ》む度にフォローしてやってんだよ。とにあいつは俺《おれ》がいねえとなんにもできねえからな。その癖《くせ》、てめえから面倒にばっか首突っ込みやがるから目が離《はな》せねえんだよ」

「…………」

それだけ聞くと、恋愛《れんあい》関係というよりは兄貴分というか、相棒のように聞こえる。

――ゴメリから聞いた話と、ずいぶん違うようだが……。

ウェパルは重ねて問いかける。

「では、交際したいわけではないのかね？」

「は、はあああああっ？　魔術師と聖騎士《せいきし》が付き合えるわけねえだろ！」

「そういった分別はあるのか」

であれば、ウェパルが警戒《けいかい》したような関係ではないのかもしれない。

この反応からバルバロスが想《おも》いを寄せているらしいことはわかったが、相手が聖騎士ゆえ距離《きょり》を置いて見守っているといったところか。

――驚くほど健気《けなげ》なものだな。

そういうことなら――面倒なのは変わらないが――協力することもやぶさかではない。

そう、納得《なっとく》しかけたときだった。

「ポンコツのやつ、寝相《ねぞう》悪りいから毎晩布団《ふとん》かけ直してやるのはさすがに面倒だがな」

「……うん？」

ウェパルは首を傾げた。

「待ちたまえ。その言い方では、毎晩聖剣の乙女の寝室《しんしつ》に忍《しの》び込んでいるように聞こえるぞ？」

「人聞きの悪いこと言ってんじゃねえ！　〝影《かげ》〟が繋《つな》がってんだからいつでも見えるってだけだよ。あいつ、寝言《ねごと》も多いから……じゃなくて、寝込《ねこ》み襲われることもあっから見張ってねえと仕方ねえだろ？」

「いつでも……？　それは、常に見張っているということ、なのか？」

「ああん？　そりゃお前、余計なことしねえように見張ってねえと、あいつなにやらかすかわかんねえだろうが。……ま、紳士《しんし》な俺は風呂《ふろ》ん中だけは勘弁《かんべん》してやってるがな。あいつにゃ、乳も尻《しり》も太ももも足りねえしよ」

覗《のぞ》く度胸もないくせに、バルバロスは見栄《みえ》を張った。

ただ、この決定的に間違《まちが》えたひと言を、ウェパルは額面通りに受け取ってしまった。

――風呂や便所まで覗き放題とは……。魔術師とはいえ、そこまで人間の尊厳を踏みにじることができるものなのか？

怖気《おぞけ》に震《ふる》える。

おまけにバルバロスは〝余計なことをしないように〟と言った。

聖騎士の職務自体が、魔術師にとっては〝余計なこと〟そのものである。であれば、その〝余計なこと〟をさせないために脅迫《きょうはく》している可能性が考えられる。バルバロスという魔術師の性格を考えれば、やらないわけがない。

そこで、駆け落ちの噂を思い返す。

シアカーン率いる一万の軍勢との戦闘《せんとう》の最中、バルバロスは聖騎士団の眼前で堂々とシャスティルを連れ去ったのだ。

――それは、本当に誘拐《ゆうかい》されていたのではないか？

結果的に彼女《かのじょ》が戻《もど》ってきたこと、それと聖剣の乙女自身がバルバロスを受け入れていたような状況から駆け落ちと判断されただけなのではないか。

しかし常に〝影〟に付きまとわれ、脅迫されているのだとしたら彼女に逆らう術《すべ》はなかっただろう。

それにバルバロスにとっては、監禁《かんきん》していても自由にしていても大差はない。なぜならいつだって〝影〟で見張っているからだ。

吐《は》き気《け》のする話だ。

それが今度は誕生日にまた言い寄られようとしている。

──聖騎士がどう死のうが知ったことではないが、これを見捨てるのは主義に反する。

ウェパルは目的を切り替《か》えた。

バルバロスの被害者《ひがいしゃ》として、同じ被害者を見捨てるわけにはいかない。

聖剣の乙女の真意はわからないが、ウェパルにはバルバロスに好意を持つ人間が地上に存在するとは思えないのだ。

だから、守る。

せめて、これ以上酷い目に遭わないように。

──それでも、どうしようもなかったなら、バルバロスを殺すしかないな。

恐《おそ》らく、命を懸《か》けることになるだろう。こんな男だが、いまもっとも〈魔王《まおう》〉に近い魔術師なのだから。

シャスティルがまんざらでもないなどと知る由もないウェパルは、そう決意した。バルバロスの普段《ふだん》の行いと信用のなさを考えると、仕方のない結論だった。

そんな悲壮《ひそう》な決意に気付く様子もなく、バルバロスは間抜《まぬ》け面《づら》で首を傾げる。

「つってもよ、なにをすりゃいいんだ？　言っとくが、俺は女の気を惹《ひ》いたりしたことねえぞ」

「ああ、気にしなくてもいい。そんなことは言われなくてもわかっているよ」

「それはそれでケンカ売ってんじゃねえの？」

ウェパルが猿《さる》とでも会話しているかのように沈痛《ちんつう》なため息をもらすと、バルバロスはガシガシと頭をかきむしる。

「つうかよ、お前は知ってんのか？　その、他人の誕生日を祝うとか、そういうの」

意外な言葉に、ウェパルは眉を跳ね上げた。

――こんなクズでも、誰かの誕生を祝いたいという気持ちが芽生えるものなのか……？

まさかとは思う。

だが、外道《げどう》のストーカーだとしても、根底にそういう気持ちがあるなら聖剣の乙女を解放……とまではいかずとも、これ以上苦しめぬよう誘導《ゆうどう》することができるかもしれない。

――そのためには、まずは信用させる必要があるな。

だから、ウェパルは普段通りを装いながら親身な振りをする。

「そうだね。キミに相手を喜ばせたいという気持ちがあるのなら、まず相手を不快にさせない努力から始めるべきだろう」

まずは相手の嫌《いや》がることをしない――前提があまりに低すぎるとは思うが、この男の場合、そこから教育していく必要がある。

まあ、すでに手遅《ておく》れな気もするが、ここでウェパルが見捨てたら誰も聖剣の乙女を救えない。やるしかないのだ。

なのだが、バルバロスは呆《あき》れたような顔をする。

「ああ？　なんで俺が勝手に不快になるようなやつに気を遣わねえと痛えっ？」

悪態をつくバルバロスの向こう脛《むこうずね》を、杖《つえ》で思いっきりはたいた。

「うぐおおぉぉぉうっ、なにしやがんだ！」

怒《いか》りの声を上げるバルバロスに、ウェパルは汚物《おぶつ》でも見るような表情を返す。

「キミ、聖剣の乙女の誕生日を祝いたいのではなかったのかね？　キミにしては殊勝《しゅしょう》な心がけだと思ったのに、その誕生日に相手を怒《おこ》らせたいのか？　いや、怒らせるくらいならまだしも、泣かせでもしたら償《つぐな》えるのかい？」

あくまで、バルバロスのことを見直しているように振る舞《ま》うことを忘れず、ウェパルは叱咤《しった》する。

ウェパルの真っ当な指摘に、しかしバルバロスは怒りの声を上げる。

「はーーーーっ？　ポンコツが怒るのも泣くのもいつものことだっての！」

「……最低だなキミは。そんなに毎回泣かせているのか？」

演技も忘れて、ウェパルは後退《あとずさ》った。

――やはりこの男、ここで殺しておくべきかもしれない。

ゴメリとの契約《けいやく》を反故《ほご》にしてしまうことになるが、バルバロスを野放しにしておくとそれ以上に大切なものを失ってしまう気がする。

――私はアスモデウスのようにはなりたくない。

最低の魔術師が師であるがゆえに、ウェパルはそれを反面教師とした。

「俺が泣かせてんじゃねえよ！　俺が泣かさなくても勝手に……泣く……？　俺が、泣かせる……？」

突然《とつぜん》、バルバロスが頭をかきむしってうずくまった。

「うっ、ぐうっ、ぐぬうぅぅぅぅっ……ッ」

「ど、どうした……？」

「別に、俺が泣かせたって、なんでもねえだろ？　なのに……なのに、なんで耐《た》えられねえんだ……？」

なんか自分が泣かせた姿でも想像して勝手に悶《もだ》えているようだ。

――こいつの中で聖剣の乙女はどういう存在になっているのだ？

情緒《じょうちょ》不安定というか、正直、面倒くささがウェパルの想像を遙《はる》かに上回っていて理解できない。

「……ます」

「なにかね？」

がっくりと膝《ひざ》を突いたまま、バルバロスが何事かをつぶやいた。

「……お願い、します。あいつを泣かせない方法を、教えて、ください」

まさかの敬語に、ウェパルも思わず閉ざした眼を開きそうになった。

一切《いっさい》の自尊心をかなぐり捨てた言葉に、ウェパルも面食らって問い返す。

「……キミ、そこまで思い詰められるのなら、なぜ普段から悪態をつくのかね？」

「俺にもわからねえんだ」

呆れた顔をしつつも、ウェパルは右手を差し出してきた。

「立ちたまえ。もう一度言うが、私はキミの相談に乗りに来たのだ。キミにその気持ちがあるなら、力になろう」

まあ、誕生日に顔を突き合わせなければいけない時点で聖剣の乙女が不運を被《かぶ》ることは避《さ》けられないが、せめてその傷を少しでも浅くすることはできるかもしれない。

バルバロスは、差し出された手を掴む。

「……すまねえ」

バルバロスがこれほど素直《すなお》に感謝の言葉を口にしたことがあっただろうか。

それほどに、いまのバルバロスは追い詰められているようだ。

なぜなら……。

「ポンコツの誕生日になにを贈《おく》るか、まだ決まってねえんだ。助けてくれ」

「………………」

ウェパルは早くも前言撤回《てっかい》したくなったが、元魔王候補の精神力を以《もっ》て口に出すことを堪えた。

代わりに、別の点を指摘する。

「キミ、まさかとは思うが、本人の前でもその〝ポンコツ〟とか呼んでいるわけではないだろうね……」

「は？　ポンコツはポンコツだろ。ポンコツって呼んでなにが悪いんだよ」

ウェパルは魔術師の自分でも胸を痛めることがある事実に驚愕《きょうがく》した。

――いくらなんでも聖剣の乙女、可哀想《かわいそう》過ぎやしないか？

やはりここで息の根を止めておくべきなのかもしれないが、しかしこの馬鹿に真っ当な付き合い方を伝えるのが今回の依頼なのだ。

そんなことは不可能な気がするが、ウェパルが諦《あきら》めたら人生を台無しにされる人間がいる。諦めるわけにはいかない。

ウェパルは根気よく語りかける。

「キミは知らないのかもしれないが、それは侮辱《ぶじょく》の言葉なのだよ。好意を持ってほしいのなら控《ひか》えることを勧《すす》めるがね」

「こ、こここ好意とか持ってほしいわけじゃねえしっ？」

「そういうのはもういいから」

――ひとつ馬鹿を言う度に電流が走る首輪とかないだろうか。

アスモデウスの宝物庫ならそういったものがあるかもしれないが、ウェパルの手元にないのが悔《く》やまれる。

だが、ウェパルは知らなかった。

これはまだ、自分が被る不運のほんの始まりに過ぎないことを。

「――シャスティル、ちょっと話が……って、あらレイチェル？」

◇

ネフィとネフテロスは、シャスティルの執務室《しつむしつ》を訪ねていた。

――聖剣のこと、シャスティルさんにも相談しておかないと。

先日の会合は、マルコシアス傘下《さんか》の〈魔王〉エリゴルが街に踏み入ったことでうやむやになってしまった。

ザガンはすでにラーファエルとリチャードの聖剣を使って研究を始めているが――それもあってリチャードは魔王殿《まおうでん》に残っている――ネフィにもなにかできることがあるはずだ。

そう思い、ネフテロスと共にシャスティルの意見を聞きにきたのだった。

教会執務室の扉《とびら》を叩くと、ネフテロスは中からの返事も待たずに扉を開ける。

ただ、そこにいたのはシャスティルではなく見知らぬ修道女だった。ネフィは面識がないが、ネフテロスとは知り合いのようだ。

修道女は驚《おどろ》いたように口を開くが、そこから言葉は出てこなかった。

その反応を不思議に思いながら、ネフィは問いかける。

「シャスティルさんの同僚《どうりょう》の方ですか？」

ネフィが首を傾げると、ネフテロスもうっかりしていたように声を上げた。

「あら、ネフェリアは初対面だったかしら？」

「はい。初めてお会いすると思います」

そう答えると、ネフテロスは修道女を示して口を開く。

「この子はレイチェル。シャスティルの身の回りの世話をしてくれている子よ。月末には見習いから修道女に上がるから、きっといろいろお世話になることも増えると思うわ」

「あの、あの、ネフテロス？　彼女、鼻血が……」

ネフテロスが紹介《しょうかい》する間に、レイチェルと呼ばれた修道女はボタボタと鼻血をこぼしていた。ハンカチで押《お》さえるも瞬《また》く間《ま》に真っ赤に染まってしまう。

「ああもう、また……大丈夫——ひっ」

よくあることなのか、ネフテロスは慣れた調子で手当てをしようとするが、その瞬間《しゅんかん》パッと真っ赤な飛沫《しぶき》が飛び散った。どうやらまた新たに鼻血が噴出《ふんしゅつ》したらしいが……。

——ネフテロス……やっぱり、血が苦手になっていますね。

立ち直ったとはいえ、目の前でリチャードの心臓を刳《く》り抜《ぬ》かれる様を見せられているのだ。あれ以来、血を怖《こわ》がっているのはネフィの目にも明らかだった。

ネフテロスが自分のハンカチを差し出すと、レイチェルは首を横に振って二枚目のハンカチを取り出す。それで自分の鼻を押さえて笑い返した。

「すみません《ふぃまへん》。大丈夫です《らいじょうぶれふ》」

「そうは見えないけれど……？」

なんとか鼻血を呑み込むと、レイチェルはなにやら満たされた笑顔《えがお》を浮《う》かべた。

「信仰心《しんこうしん》に体がついていかなかっただけですから、心配には及《およ》びませんよ」

「そんな言葉ってあるものなの？」

「信仰とはかくも美しく清浄《せいじょう》なものですから、私なんかが触れるとこういったこともあるんですよ」

修道女は狂信者《きょうしんしゃ》めいて怪《あや》しく瞳《ひとみ》を輝《かがや》かせて、意味のわからないことを語る。

一応、ちゃんとした知り合いのようではあるが、ネフィは大切な妹が変なところから勧《かん》誘《ゆう》でも受けているような不安を覚えた。

その視線に気付いたのか、レイチェルは慌てて手を振る。

「あ、安心してください。私にとって、ネフテロスさまは信仰の対象なんです。ただ、いまはその大きさを受け止めきれなくて発作《ほっさ》が強めに出てるだけというか！」

修道女は恐ろしく不安を駆り立てるような言葉を並べ立てる。

——シャスティルさんの共生派運営、上手《うま》くいっていないのでしょうか……？　なにか内部分裂《ぶんれつ》でもして、おかしな派閥《はばつ》が立ち上がっているのかもしれない。ネフィも親友と妹の身の危険を感じた。

「信仰……とは、どういった意味でしょうか？」

最悪の場合、ここで戦うことまで覚悟《かくご》してネフィが問いかけると、レイチェルは存外に真面目《まじめ》な表情で語る。

「えっと、世界には主の起こした奇跡《きせき》としか思えないような美しいものがあるじゃないですか？　私はそういうものを近くでただ見守っていたいというか、そこらの壁《かべ》のシミや雑草になりたいというか」

余計に理解不能なことを並べ立てられるが、その様がどっかの誰かを彷彿《ほうふつ》とさせたことでネフィもなんだかいろいろ察しがついた。

——嗚呼《ああ》、ゴメリさまやマニュエラさんと同じ系統の……。

なぜシャスティルがマニュエラのおもちゃになっていないのか少し不思議だったが、すでに別の担当がついていたからのようだ。

ネフテロスまでその対象みたいに言っていたことから、この子とリチャードの関係もすでに把握されているのだろう。ネフィは諦観《ていかん》じみた落ち着きを取り戻した。

それを確かめて、ネフテロスが今度はネフィを示す。

「レイチェル、こっちはネフェリア。私の姉よ。お義兄《にい》ちゃん……〈魔王〉ザガンの連れ合いで、シャスティルとも仲が良いわ」

紹介されて、ネフィもスカートの裾《すそ》を持ち上げて腰《こし》を折る。

「ネフィと呼んでください。レイチェルさん」

そう言ってやんわりと微笑《ほほえ》みかけると、レイチェルの鼻からまたツッと血がこぼれた。

「こ、これが魔女《まじょ》さんの言っていた〝始まりの愛《め》で力《りょく》〟……！」

なんか変な称号《しょうごう》を与《あた》えられていたことに、ネフィも微笑《びしょう》を引きつらせた。

恍惚《こうこつ》としていたレイチェルは、ハッと我に返ったように声を上げる。

「ハッ、すみません、私としたことが！　いまお紅茶淹《い》れますね」

「あ、いえお気になさらず」

普段、自分が紅茶を淹れる側のせいか、人から淹れてもらうのはなんだか申し訳ないような恥ずかしいような変な気持ちになる。

その隣《となり》で、ネフテロスが首を傾げる。

「ところで、シャスティルは留守かしら？　というか、あなたそこに座《すわ》ってもいいの？」

レイチェルはシャスティルの執務机《しつむづくえ》についている。服装もシャスティルの礼服で、仮装でもしているかのようだ。

その指摘《してき》に、レイチェルは胸を押さえて歴戦の勇士のように獰猛《どうもう》な笑《え》みを返した。

「シャスティルさまの席でシャスティルさまの服を着る……ふっ、半年前の私にはきっと耐えられなかったでしょう。でも、私もただ鼻血を流していたわけじゃないんです」

「そういうことを聞いたわけじゃないのだけれど……」

どうやら、ネフテロスも会話がかみ合っているわけではないらしい。

また伝ってきた鼻血を親指で拭《ぬぐ》うと、レイチェルは胸を張る。

「実はいま、シャスティルさまの身代わりを任されているんです！」

「身代わり……？」

「あ、バルバロスさまの〝影〟ですね」

レイチェルの足元には、魔術《まじゅつ》で紡《つむ》がれた〝影〟が蠢《うごめ》いていた。本来は、シャスティルについているはずのものである。

ネフテロスも目を見開く。

「あのもじゃもじゃの魔術を他人にすり替えたの？　シャスティルったら、また腕を上げてるわね……」

「ふふ、ネフテロスを助けてくれたときもすごかったんですよ？」

聖剣の中の天使を解き放つ技まで使っていた。あれはリュカオーンでアンドレアルフスが使っていた技である。

――シャスティルさんがいなかったら、きっとネフテロスを助けられなかった。

ネフテロスも薄《うっす》らと覚えているのか、頬《ほお》を赤くして顔を背《そむ》ける。

「あの子、いつも無茶《むちゃ》しすぎなのよ」

それから、ネフィは「あ」と声を上げる。

（あの、シャスティルさんの身代わりということは、シャスティルさんがここにいないことを伏《ふ》せておかなければいけないのではありませんか？）

声をひそめて問いかけると、レイチェルは慌《あわ》てたように口を押さえた。

（ほ、本当だ。どうしよう……）

ネフィは〝影〟を観察する。

――会話が聞こえていなかったとは思えませんけれど、気付いていないみたいですね。

バルバロスの方もなにか他に気を取られているのだろうか。

（まだ気付かれていないようですし、大丈夫ですよ）

そう説明すると、レイチェルもホッとしたように胸をなで下ろす。

（でも、シャスティルはなにをやってるの？）

ネフテロスの疑問に、レイチェルは楽しげに笑う。

(実は悪い人に拐《かどわ》かされそうなバルバロスさんを連れ戻しに行ってるんですよ！)

(……まったく意味がわからないのだけれど)

とはいえ、ネフィにはなんとなくわかった。

(ああ、先日の……エリゴルさんとおっしゃいましたっけ。あの方の件ですか？)

(はい！　正しくそれです)

なんでただの修道女がそんな魔術師の内情まで把握しているのかは謎《なぞ》だが、レイチェルは事情通と主張するようにそう答えた。

ネフテロスはため息をもらす。

「ネフェリア。悪いけど、私はこっちに残るわ。黒花《くろか》もいないし、執務《しつむ》が手に負えないことになるわ」

執務を手伝っていたネフテロスはひと月前から寿命《じゆみよう》や〈アザゼル〉の一件もあって、教会を離れていた。それに加え、黒花もキュアノエイデスに不在だったのだ。

執務机には書類が山と積まれていた。

「わかりました。わたしはシャスティルさんの様子を見てきますね」

少女たちは知らなかった。

バルバロスとシャスティルが、エリゴルとは関係ないところで非常に面倒くさいことになっていることを。

◇

「……私は、なにをやっているのだろう」

ネフィとネフテロスが教会執務室を訪ねているころ、シャスティルは街に出ていた。

バルバロスから少し離れた通りの陰《かげ》に身を潜《ひそ》めている。洗礼鎧《がい》は着ておらず、私服姿である。通り過ぎる通行人がじろじろ見ていくが、本人が気付く様子はない。

――バルバロスのやつが、とある女に口説かれていたのだ――

そう聞かされて数日。シャスティルはこっそりとバルバロスの様子をうかがっていた。

バルバロスのことを信じていないわけではない。

信じている、つもりなのだ。

だがしかし、ザガンが指摘したように、バルバロスが突然突拍子《とつぜんとっぴょうし》もない愚行《ぐこう》に走ることがあるのも、また事実なのだ。

――というか、バルバロスは女性との交際経験も、豊富だったりするのか……？

思えば、シャスティルはバルバロスのことをなにも知らない。

それは魔術師として非常に優秀《ゆうしゅう》なことや、なんだかんだ悪態を吐《つ》きながらも助けてくれるような面倒《めんどう》見のよい男であることは知っている。

たぶん、シャスティルのことを女として見てくれてもいる……のだと思う。

だが、彼《かれ》の昔のこととなると、ザガンと悪友であることしか知らない。

――いや、いまのバルバロスを知っていれば、それでいいではないか。

そのはずだった。

そのつもりだった。

なのに、いくら頭でわかっているつもりになっても、気になって仕方がなかった。

――それで、こんなバルバロスを疑うようなことをしている。

彼に知られれば、傷つけてしまうかもしれない。

だって、自分がそんなふうに疑われたら、きっと悲しい。

――なのに、自分は知りたいだなんて、傲慢《ごうまん》だ。

そんなことはわかっているが、いてても立ってもいられなかったのだ。

それでとうとう、こんなふうにバルバロスを追跡《ついせき》し始めている。

ただ、これはこれで容易なことではなかった。

〝影〟には全《すべ》てが筒抜《つつぬ》けなのだ。目を向ければその先が見えるし、音など常時筒抜けである。言ってみれば、シャスティルの全てを監視《かんし》されているようなものなのだ。

「……いや、監視されているわけではないと思うのだが」

誰に言い訳をしているのか、シャスティルは独りつぶやく。

ともかく、聖剣の力ならば〝影〟を破壊《はかい》することはできるかもしれないが、破壊すれば間違いなく気付かれる。

そもそも聖剣といえど、あの〝影〟を斬《き》るのは恐ろしく困難なのだ。聖騎士長といえども、序列下位の新顔たちには不可能だろう。

それが、いま尾行《びこう》されているバルバロスが、それに気付いている様子はない。

――黒花さんに〝影〟の破り方を聞いておいてよかった。

黒花・アーデルハイドはバルバロスのことをなにひとつ信用していない。

そんなバルバロスに護衛されているシャスティルを心配した彼女は、万が一のときのために、その〝影〟の破り方を教えてくれていた。

その破り方とは、〝影〟を壊《こわ》さずただ切り離すというものだった。

リュカオーンの剣技《けんぎ》には、活殺剣という技があるらしい。

真の達人が斬ると、相手は斬られたことすら認識《にんしき》できない。それは命なき物体でも同じで、魔術にも通用するのだという。

本来は相手を殺さずに斬ることを目的としたもので、細胞《さいぼう》の一片《いっぺん》すら傷つけずに斬るという凄《すさ》まじい技量を求められる剣である。

その技で斬れば、バルバロスに悟《さと》られずに〝影〟を切り離せる。

リュカオーンに帰省する直前に、黒花から伝授してもらったのだ。

——いまのシャスティルさまなら、できるはずです——

しかも相手は現在もっとも〈魔王〉に近い魔術師である。

その〝影〟を破るのは、並の聖騎士は疎《おろ》か元魔王候補クラスの魔術師とて困難だろう。

そんな〝影〟はいま、シャスティルから離れて執務室に置き去りになっていた。

聖騎士長序列三位シャスティル・リルクヴィストの全力は、もっとも〈魔王〉に近い魔術師の魔術すら超《こ》えていた。

ただ、黒花はこうも言っていた。

——これが通用するのは、恐らく一度きりです——

いかに気付かれずに切り離したとしても、〝影〟を覗き込めばそこにシャスティルがいないことはすぐにわかる。

いまは変装したレイチェルが、シャスティルがそこにいるように振《ふ》る舞って誤魔化《ごまか》してくれている。だが、それも長くは保たないだろう。

だから、シャスティルは確信を持てるときまで待った。

――ザガンに聞かされた日には、結局見つけられなかったからな。

それに、執務を放《ほう》り出すわけにもいかない。

〝職務中〟であることを自分に言い聞かせ、必死にいつも通りに振る舞った。

それが今日、バルバロスは浮き足だった……というより焦《あせ》っているだろうか、いつもとは違《ちが》う様子で執務室を出ていったため、シャスティルはこのタイミングに賭《か》けたのだ。

まあ、それもそのはず。シャスティルはすっかり忘れているが、彼女の誕生日まであと一週間なのだ。未《いま》だにプレゼントの目星すらつけていないバルバロスにとって、ウェパルからの誘《さそ》いは天啓《てんけい》に等しかった。

そうして息を整えると、シャスティルはバルバロスが曲がった通りの先を覗き込んだ。

果たして、そこにいたのは……。

「――滅茶苦茶綺麗《めちゃくちゃきれい》な女性《ひと》がいるぅっ？」

銀色の髪《かみ》をした、尋常《じんじょう》ではなく美しい人がバルバロスといっしょにいたのだ。

思わず声を上げてしまい、シャスティルは慌てて口を押さえた。

幸いというか、バルバロスはなにかに動揺《どうよう》していたようで、こちらには気付かなかったようだ。

どうにか気を落ち着けて、もう一度バルバロスたちを見遣《みや》る。

相手はやはり魔術師《まじゅつし》のようで、ローブをまとって手には杖を握《にぎ》っている。年《とし》の頃《ころ》は二十《はた》歳《ち》ぐらいだろう。瀟洒《しょうしゃ》を絵に描《か》いたような立ち姿で、その瞳はずっと閉ざされていた。

――ザガンの言っていた特徴《とくちょう》とも一致《いっち》する。

なにを話しているのかはわからないが、バルバロスと魔術師は親しい様子で会話をしている。

そんな中、不意に銀髪《ぎんぱつ》の魔術師はローブの裾で口元を覆《おお》うと、上品に微笑む。

「……ッ」

シャスティルは息を呑《の》んだ。

花が開くように微笑むとは、こういうことを言うのだろう。

シャスティルとて血筋的には一応貴族なのだが、聖剣《せいけん》に選ばれて以来剣を振ることに努力の全てを費やしてきた。没落《ぼつらく》貴族の自分では、逆立ちしても身に付けられない品のある振る舞いだった。

格が、違い過ぎる。

ガクガクと震えていると、そんな視線に気付いたのか魔術師がふとシャスティルに顔を向けた。

「な――ッ」

シャスティルが顔を強張《こわば》らせると、魔術師はその可憐《かれん》な顔貌《かおかたち》に、ふっと微笑を浮かべた。

――わ、笑われた……っ！

野武士相手では戦いにすらならないとでも言うのだろうか。

屈辱《くつじょく》に身を震わせていると、魔術師は続けてバルバロスの顔に手を伸《の》ばす。

それから、なにを思ったのかバルバロスのボサボサの髪をキュッと後ろで束ねた。

――か、髪に触《さわ》ってる……だとっ？

シャスティルだってバルバロスの髪に触《ふ》れたことなどない。

しかも、あんなふうに親しげに触れることなど、想像もできなかった。

――私より綺麗《きれい》で、私より親しそうだ……。

勝てるわけがない。

そう痛感しながらも、なぜか逃《に》げ帰《かえ》るという選択肢《せんたくし》は思《おも》い浮かばなかった。

——なんだろう、この気持ちは……。

負けたくない。

シャスティルが、初めて他人に対抗心《たいこうしん》を覚えた瞬間であった。

◇

「プレゼント……わからねえ。なにを選べば正しいんだ？　ポンコツが喜ぶもの……喜ぶもの？　喜ぶ……ヨロコビって、なんだ？　人間は、なにをしたら、喜ぶ……？」

ショーウィンドウの装飾品《そうしょくひん》を眺《なが》めながらなにやらぶつぶつつぶやくバルバロスから、ウェパルはそっと距離《きょり》を置いた。

——初めて心を知った怪物《かいぶつ》みたいになっているな……。

その場合、ウェパルの役どころは怪物を迫害《はくがい》して殺す狩人《かりゅうど》の役だろうか。謹《つつし》んでお引き受けしたい。

面倒《めんどう》くささに殺意さえこみ上げてきたときだった。

『――滅茶苦茶綺麗な女性《ひと》がいるぅっ？』

ウェパルの耳に、そんな悲鳴が届いた。

顔を向けぬよう、注意を向けてみると声の主はすぐに特定することができた。

――あれは、聖剣の乙女《おとめ》か？

ドツボにはまっているバルバロスは気付いていないようだが、こちらから隠《かく》れるようにして通りの陰に聖剣の乙女シャスティルの姿があった。

この事実に、ウェパルも感嘆《かんたん》した。

――バルバロスに気付かれていないということは、自力で〝影《かげ》〟を破ったのか？

それがいかなる手段だったのかは、ウェパルにも想像がつかない。自分の知らない聖剣の力でもあるのではないかというところだが、重要なのは彼女が自力で〝影〟から逃《のが》れたという事実である。

――どうやら、逃げてきたようだね。

ウェパルが呼び出したことで、バルバロスの注意は聖剣の乙女から離《はな》れた。

その好機を、彼女は見逃《みのが》さなかったのだろう。

それがここにいるということは、逃げた先で運悪く出くわしてしまったといったところか。

――怯《おび》えきっている……哀《あわ》れな。

シャスティルの様子をうかがってみると、声を出さないように口を押さえてガタガタと震《ふる》えていた。目には涙《なみだ》まで浮かんでいる。

この姿を見れば、ウェパルの結論も無理からぬことではあった。

だから、ウェパルはこっそりと微笑を返した。

――案ずるな。私は味方だ。できる限り、このクズからは守ってやるさ。

果たして、その意図は伝わっただろうか。

シャスティルから感じる気配は恐怖《きょうふ》の色が強すぎて、細かい表情までは読み取ることができなかった。

これにはウェパルも同情を禁じ得ない。

――逃げやすいよう、馬鹿《バルバロス》の注意を引いてやるか。

相手はバルバロスである。いずれ〝影〟に捕捉《ほそく》されるだろうが、それを遅《おく》らせることくらいならできる。

――もしも彼女《かのじょ》に戦う気概《きがい》があるなら、そのときは手を貸してもいい。

聖剣所持者に貸しを作っておけば、アスモデウスと戦うときにも役に立つ。

ウェパルはバルバロスの気を逸《そ》らすように話しかける。

「バルバロス。キミはプレゼントよりも身だしなみを考えるべきではないか？」

「ああん？　なんで男が身だしなみなんか気にしなきゃいけねえんだよ気持ち悪りぃ」

気持ち悪いのはお前だと殴《なぐ》りつけたいのをグッと堪《こら》え、ウェパルは叱咤《しった》の声を返す。

「キミは頭は悪くないはずなのに、なぜそうも愚《おろ》かなのかね？　女性に好かれたいのなら好かれる努力をしろと言っているのだ」

「なんでザガンみたいなこと言うのっ？」

「……キミは〈魔王《まおう》〉ザガンにまで同じような迷惑《めいわく》をかけているのか？」

まさかとは思うが、かの〈魔王〉までこんな面倒くさい思いをさせられているのかもしれない。ウェパルは他人に思えぬ同情と共感を覚えた。

「迷惑とか言うな！　なんか……こう、クるだろ……？」

「……本当に面倒くさいなキミは」

なにやら落ち込《こ》んだように胸を押さえるバルバロスに、ウェパルもため息が堪えられなかった。

それから、バルバロスに後ろを向かせると、ボサボサの鬱陶《うっとう》しい髪をキュッとまとめてみる。

——背中を向ければ、逃げるきっかけも摑《つか》めよう。

なのだが、シャスティルは硬直《こうちょく》しているのか逃げる様子はなかった。

まあ、向こうは聖剣所持者とはいえ十七、八の娘《むすめ》なのだ。長らく恐怖を与えられた相手を前に、とっさに動けというのも無理な話かもしれない。

そんなウェパルの様子に気付く様子もなく、バルバロスは大儀《たいぎ》そうにふところから一本のリボンを取り出す。

「んだよ。そんなことでいいのか?」

自分で髪を持ち上げると、存外に手際《てぎわ》よく髪を束ねる。

「できるのならなぜ普段《ふだん》からやらない?」

「こんな面倒なこと毎日やってられっか」

とはいえ、頭をすっきりさせるだけでだいぶうっとうしさが軽減されていた。

「あとは、その顔はどうにかならないのかね?」

「お前知らねえかもしれねえけど、人間の面《ツラ》ってのは替《か》えが利《き》かねえんだぞ?」

バルバロスは涙目になって悲鳴を上げる。

顔がうっとうしいのは事実だが、いまのはウェパルの言い方が悪かったようだ。

「あ、いや不健康そうな顔のことだ。せめてその隈《くま》くらいなんとかならないのかね」

「ああん？　そういや、ここんとこまともに寝《ね》てねえ気がするな？」

「それ以前の問題だと思うのだが……まあいい。これでも飲んでおきたまえ。森の精気を寄り集めた丸薬だ。多少は顔色もよくなるだろう。ただ――」

「お、なんだよ気の利いたもんがあるじゃねえか」

ウェパルの言葉を最後まで待たずに、バルバロスは丸薬をもぎ取るように奪《うば》うとそのまま口に放り込む。

「……ただ、少々毒性と依存性《いそんせい》があるが、キミならまあ平気だろう」

「なんでそんな物騒《ぶっそう》なもの平気な顔して飲ませるのっ？」

「最後まで聞かなかったのはキミの方だろう？」

こんなバルバロスだが、現在もっとも〈魔王〉に近い魔術師である。即座《そくざ》に脳内物質を操作し、毒性を中和する。

その手並みは、ウェパルから見ても感心するほどのものだった。

――魔術師としては一流なのだがね……。

本当に、人間としては付き合いたくない相手である。

とはいえ、ウェパルが作った薬である。バルバロスの顔には見る見る生気が宿り、目の下の隈も綺麗になくなっていた。

「ふむ。まあ、マシになったね。あとはその野暮《やぼ》ったいローブを脱《ぬ》げば、だいぶ嫌悪《けんお》感も薄れるだろう」

「お前、そんなに俺《おれ》のこと嫌《きら》いなの？」

「……答えを聞きたいかね？」

「これ以上、俺の心を傷つけてなんか楽しい？」

とはいえ、魔術師にローブを着るなというのも無理な注文だろう。

ウェパルも本気で言ったわけではないのだが、バルバロスはなんの抵抗《ていこう》もなくローブを脱いでいた。

「これでいいのか？」

「脱ぐのか」

「お前が脱げって言ったんじゃねえか！」

それから、ガシガシと頭を掻《か》いてつぶやく。

「……ザガンの野郎《やろう》から、当日は食事にでも誘えって言われてんだよ」

ザガンとシャスティルは同盟関係にあると聞いていたので、これは意外な事実だった。

——まあ、そもそも〈魔王〉からすれば聖剣所持者など邪魔者《じゃまもの》でしかないか。

なのだが、そこに続いたバルバロスの言葉は想像もしないものだった。

「さすがに、聖騎士《せいきし》といっしょに歩くのに魔術師丸出しじゃ不味《まず》い気がしねえか？」

「なぜそれができるのにそれ以前のことがまったくできないのだ？」

反射的にそう指摘しつつも、ウェパルはにわかに感動を覚えた。

——この男、まともなことも言えたのか！

だったらストーキングなどやめて真っ当に付き合えと思うが、それは高望みというものだろうか。

それから、バルバロスは思い直すように腕《うで》を組む。

「だが、これじゃあろくに魔術も使えねえのが問題だな。……仕方ねえ。ちと面倒だがこいつを使うか」

なにやらひとりでぶつぶつぶやくと、小さな金属の粒《つぶ》をいくつも取り出す。ただの粒ではなく、それぞれにピンが刺《さ》さっている。

「ほう、護符《アミュレット》のピアスか。その大きさで作ったというより、大きく作ってから魔術で圧縮したのか？　なかなか面白《おもしろ》いものを作るものだね」

バルバロスの魔術は首からジャラジャラと提《さ》げた護符の中に込められている。それを解き放つことで、即座に魔術を放てるのだ。

この男は、顔に似合わず細かい細工が得意のようだ。呪符の形で使っているウェパルでは、こうした細工を真似《まね》るのは難しいだろう。

素直《すなお》に褒《ほ》めると、バルバロスも気をよくしたように笑う。

「へへん。気に入ったんなら、てめえにも今度作ってやろうか？」

「ふむ。なにを企《たくら》んでいるのかね？」

「なんでなんの疑いもなく人のこと疑うの？」

傷ついたような顔をして喚《わめ》くバルバロスに、ウェパルは呆《あき》れたように返す。

「そういうことこそ、聖剣の乙女にしてやればいいのではないか？」

「――それだッ！　お前、頭いいな」

「こちらは逆に不安になったがね……」

なにか余計なことを言ってしまったかもしれない。

――好きでもない男からピアスなんぞもらったら気分が悪そうだが……。

まあ、魔術師手製のピアスなら売ればそれなりの値段にはなるだろう。聖剣の乙女にそうした小賢《こざか》しさがあるかはわからないが、変に食べ物などを贈《おく》るよりはずっとマシだ。

「ま、最初は飯でも作ってやろうと思ってたんだがな、なぜかザガンの野郎に反対されたんだ」

「ほう、〈魔王〉ザガンは聡明《そうめい》なのだな。一度会ってみたくなったよ」

「……お前ら会わせたら、俺の悪口言わない？」

「心外だな。事実の羅列《られつ》を悪口とは呼ばないものだよ」

「やっぱり言うんじゃねえか！」

そう思うのなら自分の行いを改めればいいと思うのだが、そうした考えができないあたりが魔術師なのだろう。

ウェパルが涼《すず》しい顔で聞き流していると、バルバロスはピアスを手に持ったままであることを思い出したようだ。

「これ付けるの、痛てえから嫌いなんだけど……」

そう言って、バルバロスは耳に直接針を突き立てる。当然血も出てきて、ウェパルは呆れてものも言えなくなった。

ウェパルは気力を振り絞《しぼ》るように頭を振ると、治癒《ちゆ》魔術《まじゅつ》をかける。

「キミはなぜそうも馬鹿なのかね。ピアスとはあらかじめ穴を空けておくものなのだよ。

ひとまず止血はしてやるが、耳が腐《くさ》っても知らないぞ」

服が汚《よご》れる前に治癒《ちゆ》は完了《かんりょう》する。

今度は抜くのが痛いことになるだろうが、まあそのうち穴が定着して次からは出血せずに付けられるようになるだろう。

なのだが、バルバロスは肩《かた》を竦《すく》める。

「普段つけねえんだから、穴なんてすぐに塞《ふさ》がっちまうんだよ」

「なら塞がらないように普段から付けたまえ。魔術師らしさを隠したいのであろう？」

「……いやまあ、そりゃそうなんだけどよ」

なにやら納得《なっとく》いかないように、バルバロスはまたぶつぶつと独り言をつぶやく。

とはいえ、そうして片耳にいくつものピアスを留めると、驚《おどろ》いたことに一般人《いっぱんじん》のような装いになっていた。

——人間というものは、やりようによっては見違《みちが》えるものなのだね。

これには素直に感心したが、これだけ時間を稼《かせ》いでもシャスティルが動く様子はなかった。

——仕方がない。こちらが移動するか。

自分が恋敵《こいがたき》と勘違《かんちが》いされていることなど知る由もなく、ウェパルはシャスティルを助けるために歩いていくのだった。

◇

「なんであのふたり、こんな見せつけるようなことばかりするの……？」

ふたりの様子をうかがっていたシャスティルは、愕然《がくぜん》とさせられていた。

目の前でイチャイチャと……もとい、親しげに髪を触ったり結んだり、その上着替《きが》えなんて始めたのだ。

あの魔術師は、シャスティルの存在に気付いている。

その上で、あんなことをしているのだ。

親しそうなふたりだから、シャスティルの知らないバルバロスを知っていたりもするだろうが、なにもあんな見せつけるようにくっつかなくてもよいではないか。

実際にはウェパルはシャスティルから注意を逸らすために、わざわざやりたくもないことをやっているのだが、不幸なことにシャスティルにはまったく伝わっていなかった。

――私の前ではあんな格好したことないくせに！

いや、別にバルバロスはバルバロスのままでいいのだ。シャスティルだって、変わってほしいなどとは思っていない。

だが、それはそれとして、自分の前ではやらないことを他の女の人の前ではやるというのは、なんだろう敗北感のような喪失感《そうしつ》のような、奇妙《きみよう》な感情がこみ上げてくる。

言うなれば〝自分のものを他人に勝手に使われてる〟ような感覚だろうか。

自分でもどうにもならない感情に悶《もだ》えていると、今度はバルバロスの方が大胆《だいたん》な行動に出た。

——耳飾《みみかざ》りなんて付けてるー！

耳に針を刺すという痛そうな装飾品だが、バルバロスが付けると不思議と似合っているように見えた。

——ズルい！　そんなの、私には見せてくれたことなかったじゃないか！

なにがズルいのかは自分でも説明できないが、シャスティルはぷくっと頬を膨《ふく》らませて目には涙まで浮《う》かべていた。

そこまで腹を立てていながら、シャスティルにはふたりの間に割って入るという選択肢が存在していなかった。

だって、どんな相手だろうと、ふたりの楽しそうな時間を邪魔《じやま》するようなことなどできるはずがない。

それならこんな尾行などやめればいいのに、なぜかそれもできない。

自分でも矛盾《むじゅん》しているのはわかっているが、それをどうすればいいのかシャスティルにはわからなかった。

そんなとき、胸を過《よぎ》るのは自分とどこか似ている高貴な少女の言葉だった。

――でも恋《こい》っていうのは違うんだって。相手を知りたくて、欲《ほ》しいと思う欲求なんだって――

ゴンッと、看板に頭をぶつけた。

――それじゃあ、私のこの気持ちは……？

気づきがなかったわけではない。

ただ、なんというか素直に受け入れるには大きすぎて、それでいて呑み込むには喉《のど》に引っかかるようなトゲトゲした形のものだったのだ。

頭を抱《かか》えて懊悩《おうのう》していると、銀髪の魔術師はバルバロスの顔に手を伸ばす。

――あああああっ、耳にまで触ってる！

いつだったか、ザガンがネフィの耳を触っていたときは、なんだかすごくいけないものを見ているような気分になった。

耳を触るというのは、親しい人間にもなかなかさせないことだろう。

それを、あんな気軽にやるだなんて。

実際には考えなしにピアスを刺したバルバロスの手当てをしているだけなのだが、シャスティルの目には秘《ひ》め事《ごと》のようにしか映らなかった。

シャスティルが歯ぎしりをしていると、魔術師は今度はバルバロスの手を引いて歩き始める。

——あんなの完全にデートじゃないか！　私だってまだしたことないのにズルいぞ！

そう考えて、ハッとする。

「私は、バルバロスとデートとか、したいのか……？」

いっしょに歩いている自分を想像してみる。

ザガンたちのように、手を繋《つな》いでいっしょに街を歩いて、なにか甘《あま》いものを食べたり、お互《たが》いの服を選んだり、そして似合わないとからかわれてシャスティルが怒《おこ》って……。

——あ、あれ？　結局ケンカしてる姿しか思い浮かばない……？

つまり、シャスティルとバルバロスとでは、逆立ちしたってああはならないということではないか？

まあ、そもそもバルバロスが〝影〟から出ていること自体が希《まれ》で、顔を出すとすぐにからかってきてケンカになるのだから当然のことではあった。

さらに言うと、シャスティルの周りにまともな男女交際をしているものなど、ザガンとネフィという、娘《フォル》から千年経《た》っても進展しない可能性を危《あや》ぶまれているふたりしかいなかったのだ。

剣を振るうことに努力の全てをつぎ込んできたシャスティルに、見たこともないものを思い浮かべられる想像力は備わっていなかった。

——それで、す、好き……だなんて、おこがましくて言えない。

こんなことをしている時点で、自分の気持ちはまあ疑いようもない。

だがしかし、その先のことに関してなんの未来《ヴィジョン》も思い浮かばないのだ。

——好きって、恋って、なんなのだ……！

なにをすればいいのかもわからないくせに、なぜかじっとしていることもできない。

どうしたらこの気持ちは収まるのだろう。

苦しいだけでしかないではないか。

——バルバロスも、本当にこんな気持ちなのか……？

と、そこでシャスティルは気付いてしまった。

「あれ？　よく考えたら私、別にバルバロスから好きとかなにも言われてない……？」

彼がシャスティルのことを好きかもしれないというのは、元を辿《たど》ればネフテロスの推測でしかない。他は状況《じょうきょう》証拠《しょうこ》というか、そういう雰囲気《ふんいき》があったというだけの話で、シャスティルの勘違いだと言われたらなにも否定できない。

蝶《ちょう》の髪飾《かみかざ》りをもらって嬉《うれ》しかった。

でも、思い返してみればそれも『少しは女らしくしてみろ』みたいなことを言われただけで、本当にプレゼントだと思っていいものだったのだろうか。

――もしかして、私が好きだから勝手に舞《ま》い上がってただけ……なのでは？

人は自分を客観的に見ることはできない。

同じように、自分に接するバルバロスしか知らないシャスティルは、それを客観視することができなかった。

――教えてくれ、ネフィ。私では、あなたたちのようにはなれないのか……？

愕然として膝《ひざ》を突くシャスティルは、歩いていくバルバロスと魔術師を追いかけることができなかった。

「シャスティルさん、大丈夫《だいじょうぶ》でしょうか？」

ネフィはキュアノエイデスの街を駆《か》けていた。

親友に発破をかけるつもりでゴメリの奇行《きこう》を容認《ようにん》したが、なんだか想像とは違う方向に転がっている予感がする。

――ザガンさまも、下手に突くとこじれそうだから放っておいたはずなんです。

それが、少々背中を叩《たた》く必要が出てきたから干渉《かんしょう》してしまった。

いまさら言っても手遅《ており》れではあるが、ネフィは止めるべきだったのかもしれない。

そうして――ザガンの結界の力を借りて――シャスティルの位置を辿ったときだった。

「え――」

「――あら？」

両目を呪符で覆った女と、すれ違った。

「……《星読卿《ほしよみきょう》》エリゴルさま、ですね？」

「そういうあなたは《妖精王《ようせいおう》》ネフェリアさん、だったかしら？」

向き合うふたりは、なにもかもが正反対だった。

ハイエルフの真っ白な髪に対して、腰《こし》まで覆う真っ黒な髪。

〈魔王〉としてエプロンを脱いだいまのネフィは、慎《つつ》ましく肌《はだ》を見せないような純白の礼服姿。

対するエリゴルは艶《あで》やかに着崩《きくず》し肩から胸元《むなもと》までをさらけ出す、リュカオーンの衣装と思《おぼ》しき漆黒《しっこく》の衣。

鎖《くさり》から解き放たれた金属の首輪に対して、鎖で繋がれた革細工《かわざいく》の首輪。

とうとつに出会ってしまったふたりの〈魔王〉は、無言で見つめ合う。

そこで先に口を開いたのは、エリゴルの方だった。

「よかったら、ごいっしょにお茶でもいかが？　一度、あなたとはお話をしてみたかったのよ」

バルバロスの勧誘《かんゆう》中に、なんとも大胆な提案である。

ネフィは小さく息を整えた。

——シャスティルさんを放っておくわけにはいきません。

正直『明日でいいです？』と返したいのが、ネフィの心境である。

とはいえ、バルバロスを引き抜《ぬ》かれるのはザガンにとっても非常に困る問題だ。

自分ごときが生粋《きっすい》の〈魔王〉相手にどこまで駆け引きできるかというのは甚《はなは》だ疑問だが、ここで牽制《けんせい》できるのなら大きな意味がある。

数秒の躊躇《ちゅうちょ》ののち、ネフィはやわらかく微笑《びしょう》を返した。

「是非《ぜひ》。わたしもちょうど、話をお伺《うかが》いしたいと思っていましたから」

シャスティルたちのことは、ゴメリが見ているのだ。

あのおばあちゃんを信頼《しんらい》するのは難しいが、ザガンは彼女を信じたのだ。

であれば、ネフィはそのザガンの判断を信じる。


「グリーン・ティ」

「紅茶をお願いします」

ネフィとエリゴルは、傍《そば》にあった軽食屋に入った。

通りに面して野外テラスを出している店で、ネフィはその外側の席を選んだ。通行人がじろじろと見ていくのが少し恥《は》ずかしいが、なにかあったとき中よりは外の方が被害《ひがい》は少ない。

——この方、ここのお店にはよく来るのでしょうか？

慣れた調子で飲み物を注文する姿を見て、ネフィがそんなことを考えたときだった。

「——この人は、この店によく来るのか——」

独り言のように、エリゴルがそう囁《ささや》いた。

「え」

心を読んだような言葉にネフィが思わず声をあげると。エリゴルは妖艶《ようえん》に笑った。

「うふふ、期待通りの反応をしてくれるのね。そういうところ、可愛《かわい》いわ」

エリゴルは首から下がった鎖に指を絡《から》めると、からかうような口調で言う。

「私の特技はね、〝占《うらな》い〟なのよ」

「占い……ですか？」

ジャラリと鎖の音を響《ひび》かせ、エリゴルは小さくうなづく。

「グリーン・ティというものがリュカオーンの飲み物なのは知っているかしら？　大陸の人間には馴染《なじ》みの薄《うす》いもので、あまり名前も知られていないわね」

それはネフィも聞いたことがあるので、うなづき返す。

――うちも、リリスさんたちが城に住むようになってから取り寄せたものですから。

ネフィも初めは苦いだけで、どう美味《おい》しいのかなかなか理解できなかった。

しかし魚やミソ・スープなどリュカオーンの料理と合わせてみると、これが存外に心地《ここち》良《よ》い味へと変貌《へんぼう》するのだ。

そんなことを話しているうちに、注文した飲み物が運ばれてくる。

ネフィの方は洒落《しゃれ》たカップとポットが運ばれてくる。紅茶は丁寧《ていねい》に香《かお》りを立てられていて、店主の気配りというものが感じられる。

グリーン・ティの方はリュカオーン特有の筒状《とうじょう》のカップに、同じくリュカオーンのものらしいポットが並べられている。

エリゴルはまるで目を覆う呪符など存在しないように、滑《なめ》らかな手つきでグリーン・ティをカップに注ぐ。

「あら、茶柱。縁起《えんぎ》がいいわね」

その名の通り、緑がかった液体には茶葉の茎《くき》が柱のように立った状態で浮かんでいた。

「この茶柱というものが立つとね、その日一日いいことがあると言われているのよ。可愛いものでしょう？」

「そう、なんですね……？」

思った以上に普通《ふつう》の世間話を振《ふ》られ、ネフィは反応に戸惑《とまど》った。

呆気《あっけ》に取られていると、そんな反応を楽しむようにエリゴルは口元に笑《え》みを浮かべる。

「でもね。実はこれ、立たせる仕掛けがあるのよ」

「え？」

「半分だけ濡《ぬ》らして急須《きゅうす》に入れておけば、注いだときに必ず茶柱が立つ。それを知らずに見た客は、きっと気分よく帰っていくわよね？」

そう言って、カップをツンと指先で弾《はじ》く。

「〝占い〟というのは、そういうものよ。未来が見えているかどうかは重要ではない。相手の言ってほしいことを言って背中を叩いてあげるような、ささやかなものなの」

なるほど、とネフィはうなづいた。

「では、わたしをこの店に誘《さそ》ったのも、占いによるものなのですね」

「あら、どうしてそう思うのかしら？」

ネフィはひと口カップに口を付けてから、落ち着いた調子で答える。

「ここの紅茶、とても美味しいですね。そういった配慮《はいりょ》ができるのであれば、きっとそちらのグリーン・ティも美味しいのでしょう。ですが、せっかくの腕なのに、グリーン・ティは知名度が低く、このまま行くといずれこのお店はなくなってしまいます」

店内に客の姿はなく、テーブルも新品同様に綺麗で、普段から客が入っていないだろうことがうかがえる。

ただ、足を止める通行人がいないかといえば、そうでもない。

「ですが、わたしやあなたが美味しそうにお茶を飲んでいれば、きっと興味を持ってくれる人も出てきます」

テラスでお茶を飲むネフィとエリゴルが目を惹《ひ》いたのだろう。立ち止まって様子をうかがう人間がちらほらといた。

――茶柱の話も、わたしではなく彼《かれ》らに聞かせていたのですね。

そう答えると、エリゴルはそれを褒めるように微笑《ほほえ》む。

「この街でまともなグリーン・ティを飲める店は、ここくらいなのよ。確かに、なくなるのは困るわね」

果たして、その目論見《もくろみ》は功を奏したようで、少しずつ店内に客が入ってきていた。

ネフィは問いかける。

「わたしがここを通ることは、どうしてわかったのですか？」

その問いに、エリゴルは首を横に振る。

しゃらしゃらと黒髪《くろかみ》が揺《ゆ》れて、上品な香《こう》のにおいがふわりと鼻にかかった。

「実を言うとね、ここであなたと会うのは予定になかったの。私はひとりでお茶を飲むつもりだったのだけれど、たまたまあなたが通りかかったから、付き合ってもらったのよ」

どこまで本気で言っているのか、エリゴルの表情からは読み取ることができなかった。

今度は、ネフィの方から問いかけてみる。

「《星読卿》は未来が見えるとお伺いしましたが？」

「未来なんて、本当に見えるとお思い？」

ふむ、とネフィは考える。

「それはわたしにはわかりませんが、予測をすることは可能だと思います」

その答えに、エリゴルはゆるりとした仕草で左手の手の平を見せる。

「……続けて？」

「人やものの流れを見て、先を読むのは商才のある者ならできることです。相手を知り、その出方を想定して、対策を立てておくのは魔術師《まじゅつし》の常識です。そうした考えを突《つ》き詰《つ》めていけば、予言のように先を読むことも、きっと不可能ではないはずです」

それから紅茶に口を付けて、こう締《し》めくくる。

「ちょうど、あなたがいまやったことが、そういうことではないでしょうか？」

いつの間にか、無人だった店内が賑《にぎ》わっていた。

お茶の味が評価されたのなら、口づてに評判も広まっていくだろう。

──でも、〈魔王〉がそれだけであるはずがない。

そんな訓練をすれば誰《だれ》でもできるようなことで、魔術師の頂点に立てるはずがない。

この〈魔王〉は、まだその力の片鱗《へんりん》さえ見せてくれてはいない。

ネフィが緊張《きんちょう》に身を硬《かた》くしていると、エリゴルはまた妖艶に微笑み返す。

「魔術師としては新米だと聞いていたけれど、賢《かしこ》いのね？　ザガンくんは師としても優秀《ゆうしゅう》みたいだわ」

「…………」

なにか含《ふく》みのある……というか、敵意のようなものを感じて、ネフィは黙《だま》った。

代わりに、ネフィはまた別の問いを投げかける。

「あなたには、バルバロスさまを引き込める未来が見えているのですか？」

その問いに、しかしエリゴルは独り言のようにこう返す。

「運命は変えられる。未来は決まっていない。人はそう信じられるから、生きていけるの。希望って、大切よね？」

左手で底を支えるようにカップを手に取ると、エリゴルはグリーン・ティをひと飲みしてほうっと艶《なま》めかしい吐息《といき》をもらす。

それから、どこか冷たい声でこう続けた。

「でも、そうではないとしたら？」

「全《すべ》ては初めから決まっていて、なにをしても未来は変えられないとしたら？」

「……っ」

息が詰まるような威圧《いあつ》感。

しかしそこで呻《うめ》いたのは、ネフィひとりだった。

店内の客は、誰ひとりとして目の前に臨戦態勢の〈魔王〉がいることを感じている様子がなかった。

筒《つつ》型のカップを手の中で回しながら、エリゴルは言う。

「占い師はね、自分の未来を占ってはいけないの。自分の未来がわかってしまったら生きていけないから。でもね、本当に未来が〝視《み》えて〟しまう者がいたら、視るものを選ぶことなんてできるのかしら？」

《星読卿》の両目は、禍々《まがまが》しい呪符で覆《おお》われている。首には鎖まで繋がれ、まるで忌《い》むべきなにかを封《ふう》じ込めるかのように。

「だからね、その質問に答えがあるとしたら――〝そうすることになっているから〟――それだけよ」

この女性はいったいなにを視たのだろう。

一切《いっさい》の希望も感情も持っていないような、空虚《くうきょ》な声だった。

ネフィは唇《くちびる》を噛《か》む。

――一年前のわたしは、こんな顔をしていたんでしょうか……。

だからこそ、他人に思えなかった。

ネフィは胸を押《お》さえて口を開く。

「未来は、決まっているものなのかもしれません。ですが、わたしは大切なのはそこに至る過程なのではないかと思います」

結末がわかっているのとわからないのとでは、話が違《ちが》いすぎる。

きっと、ネフィは本当の意味ではそれを理解することはできないのだろう。

それでも、ネフィは右手を差し出す。

「わたしは、必死に生きたこれまでの自分の人生を、無駄《むだ》なものとは思いませんから」

エリゴルには、ここでネフィが右手を差し出すことも視えていたのだろうか。

その行動に、エリゴルが驚いたように息を呑《の》んだのがわかった。

果たして、エリゴルはその手に対して、ゆっくりと腕を持ち上げる。

それから、怖《お》ず怖ずと〈魔王《まおう》の刻印〉が刻まれた手で握《にぎ》り返した。

ホッと、ネフィが微笑みかけた、そのときだった。

「……ッ」

ミシッと、骨が軋《きし》むほど手を締め付けられた。

エリゴルは、穏《おだ》やかに微笑んでこう告げる。


「私はね、あなたのことが嫌いなの」


口元に笑みの形を作りながら、その〈魔王〉はなにも笑ってはいなかった。

「できることなら、いまここでくびり殺しておきたいのだけれど、あいにくとまだあなたが生きている未来が〝視えて〟しまっている。ここでなにをしても、あなたを生かす偶然《ぐうぜん》が起きて、殺せない。こんな距離《きょり》にいるのにね」

苛烈《かれつ》な怒《いか》りを込《こ》めた言葉に、ネフィは気圧《けお》されないよう堪《こら》えるので精一杯《せいいっぱい》だった。

——わたしは、この方と会ったことがあるのですか……？

そんなはずはないと思う。

ネフィが恨《うら》みを買っている最たる存在と言えば、隠《かく》れ里《ざと》のエルフたちだろう。大半は死んだはずだが、何人か生き残りがいる可能性はなくもない。

しかし見たところ、エリゴルの耳の形は人間と同じでエルフには見えない。

それ以降は、恨みを買うほど人と関《かか》わる機会はなかったはずだ。

——でも、それはわたしがここで黙っている理由にはなりませんよね？

ネフィはザガンの恋人《こいびと》として、なにより母から〈刻印〉を継《つ》いだ〈魔王〉として、こんなところで言いように言われて黙っているわけにはいかないのだ。

だから、ネフィは涼しく微笑み返す。

「残念です。わたしは、あなたのことは嫌いではないのですが」

その返しに、エリゴルは感心したような声をもらす。

「思ったよりも、肝《きも》が据《す》わっているのね。誰かを愛して、愛されている者の言葉だわ」

そう言って、手の力を緩《ゆる》める。

「でも、気をつけた方がいいわ。そういう者こそ、簡単に絶望してしまうものだもの」

それは悪意と呼ぶより、諦観《ていかん》のような声音《こわね》だった。

エリゴルは手を離《はな》すと、どこか名残惜《なごりお》しそうな吐息をもらす。

「もう少しおしゃべりをしていたいところだけれど、どうやら時間切れのようね」

「時間切れ……？」

素早《すばや》く周囲の様子をうかがう。

特段、異変のようなものは見当たらない。魔術師や聖騎士たちにも、妙《みょう》な動きを見せている者はいない。

言葉の真意を探《さぐ》ろうとしたときだった。


ガシャンというガラスのような音を立てて、空が割れた。


「な――ッ」

いや、割れたのは空ではなかった。

街を覆う結界だった。

――ザガンさまの結界が、砕《くだ》かれた？

そして、割れた空からなにかが落ちてくる。

心臓を鷲掴《わしづか》みにされたような感覚。

息ができない。

全身から冷《ひ》や汗《あせ》が噴《ふ》き出す。

それは、明らかに人の手に余る〝なにか〟だった。

店内……いや、街の住人もそれは同じだったのだろう。ガタガタと震《ふる》えている者は少ないくらいで、大半は意識を保つことすら敵《かな》わず昏倒《こんとう》していた。聖騎士たちも膝を突き、魔術師たちすら頭を抱えて震えることしかできない。

〈アザゼル〉化した〝ネフテロス〟と対峙《たいじ》したときでさえ、こんな恐怖《きょうふ》は覚えなかった。

ただ、奇妙なことにその恐怖は初めてのものではないように思えた。

――この感じ、どこかで……？

なぜか、ネフィはそれを知っているような実感があった。

そんな空を見上げ、エリゴルはおかしそうに続ける。

「ふふふ、こんなところにいてもいいのかしら？　あれは、ザガンくんでも手に負えないものよ」

「…………」

ザガンは誰よりも強い。

その強さを、ネフィは誰よりも知っているし、信じている。

──でも、これはそういう次元の話じゃない。

エリゴルの嘲笑《ちょうしょう》を背中に、ネフィはもう駆け出していた。

「──お代、置いておきます」

店員も昏倒しているのだ。飲み物代だけはテーブルに投《な》げ込んで、ネフィはザガンの下へと駆けていくのだった。

エリゴルは大して面白くもない見世物でも見たように鼻を鳴らすとグリーン・ティを飲み干し、彼女《かのじょ》もまた飲み物代を置いて席を立つ。

「……だからあなたのこと、嫌《きら》いなのよ」

「──そうやって、あなたは世界を滅《ほろ》ぼすのだから」

そんなつぶやきを最後に、エリゴルの姿も消えていくのだった。

第四章 ✡ それでも、人の可能性というものは恋の中にあるような気がする
「——この気配、まさかシェムハザ……？」

キュアノエイデス教会尖塔《せんとう》にて、アルシエラは息を呑んだ。

ザガンの結界が砕かれたと思ったら、懐かしい気配が落ちてきたのだ。

――なぜ、あの者がいまごろ……？

アルシエラは、それが何者なのか知っている。

知っているから、わからないのだ。

「シェムハザは、もうこの世界に関与《かんよ》しないはずなのに……」

そのつぶやきに、不意に背後に別の気配が現れる。

「――あは、その話、詳《くわ》しく聞かせてもらってもいいです？」

空間にぽっかりと穴を空けて、星の瞳《ひとみ》を持った少女が身を乗り出していた。

その身は虚無《きよむ》色のローブに包まれている。

「――禁織〈タルタロス〉――貴姉《あなた》が持っていましたのね」

「あは、私の大切な蒐集品《コレクション》のひとつですよ」

亜空間捕食者《あくうかんほしよくしや》の体で織り上げたこのローブは、空間を渡《わた》るという使い方もできる。当然、相応の技量は要求されるが。

銀髪《ぎんぱつ》の少女は、足音もなくアルシエラの背後に降り立つ。

――ザガンの結界が失われたから、ここに入ってこられたというところですかしら。

結界があっても侵入《しんにゆう》自体はできただろうが、ザガンに感知されるのは避《さ》けられない。だから、この瞬間《しゆんかん》を待っていたというところだろう。

アルシエラは肩越《かたご》しに首を傾《かたむ》け、視線を返す。

「クスクスクス、お帰りなさいリリー。でも、あたくしより先に顔を見せてあげるべき相手がいるのですわ」

「アスモデウス、ですよ？　アルシエラちゃん」

人差し指を立ててチッチと横に振ると、アルシエラの肩に顔を近づける。

「ねえねえ、いいじゃないですか。教えてくださいよぉ。私も気になってるんです。あの人、なんなのかなあって」

その言葉に、アルシエラはさも心外そうに目を丸くする。

「あら、欲しいものは力尽《ちからず》くで手に入れるのが《蒐集士《しゅうしゅうし》》の流儀《りゅうぎ》なのでしょう？　貴姉《あなた》は相手を見て流儀を変えるんですの？」

「あは、べヘモスくんたちから聞いたんですかあ？　いやですね、私、そんな野蛮人《やばんじん》じゃないですよ。いつも言葉を尽《つ》くしても襲《おそ》われちゃうから、逆にひねり潰《つぶ》しちゃうことが多いってだけです」

おかしそうに笑うと、アスモデウスは存外に真面目《まじめ》な声音で街を睥睨《へいげい》する。

「まあ、そうしたいところなんですけど、ここを更地《さらち》にするのはちょっと気が進まないなあって。もちろん、場所変えてくれるんなら喜んでお受けしますよぉ？　あ、こっちに合わせてもらうんだから、申《もう》し込むですよね。たっぷりサービスしちゃいますから！」

科《しな》を作って身を捩《よじ》る少女に、アルシエラは思わず苦笑《くしょう》した。

「この千年で、面と向かってあたくしにそう言ったのは、貴姉《あなた》が初めてなのですわ」

アルシエラが弱体化したというのもなくはないが、この少女にはその手段を試みるだけの力はある。

――そんなアスモデウスが、フォルには配慮を示すのですか。

この〈タルタロス〉もそのうちのひとつだろうが、アスモデウスはフォルと戦ったとき、ひとつとしてその蒐集品を使おうとはしなかった。

純粋《じゅんすい》に〈魔王〉としての力のみで、あの子を試《ため》したのだろう。

――あるいは、試したのは自分の運命かもしれませんけれど。

フォルなら、自分を止めてくれるかもしれないと思ってしまったのだ。

あの幼女の真に恐《おそ》ろしいところは、こういうところなのかもしれない。アルシエラでさえ、彼女のひたむきな眼差《まなざ》しに圧倒《あっとう》され、去ることも振り払《はら》うこともできず、結局ザガンに母であることを打ち明けざるを得なくなった。

――本当の人誑《たら》しは、あの子なのですわ。

あるいは、ザガンやネフィですらその例に漏《も》れないのかもしれない。

アルシエラは仕方なさそうに肩《かた》を竦《すく》めると、不気味なぬいぐるみから一本の日傘《ひがさ》を取り出す。

「そうですわね。貴姉《あなた》がフォルに贈《おく》った不器用な便りに免《めん》じて、ひとつだけ答えてあげるのです」

ゴシップの記事に〝リリー〟の名が載《の》っていたことは、アルシエラも聞いている。

大半は意味のない噂話《うわさばなし》だったが、そこにフォルに宛《あ》てたメッセージが隠されていることは、見る者が見ればわかることだった。

「……なんのことかわかんないですけどねえ」

視線を逸《そ》らしてつぶやくアスモデウスに、アルシエラはこの言葉を返した。

「あれは、言うなれば──魔《ま》を統《す》べていた者──なのですわ」

「ふぅん……。いまは違うってことですかね？」

「さて、どうですかしら？　ただ、あたくしが知る限りでは、シェムハザはその最初のひとりなのですわ」

「それがなんだっていまごろ出てきたんですか？」

当然の疑問だが、そこでアルシエラも口をつぐんだ。

「それは、あたくしにもわからないのですわ」

──あれは、あたくしと同じくこの世界の理《ことわり》から外れた身。

この世界には関与しないことを自らに課した存在なのだ。

違うのは、アルシエラがこの世界の内側に残ったのに対し、シェムハザは外側に去ったという点だろう。

それがこの世界に舞い戻《もど》ったということは……。

「外側で、なにか異変が起きている……？」

だが、そのわりには、アルシエラの結界に異常はない。

考えられるのは、先日のフルカスの一件だろうか。

あの事件で、一度アルシエラは消滅《しょうめつ》する寸前まで追い詰められた。結界の機能だけは維《い》持《じ》したつもりだったが、あのときにシェムハザが潜《もぐ》り込んだ可能性は否定できない。

というより、あのとき以外にはあり得ない。

アスモデウスは言う。

「アルシエラちゃんは、いま魔族が湧《わ》いて出てるのどう思ってるんですか？　まさか気付いてないわけないですよね？」

「答えるのは、ひとつだけと言ったのですわ」

冷たくそう返すも、アスモデウスはどこ吹《ふ》く風《かぜ》でくるりとその場で回って見せる。

「じゃあ、これは私の独り言ですねー。魔族がいっぱい出てるのに、五年前と違ってアルシエラちゃんはなにもしていない。ということは、五年前とは事情が違う」

確かめるように、アスモデウスはひとつずつ事実を並べていく。

「そもそも魔族っていうのは、千年前に封印《ふういん》されちゃったはずの連中なんですよね。あら、千年前ってアルシエラちゃんたちが一問着《ひともんちゃく》あった時代ですよね？　で、たぶん魔族を封じたのはアルシエラちゃんの結界です。だって、アルシエラちゃんは結界の管理人なんですから」

それから、芝居《しばい》がかった仕草で首を傾《かし》げる。

「ところで、人間がこの大陸から出られないのって、なにかの結界に遮《さえぎ》られちゃってるからなんですよね？」

この世界は、大陸とリュカオーンという小さな島国を含む広大な結界の中にある、閉じた世界だった。

それは、この星本来の大きさの、一割にも満たない程度のものである。

「あ、それじゃあもしかして、アルシエラちゃんの結界って、この大陸を覆ってる結界と同じものだったりしません？」

あたかもすごい発見でもしたように、アスモデウスは手を叩く。

「あれ？　でもそうするとおかしいですよね。これじゃあ魔族を封印したっていうより、まるで――むぎゅ」

おしゃべりな唇を、アルシエラはそっと指で塞《ふさ》いだ。

その動きに反応できなかったことに、アスモデウスもにわかに目を見開く。

それから、声に出さずに唇を動かす。

「それ以上、口にしてはいけないのですわ」

その意味は伝わっただろうか。アスモデウスはスッと目を細めた。

代わりに、今度はアルシエラが口を開く。

「貴姉《あなた》の想像通り、いまの魔族たちは外から来たものではないのですわ」

その言葉に、アスモデウスは頭を抱《かか》えた。

口に出さずとも、この少女ならば理解できたのだろう。


アスモデウスが戦ってきた魔族は、結界の内側で発生したものである、と。


これはアルシエラもひねり潰すことはできても、根本的な解決はできない。

そんな自然に湧いて出る魔族相手に割《さ》けるほど、アルシエラに余力はないのだ。

アスモデウスは、思案するように慎重《しんちょう》に口を開く。

「なにか、対処の方法ってないんです？　一応、いまのところ魔族を片《かた》っ端《ぱし》から始末してるの私なんで、その分は貸しってことになると思うんですけどぉ」

あいにくと、アルシエラは首を横に振ることしかできなかった。

ただ、と付け加える。

「千年前にも、同じことが起きていたのですわ。そのとき、戦っていたのは天使たちだった」

彼らの過剰《かじょう》なまでに強大な力は、本来反乱分子の粛清《しゅくせい》などではなく、そのために培《つちか》われたものだったのだ。

「天使がいなくなっちゃったから、アルシエラちゃんが結界を張ることになった……ってことですか？」

「結果的には、そうなりますわね。でも、あたくし以外に、違う方法で魔族を止めようとした者がいたのです」

「その人は？」

その答えを口にするのは、アルシエラにも重たいことだった。

それでも、意を決して口を開く。

「自らの名前も存在も、一切がこの世界から消し去られたのですわ」

この事実に、アスモデウスも表情を険しくした。

――あの方がなにをしたのか、あたくしにはわかりませんでした。

あのとき居合わせた者は全て命を落とした。

その後、唯一《ゆいいつ》蘇生されたアルシエラとて、あの方がなにをしようとしたのかは知らされていなかったのだ。

知っているのはただ〝あの方の存在が記憶《きおく》すら残さずこの世界から消滅した〟ことと、それから次までの期間、魔族の出現が止まったという結果だけである。

アスモデウスは腕《うで》を組む。

「でも、対処法自体はあるってことですね？」

「恐らくは」

これみよがしに、大きなため息をつく。

「千年生きてるアルシエラちゃんでも知らないような方法……頭が痛いですねえ」

それから、手すりに寄りかかって街を見下ろす。

「話に付き合ってもらっといてなんですけど、あれ、助けてあげなくていいんですか？　ザガンくんじゃ、ちょっと荷が重いと思いますよ」

そこでは、ザガンとシェムハザが対峙していた。

《魔術師殺し》はその名の通り、対魔術師――その中でも〈魔王〉相手に特化した魔術師である。

ザガンとアスモデウスが戦えば、恐らく勝つのはザガンだろう。〝魔術喰《まじゅつく》らい〟で魔術を封じられ、〈魔王の刻印〉まで止められてしまうとなれば、アスモデウスは全力を出せないのだから。

だが、魔族であるシェムハザにはそのふたつの力が通じない。

これまでとは違い、ザガンは初めて自分の土俵の外で戦わなければいけなくなる。

それでも、アルシエラは首を横に振る。

「あの子たちには、もうあたくしの手など必要ないのですわ」

信じているから、手は出さない。

――この程度で躓《つまず》いているようでは、この先を生き残れませんもの……。

アスモデウスは肩を竦める。

「ま、私には関係ないからいいですけどね」

それから、手すりの上にトンッと飛び乗る。

「あら、もう帰られるんですの？」

「ちょーっと野暮用《やぼよう》があるんですよ。うちの可愛い弟子《でし》が、ちょっかいかけられてるみたいですし」

そんなアスモデウスに、アルシエラは言う。

「気を付けるとよいのですわ。貴姉《あなた》、狙われていますわよ⁉」

この少女が死ぬと、フォルが悲しむことになる。

そう助言すると、アスモデウスは挑戦的《ちょうせんてき》な笑みを返した。

「私、往生際《おうじょう》が悪いので有名なんですよ」

この少女もまた、全てを理解した上で死地に立っているのだ。

つかの間にすれ違った最強は、そうしてまた別れるのだった。

◇

「……やれやれ。こんなところに魔族とはな」

キュアノエイデスの結界を砕かれたザガンは、即座《そくざ》に魔王殿《まおうでん》から表に出ていた。

繁華街《はんかがい》のど真ん中に、一体の魔族が出現した。

直前まで調べていたラーファエルとリチャードの聖剣《せいけん》は、そのまま玉座の間に置き去りにせざるを得なかった。

周囲を確かめる。

繁華街のど真《ま》っ只中《ただなか》だけあって、数百人単位の住民が倒《たお》れている。まさに死屍《しし》累々《るいるい》の惨《さん》状《じょう》だが、呼吸の音は止まっていない。恐らくは気を失っているだけで、命に別状はない。攻撃《こうげき》や防御《ぼうぎょ》以前に、これを直視できるほどの力を持ち合わせていなかったようだ。

魔族が人間を殺さない理由というのも、想像がつかないが。

とはいえ、ザガンも冷や汗を堪えるのに努力が必要な状態だった。

——こいつ、何者だ？　並の魔族とはわけが違う。

空から落ちてきたこの魔族は、真っ暗な影《かげ》のような姿である。体表に円と直線でできた紋様《もんよう》が浮《う》かんでいるのが特徴的《とくちょうてき》だ。それでいて人間を模したように五体を持ち、あまつさえ人間のように古びたローブをまとっていた。

魔族の姿が、人間の理解の及《およ》ばぬものであることは知っているつもりだったが、限りなく人間に近い姿をしているというのは逆に不気味だった。

リリスとフルカスを救うため、何百何千という魔族の群れと戦った。その中に、これほどの個体は存在しなかった。

まったくの未知の敵。

だがしかし、ザガンはどういうわけかこれを初めて見た気がしなかった。

——詮索《せんさく》は後回しだ。いまは、こいつをとっとと追い返す。

彼らはどういうわけか〈魔王の刻印〉を持つ者に従う。

〈刻印〉の中に封じ込められたのが、魔神《まじん》だか原初の魔王だかと呼ばれる、魔族に関わりの深いものだというのが理由らしい。

そうして、ザガンが〈刻印〉に語りかけようとしたときだった。


『今回は〝還《かえ》れ〟とは言ってくれるな、我が王よ』


ザガンは、頭から血の気が引くのを感じた。

「そうか、お前か……」

魔族の群れと戦うよりも、オリアスが魔族を召喚《しょうかん》するよりも前、ザガンが〈魔王〉となった直後に、召喚された魔族がいたではないか。

――あとにも先にも、言葉を解する魔族は、こいつだけだった。

ネフィを誘拐《ゆうかい》したバルバロスが召喚しようとした魔族。

ザガンの魔力《まりょく》に誘発《ゆうはつ》され、不完全な形で呼び出されたのが、これだったのだ。

それがいま、完全な状態で目の前に現れた。

ただの影でさえ、ザガンは立ち向かうことを忘れるほどの恐怖に襲われた。これは決して、人の力でどうにかできるものではない、と。

——慢心《まんしん》など、するつもりはなかったのだがな……。

だが、ザガンは慢心していた。

思い上がっていた。

いつの間にか、幾度《いくど》と魔族を倒すうちに忘れていた。

自分は強くなったと、魔族は決して倒せぬ相手ではないのだと、錯覚《さっかく》していた。

あのとき感じた恐怖は、自分が弱かったから抱《いだ》いただけなのだと思《おも》い込んでいた。

こうして一年を隔《へだ》てて再会した魔族は、あのときよりも遥《はる》かに強大で、いまなお膝《ひざ》を屈《くっ》したくなる恐怖を与《あた》えてきた。

——甘《あま》ったれるなザガン。貴様それでも王か。

震えそうになる足を踏《ふ》みしめ、ザガンは腕を組んで魔族を睥睨する。

「今度は以前のような影ではないのだな。仕官を希望しているようには見えんが、何用だ？」

その言葉に、魔族はゆるりと声を上げる。

『我が名はシェムハザ。古き盟約の下〝ソロモン《ザ戯ざ砂ッ》〟に託《たく》した可能性を、いま一度確かめにきた』

「……っ？」

どうやら名前らしきその単語は、ひどく耳障《みみざわ》りなノイズのように響《ひび》いた。

だが、奇妙《きみよう》なことにザガンはその名前を聞き取ることができた気がした。

――〝ソロモン〟……？　こいつは、そう言ったのか？

その名前は、なにかとてつもなく重要な名前に思えた。

ここで聞き取り、記憶していられること自体が奇跡的《きせきてき》に思えるほどに。

――なんにせよ、バルバロスは、ゴメリに任せておいて正解だったか。

あの男が唯一《ゆいいつ》失敗に終わった空間魔術である。これを見たら意固地になって突っかかっていくだろうことは、想像に難《かた》くなかった。

魔族シェムハザの言葉の意味は推《お》し量《はか》れなかったが、ひとつだけはっきりしていることがあった。

――こいつは、俺と戦いに来たらしい。

敵意でも憎悪《ぞうお》でもない、しかし明確な戦意がザガンへと向けられていた。

――一年前の俺なら、逃《に》げ出していたかもしれんな……。

恐怖に耐《た》える度量はなかった。

なにより、自分の身を危険にさらしてまで、戦う理由もない。逃げ切れるかどうかはともかくとして、格上の相手に正面から挑《いど》むような愚挙《ぐきょ》に出る必要はなかったのだ。

だが、いまは違う。

——配下も守れん王に、ついて来る者はいない。

だから、立ち向かう。

「いろいろと聞きたいところだが、まずは場所を変えさせてもらおう」

結界が失われた以上、いまここを破壊《はかい》されれば修復が利《き》かない。なにより、住民にも尋《じん》常《じょう》ではない被害《ひがい》が出る。

「——〈天鱗《てんりん》・右天〉——〈天輪・絶影〉——」

シェムハザの返事を待たずして、ザガンはふたつの切り札を切っていた。

〈天鱗〉で紡《つむ》いだ巨腕が魔族の体を鷲掴みにし、〈天輪〉による加速で飛ぶように繁華街から離脱《りだつ》する。

『いいだろう。この世界の者を巻き込むのは、我も望むところではない』

シェムハザは抵抗《ていこう》もせず、そう答えた。

◇

同じころ、バルバロスとウェパルもまたその存在を感じ取っていた。

涼《すず》しい顔をしていたウェパルの顔にも、脂汗《あぶらあせ》が滲《にじ》んでいる。

「これは……いったい、なにが起きている？」

だが、バルバロスの動揺《どうよう》はその比ではなかったろう。

――この魔力、この威圧感、まさか……ッ！

一年前〈魔王〉の椅子《いす》を巡《めぐ》ってザガンと対立したとき、バルバロスは己《おのれ》の力を示すために魔族を召喚しようとした。

そのときはザガンの横槍《よこやり》があって失敗したが、召喚は不完全ながら成されたのだ。

結果は、ただ怯《おび》えて身動きひとつ取れなかった。

ザガンが〈刻印〉の権限で追い払わなければ、抵抗すら敵わなかったろう。

――それが、帰ってきやがったってのか！

かつてそれを召喚した者として、バルバロスが駆《か》け出そうとしたときだった。

「――止《や》めた方がいいわ。あれは、人の力でどうこうできるものではないもの」

〈魔王〉エリゴルが、そこに立っていた。

「……あんたか」

「この前の返事を聞きにきたわ、バルバロスくん」

「悪りいが、あとにしてもらえねえか？　いま、それどころじゃねえんだわ」

あんなものを目《ま》の当たりにして、シャスティルがじっとしているはずがない。

彼女もまた、一年前にあの魔族を目撃《もくげき》した者のひとりなのだ。その恐ろしさを理解している分、余計に責任感を抱えて突《つ》っかかっていくのは目に見えている。

そうして〝影〟の向こうに意識を向けて、バルバロスは愕然《がくぜん》とすることになる。

——あれ？　ポンコツがいねえ……？

〝影〟の向こうにいたのは、どういうわけかレイチェルだった。

魔族の気配を感じなかったわけではないようで、執務机《しつむづくえ》の下に頭を隠して震えている。尻《しり》はまるで隠れていないので、まったく意味のない行為《こうい》だろう。

バルバロスの顔に汗が伝う。

——あり得ねえ。この俺が〝影〟を見失う、だと？

そんなことが起こりうるとすれば〝影〟にいっさい影響《えいきょう》を与えず、他人にすり替《か》えることだけだ。

だがそれは理論上は可能であっても、人間にできることではないというのが、バルバロスの結論である。

バルバロスの動揺をどう見たのか、エリゴルはつまらなそうに空に顔を向けて言う。

「安心するといいわ。あと四十三秒で、あの魔族はここから離れる。ザガンくんといっしょにね」

「なんだと……？」

いぶかる間に、四十三秒という時間はすぐに過ぎ去る。

直後、ドンッと空気の震える音とともに、黄金色《こがねいろ》の光が街の直上に伸《の》び、そのまま西へと流れていった。

あの光は、ザガンの〈天鱗〉だろう。

バルバロスはホッと胸をなで下ろす。

ひとまず街を離れたのなら、シャスティルも無茶《むちゃ》はできないだろう。

――……って、なんで俺がんなこと気にしなきゃいけねえんだよふざけんな。

往生際悪く心の中で悪態を吐《つ》いていると、エリゴルは言葉を続ける。

「というわけよ。いまなら邪魔《じゃま》が入ることはないわ」

恐るべきは《星読卿《ほしよみきょう》》だった。

――こいつ、本当に未来がわかるってのか。

最初に会ったとき、無理に引き込もうとしなかったのは、ザガンから邪魔される危険があったからだ。普段《ふだん》どれだけ悪態を吐いていようとも、バルバロスの価値を一番理解しているのは――腹立たしいことに――あの悪友なのだから。

それが数日も時間を与えてきたのは、この瞬間にザガンが〝それどころではない事態〟に見舞《みま》われることがわかっていたからだ。

全《すべ》ては、この〈魔王《まおう》〉の目論見《もくろみ》のままだったのだ。

――てことは、俺がどう答えても結果は変わらねえってことじゃねえのか？

断るとしたら、シャスティルを連れてエリゴルの手の届かぬ遠くまで逃《のが》れるというのが、バルバロスの最善手である。

とはいえ、想像以上に美味《おい》しい話で、気持ちが揺《ゆ》らいでいるのも事実だ。どの道、ザガンとは決着を付けるのだし、ここで袂《たもと》を分かつことに問題はない。

だが、力尽くで従わせるつもりであるなら、拒絶《きょぜつ》を突き付けるのがバルバロスの流儀である。

そう身構えたときだった。

「くっふふっ……ふふふ……っ」

いかにも笑いが堪えきれなかったように、ウェパルが甘い声をもらした。

「なにかおもしろいことでもあったかしら、《激震《げきしん》》のウェパルさん？」

「ああ、これは失礼。〈魔王〉に名前を覚えていただけるとは光栄だね」

白々しく胸に手を当て、ウェパルは腰《こし》を折って返す。魔族の気配が消えたこともあってか、すでにいつもの落ち着きを取り戻したようだ。

それから、どこか同情の滲んだ声を返す。

「《星読卿》エリゴル殿《どの》とお見受けするが、どうやら未来を見通すというそのお力は、万《ばん》能《のう》というわけではないようだね」

「あら、どうしてそう思うのかしら？」

ウェパルはそっと自分の目を示す。

「その眼帯は、相当強固な封印のようだ。その力で余計なものを視《み》ないよう、普段は力を封《ふう》じていらっしゃると見た。であれば、ここでバルバロスがどう答えるかは視えていなかった、あるいはその先を確かめなかった、そんなところではないかな？」

まあ、未来が視えていて、バルバロスが断るとわかっているならわざわざ勧誘《かんゆう》などかけはしないだろう。

バルバロスがうなづく未来が視えているのかと思ったのだが……。

ウェパルは優雅《ゆうが》に人差し指を立てて告げる。

「予言しよう。バルバロスはキミの誘《さそ》いを断る。そして、キミは実に面倒《めんどう》くさい思いをすることになるだろう」

《星読卿》エリゴルを前に、ウェパルは堂々と予言を返した。

当然のことながら、エリゴルは一笑《いっしょう》する。

「ふふふ、心地《ここち》良《よ》く囀《さえず》る小鳥ね。アスモデウスが可愛《かわい》がるのもわかるわ。好きよ？　そういうの」

それから、バルバロスに体を向ける。

「でも残念。バルバロスくん。あなたには、いまの魔族の正体がわかっているのよね？」

「……まあ、な」

同時に、あれを見てしまったから、バルバロスは答えを決めてしまった。

――ザガンの野郎《やろう》は、真っ向からあれにぶつかった。

一度ならず、二度までもだ。

バルバロスが怯《ひる》んで動けない間に、ザガンは前に進んでいるのだ。

――もう、こんなところで足踏《あしぶ》みなんかしてられねえ。

強くなるのに、手段など選んでいられないのだ。

「悪りぃなウェパル。お前の予言に乗ってやりてえ気はするが、俺はこっちにつく」

きっと、この未来もエリゴルには視えていたのだろう。

エリゴルは妖艶《ようえん》な笑《え》みを浮かべたまま、手を差し出す。

「では行きましょうかしら？　私たちの主の下へ」

その手を取ろうとしたときだった。

「――バルバロス、わかってないようなら教えてあげるけれど、そっちに行くと聖剣の乙《おと》女《め》と剣《けん》を交える羽目になるのだよ？」

「えっ、なんで？」

思わず手を引っ込《こ》めると、ウェパルは『やっぱり』と頭を振《ふ》る。

「考えてもみたまえ。本物かどうか知らないが、エリゴルはマルコシアスと連《つる》んでいるのだろう？　だが、そのマルコシアスは教会の教皇でもあったのだ。いまの魔術師《まじゅつし》と聖騎士《せいきし》の対立関係を生み出した男だ」

「お前、よくそんなことまで知ってんな……」

それはザガンの派閥《はばつ》にいる一部の魔術師にしか知らされていない事実だ。聖騎士長であるシャスティルにすら伏《ふ》せられているというのに。

「これでも情報収集には力を入れているつもりだからね」

ウェパルはいたずらっぽく微笑《ほほえ》むと、真面目な表情を作る。

「さて、〈魔王〉ザガンと同盟関係にあり、共生派筆頭という聖剣の乙女がこの事実を知ったらどういうことになるだろう。恐らくすでにザガンとマルコシアスは敵対している。遠からず、衝突《しょうとつ》するのは必至だ」

それから、あたかも知ってはいけないものでも知ったかのように、ローブの裾《すそ》で口元を覆《おお》う。

「おっと、これは困ったことになったね。バルバロス、そこにキミがいたらどういうことになるだろう？　キミたちがどういう関係かは知らないが、あの生真面目《きまじめ》な聖剣の乙女ならば、使命を優先するだろうことは、私でも想像がつくよ」

頭から嫌《いや》な汗《あせ》がポタポタと滴《したた》った。

そんなバルバロスに同情するように、ウェパルは囁《ささや》いた。

「もう一度聞くが、バルバロス。本当にそれでいいのかね？」

「いいわけあるか！」

食ってかかるように、バルバロスは怒鳴《どな》った。

──なんでだ？　なんでそんなことになるんだ？

なにが問題って、バルバロスが剣を向けられることではない。

シャスティルが、剣を向けなければいけないことである。


──あいつ〝職務中〟ならなんとか耐えるかもしれねえけど、そのあと無理だぞ？

バルバロスはどうとでも生き延びる自信があるが、生死は関係ない。あの少女が〝剣を向けた〟という事実を延々と苦悩《くのう》するのは目に見えている。

あまつさえ、そのままバルバロスがなにかの間違《まち》いで死のうものなら、一生引きずる。

人間の一生などせいぜい六、七十年だというのに、後悔《こうかい》し続けて死ぬのである。

それだけは、許容できない。

ザガンあたりが聞けば『付き合ってもいないのにその理解力が気持ち悪い』とドン引きされそうな思考を一瞬《いっしゅん》のうちに巡らせ、バルバロスはエリゴルから一歩離《はな》れた。

「悪りいなエリゴルさんよ。あんたの誘いは断らせてもらう」

予言勝負は、ウェパルに軍配が上がったのだ。

「…………………」

エリゴルからの、答えはなかった。

ただ、ひたすらに不愉快《ふゆかい》そうな沈黙《ちんもく》だけが返ってくるばかりだ。

そんな様子に、ウェパルが堪《こら》えきれなくなったように大口を開けて笑い声を上げた。

「くふふっ、あはは、あっはははは、いやはや、関《かか》わり合いにはなりたくないが、傍《はた》から見るとこうも愉快《ゆかい》なものなのだね。いや実におもしろかったよ」

――こいつ、こんなふうに笑うんだ……。

ウェパルとはそこそこ長い付き合いではあるが、口を開けて笑う姿など初めて見た。

思わず見蕩《みと》れそうになって、ハッと我に返る。

「なんでお前がそんな面白《おもしろ》がってるんだよ！」

批難がましく睨《にら》み付けると、ウェパルは口元をローブの裾で隠《かく》して微笑む。

「いやなに、私も〝予言者ごっこ〟というものをやってみたかったのだよ」

その言葉に、ようやくエリゴルが口を開く。

ただ、そこから吐《は》き出されたのは、深い深いため息だったが。

「〈魔王〉になってから四百年になるけれど、ここまでコケにされたのは初めてね。自慢《じまん》に思っていいわよ、坊《ぼう》やたち」

――あ、ヤベえめちゃくちゃ怒《おこ》ってる。

当然と言えば当然だった。

ここまで丁寧《ていねい》にお膳立《ぜんだ》てして、美味しそうな報酬《ほうしゅう》まで用意して、にも拘《かか》わらず最悪の形で反故《ほご》にされたのである。

どんなに気の長い人間でも、これで怒るなという方が無理な話だった。

「――じゃ、俺は帰らせてもらうぜ？」

だがしかし、挑む必要もない相手に、命を懸《か》けて戦うほどバルバロスは殊勝《しゅしょう》な性格ではないのだ。

躊躇《ちゅうちょ》なく〝影〟の中にドプンと飛び込むと、背中を怒《いか》りに震《ふる》える声が追いかけてきた。

「――思うのかしら？」

「逃がすと――」

すでに〝影〟の中――亜空間《あくうかん》に逃れたというのに、その身を見えない手で鷲摑《わしづか》みにされたように押《お》さえつけられる。

そこに、ジャラリと無限に伸びる銀鎖《ぎんさ》が巻き付いてくる。

「うおあああっ？」

かくして、絶対の領域に逃げ込んだはずのバルバロスは、為《な》す術《すべ》もなく地上に引っ張り出されていた。

鎖でがんじがらめにされ、芋虫《いもむし》のように地面に転がる。

――なんだこの鎖！　亜空間にまで侵入《しんにゅう》してきやがったぞ⁉

銀色の鎖は、エリゴルの首輪から伸びるものだった。

魔術ではない。なにかしらの魔道具である。

いつぞやかシアカーンの〈ネフェリム〉のひとりが使っていた〈呪刀〉とかいう剣を思い出す。あれと同じく、この鎖には空間を超《こ》える力があるのだ。

だが、バルバロスが睨んだのはウェパルだった。

「ウェパルてめえ！　なに邪魔してやがんだ！」

亜空間を飛び越《こ》えたバルバロスを先に拘束《こうそく》したのはウェパルの力だった。

批難の声を上げると。ウェパルは心外そうに肩《かた》を竦《すく》めた。

「それはキミ、こんな面倒を押しつけられて逃がすわけがないだろう？」

涼しい表情で答えるウェパルから、怒りは感じられてもまだ敵意は感じられなかった。

まだ、敵になったわけではないのだ。

――こいつ、敵に回すと厄介なんだよな……。

ウェパルの魔術は空間をも超える。バルバロスにとってはなかなか苦手な相手である。

ここでウェパルまで敵に回すと、さすがに生きて帰れないだろう。

「ウェパル、お前は俺の助《すけ》っ人《と》だろ？　敵に回るのは契約違反《けいやくいはん》じゃねえのか？」

「私が請《う》け負ったのはキミに常識を教えるというものだからね。ここで手を貸すことは含《ふく》まれていないよ」

なのだが、そう語るウェパルの体にも銀鎖が纏《まと》わり付く。

「小鳥さん？　自分は関係ないだなんて、思わない方が身のためよ？」

「……やれやれ、私は忠告したはずだよ？　面倒くさい思いをする、と」

ため息をもらすと、ウェパルは自分を拘束する鎖へ顔を向ける。

「この鎖、見覚えがあるな。アスモデウスの目録の中にあった。確か――」

「――神縛《しんばく》〈リビティナ〉――これに拘束された者は、一切《いっさい》の力を封じられるのよ。素敵《すてき》でしょう？」

一度は《蒐集士》アスモデウスの手に渡《わた》ったもののようだ。それをなにかしらの取り引きで手に入れたといったところか。

恐《おそ》るべき魔道具《まどうぐ》に、しかしウェパルは何事もなかったかのように鎖を振り解いた。

「その説明は正確ではないね。正しくは、一切の力を遮断《しゃだん》するのだよ。ただ、その鎖でも唯一防げない力が存在する」

「……そんなものは、存在しないわ」

少なくとも、バルバロスの魔術は封じられ、こうして為す術もなく地面に転がっているのだ。エリゴルの言葉に嘘《うそ》はあるまい。

しかし、ウェパルは確信しているように返す。

「おや、こうして存在しているではないか」

そう言って、ジャラリと地面に落ちた鎖を示す。

「ものが地面へと落ちるのは、重力という力が作用しているからだ。〈リビティナ〉も物体である以上、この法則からは逃れられないようだね」

地に落ちた鎖は、そのままミシミシと地面にめり込んでいく。〝影〟の中のバルバロスを拘束したのも、この力なのだ。

重力の支配者アスモデウスの直弟子《じきでし》が、その力を継承《けいしょう》しているのは当然の話だった。

――ウェパルの魔術なら、この面倒な鎖を止められるのか。

バルバロスは声を上げる。

「やい、ウェパル。手を貸しやがれ！　どの道、こいつはてめえのことも生かして帰す気はねえぞ？」

「ふむ、それは困るな。私はどちらにも加担するつもりはないのだが」

もうひと押しといったところか。

――ウェパルは俺を身代わりにすれば、どうとでも逃げられる。

その上で追跡《ついせき》されるようなら戦うだろうが、恐らくエリゴルはそこまでしない。

なにかしら痛い目に遭《あ》わせる程度は返すだろうが、その程度ならウェパルも安いものと受け取るだろう。

ここでウェパルを戦わせるには、もうひとつ決定的ななにかが必要だ。

それを見つけなければ、バルバロスはこのまま魔術も封じられて荷物のように持って帰られるしかない。

――考えろ。なにかあるはずだ。ウェパルの気を引けるもんが。

そう考えて、バルバロスはひとつの答えに行き着いた。

「おい、ウェパル」

「なにかね？」

バルバロスは、底意地の悪い笑みを浮かべて、こう囁いた。

「アスモデウスはこいつの仲間なんだろ？　とっ捕《つか》まえりゃ、情報が手に入るぜ？」

師への敵愾心《てきがいしん》が、この魔術師の行動理念なのだ。

果たして、ウェパルは仕方なさそうにため息をもらした。

「……やれやれ。ひとつ、貸しだよ？」

その言葉とともに、バルバロスを拘束する銀鎖がジャラリと解ける。

「悪いようにはしねえよ。俺は、約束は守る男だからな」

ザガンが聞いていたら迷わず殴《なぐ》りかかってくるだろう台詞《せりふ》を吐いて、元魔王候補のふたりは共に戦うことになるのだった。

◇

キュアノエイデス西大平原。

ひと月前、シアカーン率いる一万の〈ネフェリム〉と聖騎士団が衝突し、屍竜《しりゅう》〈オロバス〉が葬《ほうむ》られたその場所に、ザガンとシェムハザは立っていた。

――〈右天〉で摑《つか》まれて、ものともせんか。

〈天鱗〉は周囲の魔力を吸って硬度《こうど》を増すという魔術である。実体を持たない魔族にとっては、触《ふ》れ続けるだけで消されてしまう猛毒《もうどく》のはずだ。

それが、なんの意味もなさなかった。

ザガンは己の右に浮かぶ巨腕に視線を向ける。

――いや、魔力は吸収している。

それも、尋常ではない量と密度の魔力を吸い取っていたようだ。この〈右天〉と〈左天〉はザガンがもっともよく使う〈天鱗〉だが、ここまでの強度を持ったことはなかった。

シェムハザは周囲を見渡《みわた》すように首をグルリと回す。

『申し分ない』

そのローブの中から広がったのは、意外なことに五本の指を持った人間の腕そのものだった。

その手に、一本の黒い刃《やいば》が握《にぎ》られる。

『では始めよう』

――……問答は無用か。

ザガンも拳《こぶし》を握る。

地を蹴《け》り、真《ま》っ直《す》ぐに飛び出すと右の拳〈右天〉を突き放つ。

ドンッと落雷《らくらい》のような音と共に、大地が震えた。

そこで目を見開いたのは――そもそも向こうには目があるのかも不明だが――ザガンの方だった。

『いい拳打だ』

シェムハザは、片手で〈右天〉の拳を受け止めていた。

ミシッと、その拳に亀裂《きれつ》が走る。

「〈天鱗〉が、強度で劣《おと》るだとっ？」

驚愕《きょうがく》の声を上げると同時に、〈右天〉が粉々に砕《くだ》かれた。

シェムハザの魔力を吸収し、過去最硬の強度を持っていたはずのそれが、造作もなく握りつぶされたのだ。

そして、その〈右天〉を砕いた手とは逆の腕《うで》には、黒い刃が握られている。

『次は、こちらからゆくぞ』

親切にそう教えてくれると、黒い刃が一閃《いっせん》される。

「――ッ」

ザガンはとっさに後ろに身を退く。前髪《まえがみ》のひと房《ふさ》が切り離されて宙を舞《ま》い、頬《ほお》から眉間《みけん》にかけて鮮血《せんけつ》が飛び散る。

——躱《かわ》したはずだぞ！

風圧というより、魔力の圧力だろうか。

紙一重《かみひとえ》で避《よ》けても、魔力に皮膚《ひふ》を裂《さ》かれる。

ただ、ザガンとて無様に流血していただけではない。

その左手に、次の魔術《まじゅつ》を完成させていた。

「——〈天燐《てんりん》・五連大華《ごれんたいか》〉！」

ザガンが単体で紡ぎうる最大最強の一撃《いちげき》である。

それも、宙に放つなどという悠長《ゆうちょう》な撃《う》ち方《かた》ではない。


五指に宿したまま、刃を振るって胴《どう》をさらけ出したシェムハザの体に直接たたき込む。

黒炎《こくえん》の五爪《ごそう》は、水でも通すように抵抗もなく魔族の体を貫《つらぬ》いていた。

『ぐううっ？』

初めて、シェムハザが苦痛の声をもらす。

体を貫いたまま五指の〈天燐〉が解き放たれ、シェムハザは地面を抉《えぐ》りながら吹《ふ》き飛ばされる。その強大な魔力を喰《く》らった五つの爪は、瞬《また》く間《ま》にザガンの身《み》の丈《たけ》よりも大きく成長していた。

五体を細切れにするだろう五つの刃が、さらに体内から牛命力ごと焼き払《はら》うのだ。

――これで生きているはずはない、が……。

だが、ザガンの中の警戒心《けいかいしん》が告げている。

こんな弱い相手であるはずがない、と。

果たして、土煙《つちけむり》が収まると、そこには……。

『なるほど、凄《すさ》まじい力だ。あの娘《むすめ》と比べても、遜色《そんしょく》はない』

体の大半を消滅《しょうめつ》させていながら、その魔族は平然と立ち上がっていた。

ザガンは目を見開く。

――おかしい。〈天燐〉に侵蝕《しんしょく》された傷が、塞《ふさ》がっていく、だと？

これは体を切り離せば逃れられるような、生っちょろい力ではない。あのビフロンスですら逃れられずに死んだのだ。

その体を銀の瞳《ひとみ》で見据《みす》えて、ザガンは息を呑《の》んだ。

「貴様……その体は、い、っ、た、い、何、体、の、魔、族、で、で、き、て、い、る、の、だ？」

砕けた体の隙間《すきま》から、別の魔族が這《は》い出しては隙間を埋《う》めていく。残っている部分の方が少ないくらいだったはずなのに、それが見る見る復元されてしまう。

恐怖《きょうふ》を感じるわけだ。

〈天燐〉すら及《およ》ばぬわけだ。

〈右天〉が造作もなく砕かれるわけだ。

このシェムハザという魔族は、個ではない。

群れだ。

何十何百という魔族が寄り集まってできている、集合体なのだ。

シェムハザは首を傾《かし》げる。

『我も把握《はあく》しておらぬが、せいぜい万もあるかどうかという程度だ』

「は……」

思わず、乾《かわ》いた笑みがこぼれた。

つまるところ、この魔族を倒《たお》したければ一万回殺す必要があるということだ。

その身の修復が終わると、シェムハザは再び黒い刃を紡ぐ。

『次は、我の番だ』

背筋にじっとりと冷たいものを感じ、ザガンも構えを取るのだった。

◇

「食《く》らいやがれ――〈黒針《こくしん》〉！」

バルバロスが地に手を突くと、エリゴルの足元から影《かげ》でできた無数の棘《とげ》が突き出す。

回避《かいひ》不能な針のむしろに、しかしエリゴルはゆるりと体を傾《かたむ》けてその全てをすり抜《ぬ》けてしまう。

アリステラを取り込んだ〈アザゼル〉にすら一定の効果があった切り札が、服の裾すらかすめることができなかった。

だが、その避けた先には空間にぽっかり空いた穴が待ち受けている。

音もにおいもない、空虚《くうきょ》な穴である。視覚を封じているエリゴルに、これを認識《にんしき》する術《すべ》はない。

そのはずなのに、エリゴルはそれもするりと身をかがめて躱してしまう。

すれ違《ちが》い様に、穴の輪郭《りんかく》を指で撫《な》でるという余裕《よゆう》まで見せつけて。

「チッ、やっぱり攻撃《こうげき》を読まれちまう」

すでに幾度《いくど》となく攻撃を仕掛《しか》けているというのに、エリゴルには一度として当てられないでいた。

「ウェパル！　てめえも手伝えよ」

「この街が更地《さらち》になってもよいのなら、そうするがね」

「かまわねえからやっちまえ！」

バルバロスが吠《ほ》えても、ウェパルは首を横に振る。

「馬鹿《ばか》を言うものではないよ。先ほどの化け物に〈魔王〉ザガンの結界が破壊された。恐らく街の修復機能も失われているだろう。そんなときに領地を壊《こわ》してみたまえ。私は〈魔王〉を四人も五人も抱《かか》えるような連中を敵に回すのはごめんだよ」

では、この魔術師はなにを助けてくれるのかというと……。

「ほら、よそ見をしている暇《ひま》はないぞ。エリゴルに集中したまえ」

ウェパルに気を取られた隙《すき》に、バルバロスの足元に銀鎖が這い寄っていた。

それをウェパルが動きを止めて、バルバロスはなんとか鎖から逃れる。

——この鎖が邪魔で〝影〟にも潜《もぐ》れねえ。

なにより問題なのが、いまのバルバロスはろくな魔術装備を持っていないことだ。

ローブは片付けてしまって、ピアスに込めた魔術しか使えないのだ。正直、ウェパルが守ってくれなければ、バルバロスには戦う力すらなかっただろう。

それだけでも、ウェパルは十分働いてくれてはいた。

早くも千日手の様相を呈《てい》し始めた戦闘《せんとう》に嫌気《いやけ》が差したのか、エリゴルは小さくため息をもらす。

「あなたたち、優《やさ》しくしてるうちにおとなしくしてもらえないかしら？　私、あまり乱暴って好きじゃないのよ」

実際に、それは事実なのだろう。エリゴルはせいぜい鎖をぶつける程度で、一度も魔術を使っていない。

お優しいことに、〈魔王〉たる力を片鱗《へんりん》さえ見せていないのだ。

――考えろ。そんな無敵な野郎なら、最強の名前はこいつのもんだったはずだろ？

にも拘わらず、最強の名はアンドレアルフスのものである。

そもそも、エリゴルの名は〈魔王〉の中でも未来視ということでしか知られていない。

戦闘に秀《ひい》でた魔術師とは思えない。

――ウェパルの言葉が正しいなら、こいつは〝未来視〟は使ってねえ。

使うことに、なにかしらのリスクか制約があるのだろう。バルバロスたち相手に使う必要はないと考えている。

ではなぜ攻撃を読まれているのかはわからないが、少なくとも当たらないことが決まっているわけではない。

つまり、覆《くつがえ》す方法は必ずある。

攻《せ》めあぐねるバルバロスをもはや敵ではないと見たのか、エリゴルはウェパルに顔を向ける。

「小鳥さん、他人事のような顔をしているけれど、あなたも逃《に》がすつもりはないのよ?」

ウェパルには〈リビティナ〉は通用しない。

エリゴルは鎖を振るわず、腕を振るった。

「――くっ、うぅ」

直後、烈風《れつぷう》がウェパルの身を襲《おそ》った。

なんとか倒れずに踏《ふ》みこたえるが、ウェパルは全身から鮮血を垂れ流していた。

――ただの風じゃねえな。なにか刃物《はもの》みてえなもんが仕込《しこ》まれてる。

強い風は真空の刃を生むというが、そんなもので魔術師の、それも元魔王候補に傷を付けることはできない。

ウェパルは頬を伝う血を拭《ぬぐ》うと、小さなため息をもらす。

「……やれやれ、同じくバルバロスのせいで面倒を味わった身だ。どちらかというとキミには同情していたのだがね。そちらがそのつもりなら、私も応戦せざるを得ないか」

「あら、気遣《きづか》ってくれていたの？　優しいのね。バルバロスくんがおとなしくなったら、ペットにしてあげてもいいわよ」

ウェパルの顔から、笑みが消えた。

「エリゴル、傲慢《ごうまん》を口にするならば、それに伴《ともな》う力というものが必要だよ？」

どうやら腹を立てたらしい。

そんなウェパルに、エリゴルは面白がるような笑みを浮《う》かべる。

「あら怒った？　ごめんなさいね。でもあなたが可愛らしいイタズラをするのも悪いと思うのよ」

まあ、エリゴルもウェパルに面子を潰《つぶ》されているのだ。これはお互《たが》いさまというものだろう。

ウェパルはそっと手を掲《かか》げる。

その手の平から、一本の剣が音もなく出現した。

エリゴルは興味深そうに剣を観察する。

「へえ、剣を使うのね。そういうふうには見えなかったわ」

「そうだろうね。私も剣を振り回した経験はない」

だったらなんでそんなもん引っ張り出したんだと罵《のの》りたいのを堪えて、バルバロスはじっとウェパルの動きを見る。

――〈魔王〉相手に抜いたんだ。ただの剣のわけがねえ。

ウェパルが呼び出した剣は、手を触れずとも宙に静止していた。これも重力の魔術によるものなのかは、バルバロスにも判別がつかない。

すると、ウェパルは剣の刀身に触れて囁く。

「これはとある研究で私が作った試作品でね。名前はまだないが、面白い機能がある」

そうして大きく弧《こ》を描《えが》くように腕を回すと、その指先に引っ付いたように剣も旋回《せんかい》する。

ただ、旋回しても剣は元の位置に残されたままである。

「なんだ、ありゃあ？」

思わず、バルバロスも声を上げる。

ウェパルがなぞったあとには残像のように新たな剣が増えていくのだ。

かくして弧を描く腕が正円を作るころには、百本近い剣が生み出されていた。

「エリゴル、キミの予知能力は目を瞠《みは》るものだが、そもそも避けても意味がないような攻撃はどうかね？」

そう言ってパチンと指を鳴らすと、百なる剣は全方位からエリゴルへと襲いかかった。

ウェパルが作った以上、それもただの鉄切れというわけではないだろう。

「なるほど、これなら避けようがねえ！」

バルバロスが声を上げると、エリゴルは憐憫《れんびん》さえ滲《にじ》んだ笑みを浮かべる。

「芸としては面白いけれど、そんなおもちゃでなにかできると、本気で思っているわけではないわよね？」

エリゴルがふわりと銀鎖を振るう。

冷たく重たいはずの鎖は、羽根のように宙に舞い上がると、百なる剣と衝突した。

果たして、砕けたのは剣の方だった。

足元から無数の針が襲いかかる〈黒針《こくしん》〉すら掠《かす》りもしないエリゴルである。あの剣にどんな力があったのかは知らないが、通用するはずもなかった。

だが、そこで笑ったのはウェパルだった。

「ああ、気の毒に……。砕く力なんてない方が幸せだったのに」

「――ッ？」

砕かれた剣の破片《はへん》は、宙で向きを変えると再びエリゴルへと降りかかっていた。

「避けても意味のない攻撃――そういうことか」

数を増した刃をエリゴルは懸命《けんめい》に鎖で弾《はじ》くが、砕かれた破片もまた襲いかかっていくのだ。未来が見えようが予知できようが関係ない。

とうとう、鎖を掻《か》い潜《くぐ》った破片がエリゴルの頬を斬《き》り、腕を裂き、背中へと突《つ》き刺《さ》さる。

刃の雨に、エリゴルは全身から真っ赤な鮮血を垂れ流していた。

「先ほどのお返しだよ。この未来は視えなかったのかな？」

不敵に微笑むウェパルに、エリゴルは頬を拭って嘆息《たんそく》する。

「優しくしてあげたつもりだけれど、思い上がらせてしまっただけのようね。小さい子の相手は難しいわ」

そう言って、両腕《りょううで》を広げるエリゴルの背には、月が浮かんでいた。

戦ううちに、いつしか陽は沈《しず》んでいたらしい。

そんな月明かりを浴びて、エリゴルの姿が変わっていく。

両手の爪は杭《くい》のように伸《の》び、腰からは太い尾《お》が生える。頭の上には尖《とが》った耳が突き出し、その顎《あご》からは野太い牙《きば》が覗《のぞ》く。

「獣人《じゅうじん》……いや、人狼《じんろう》か？」

月明かりの下でのみ獣人化するという、希少種である。

狼獣人と人狼の違いは、普段は人であること。そして、根本的に魔力《まりょく》の桁《けた》が違うという

ことだった。

当然のことながら、ヒトの姿よりも人狼の姿の方が、力は強い。

「おい、ウェパル。怒らせてどうすんだよ」

「キミにだけは言われたくないな。先に怒らせたのはキミの方だろう?」

そこに妖艶な美女はなく、怒り狂《くる》った殺戮者《さつりくしゃ》が佇《たたず》んでいた。

◇

「——〈天燐・紫電《しでん》〉——」

音すらも置き去りにして、ザガンは電光のごとく魔族の体を撃ち抜く。

淡《あわ》い紫《むらさき》の光を残して拳の連撃をたたき込むが、まともに殴らせてもらえたのは最初の数発までだった。

『今度は高速移動か。なかなか見応《みごた》えがある』

殴り抜けたはずの拳から、鮮血が弾けた。

撃ち込んだ拳を、シェムハザはその手にした刃を以《もっ》て斬り返してきたのだ。

——〈紫電〉をも斬った。……いや、それ以上に〈絶影〉の速度に追いついてきた?

〈紫電〉は〈絶影〉と合わせて運用する魔術だ。ザガンは常に体の位置を入れ替《か》え、死角へと回り込みながら拳を放ってきたが、その動きに反応してきたのだ。

シェムハザが刃を握るのは右手だ。

ザガンはそれとは反対側の左へと回り込みながら拳を放つ。

だが、それも刃の腹で受け止められてしまう。斬り返されこそしなかったが、完全にザガンの動きが見えている証である。

それでいて、黒い刃の硬度も人智《じんち》を超えたものだった。

ザガンの拳に耐《た》えるどころか、殴った拳の方がしびれている。その上、〈紫電〉の黒炎にもまるで侵蝕される様子がない。

――それがどうした。〈紫電〉は技を乗せるための〈天燐〉だ。

格上の相手と戦うための力が〝技〟なのだ。

ザガンは刃の下を潜るようにさらに前へと踏み込む。

そのまま左の拳をたたき込むが、シェムハザも刃を戻《もど》していた。

拳を腹にもらいつつ、シェムハザは真《ま》っ直《す》ぐ刃を振《ふ》り下ろす。

「おおおおおっ！」

雄叫《おたけ》びを上げ、まだ感覚の戻らない右の拳を振るう。

ガンッと鈍《にぶ》い音とともに黒い刃が弾かれるが、同時にまた真っ赤な飛沫《しぶき》が上がる。

――拳が、砕かれた？

幾多《いくた》の強敵を殴り伏せてきた拳が、逆に砕かれる。

――再生が追いつかん！

ザガンの動きが高速化していても、魔力の流れまでもが高速化しているわけではないのだ。修復は始まっているが、次の一撃までには間に合わない。

「――〈鬼火《おにび》〉」

蛍《ほたる》のように小さな〈天燐〉がシェムハザに纏わり付く。

〈五連大華《ごれんたいか》〉や〈紫電〉ほどの破壊力《はかいりょく》はないが、この〈鬼火〉には回避不能という特性がある。

数百の〈天燐〉の破片が降り注ぐが――

『目くらましか』

軽い腕の一振《ひとふ》りを以て、数百の〈鬼火〉を薙《な》ぎ払っていた。

この〈鬼火〉には貫通《かんつう》力や破壊力がないだけで、〈天燐〉であることに変わりはない。

――それが、本当に目くらましにしかならんとは。

シェムハザに読まれた通り、ザガンはすでに次の一手を紡《つむ》いでいた。

「──〈天鱗《てんりん》・竜式《りゅう》〉！」

竜の姿を持ち、自律し攻撃防御《こうげきぼうぎょ》を行う〈天鱗〉の完成形でもある人造生命《ゴーレム》だ。
黄金の光を放つ竜はその顎でシェムハザへと喰らい付いた。
──〈竜式〉にシェムハザを倒す力はないが、守りを任せることはできる。
ザガンの支援《しえん》こそが、この〈竜式〉の本懐《ほんかい》なのだ。

『人形では相手にならぬよ』

黄金の竜が、刃のひと振りの前に両断されていた。

「馬鹿な──ぐっ」

驚愕に、一瞬だけ動きが止まってしまった。
その隙を見逃《みのが》してもらえるはずもなく、ザガンは顔面を鷲掴みにされる。
そして、そのまま地面に叩《たた》き付けられる。

「がはっ──ッ」

ザガンの体の下に、赤い水たまりが広がっていく。
気が遠くなるのがわかった。

――強すぎる……ッ！

魔術喰《まじゅつく》らいどころか、魔術も技も全《すべ》てが通じない。

〈鬼哭驟雨《きこくしゅうう》〉をたたき込《こ》めばいくらなんでも殺せるだろうが、魔法陣《まほうじん》を紡ぎ終えるまでザ、

ガン、が、保たない。

これまで戦ってきた敵とは、なにもかもが違い過ぎる。

そんな中、遠のいていく意識の中、ふと思《おも》い浮かんだのは人生でもっとも嫌悪《けんお》した仇敵《きゅうてき》の顔だった。

――ビフロンスなら、どう戦っただろう。

あの〈魔王《まおう》〉なら塵化《じんか》して、相手の内側から破壊《はかい》するような戦法を選ぶだろうか。

――いや、あいつは適当に戦うか、相手の体組織でも手に入れた時点で逃げるだろう。

そうして研究した成果を、喜々として自分の力に変えてまたケンカを売ってくる。

それに、塵化は魔術ではなかったため、ザガンには真似《まね》できない。

なら、他の〈魔王〉たちならどう戦うだろうか。

――なにより、こいつは〈アザゼル〉ほど強いか……？

あの夢の世界でリリスとフルカスを助けようとしたとき、世界そのものを呑み込むようなおぞましいものを見た。

目の前のシェムハザは確かに強いが、あれほどまでに抗《あらが》いようのない相手なのか？

シェムハザが、感心したような声をもらす。

『ほう、まだ立つか』

拳は砕け、頭からボタボタと血を流し、無様に鼻血まで垂れ流して、それでもザガンは立ち上がっていた。

「どうにも、俺《おれ》の力では貴様には届かんようだ」

対魔族に研《と》ぎ澄《す》ましてきた力は、全て敗れ去った。

だが、それはザガンの敗北を意味するわけではない。

ザガンはふところから一本の指輪を取り出すと、それを右手の薬指に嵌《は》めた。


「使わせてもらうぞ、ネフィ」

そう呼びかけると、ザガンの指を覆《おお》うように焔《ほのお》の形をした装甲《そうこう》が紡がれていた。
〈ゾンネ〉――ネフィからの誕生日プレゼントに贈《おく》られた品である。

◇

「いったい、なにが起きているのだ……？」

キュアノエイデスの雑踏《ざっとう》の中、シャスティルは呆然《ぼうぜん》と立ち尽《つ》くしていた。

――いまの恐るべきなにかは、ザガンが外に追い出したようだった。

だが、シャスティルにもわかる。

あれは、いかにザガンとてひとりで手に負える相手ではない。

助けが必要だ。追いかけようと足を踏み出そうとして、カクンと膝《ひざ》が折れた。

「え……？」

ガクガクと、手足が震《ふる》えていた。

怖《こわ》い。

魔術師《まじゅつし》や〈魔王〉とも戦ってきた。

おぞましいキメラや〝泥《どろ》の魔神《まじん》〟にも立ち向かってきた。

そのはずなのに、恐怖で足が竦んでいる。

そんな自分の有様を見て、シャスティルもようやく思い出した。

「……そうか。あいつか」

ザガンとバルバロスの戦いの中で呼び出された魔族。

シャスティルは、それを直視した瞬間《しゅんかん》気を失ってしまった。そうでもなければ、精神が耐えられなかっただろう。

──あれが、帰ってきたのか。

ならば、今度こそ戦わなければならないのだ。

そうして立ち上がったときだった。

「ひゃっ」

「え？」

立ち上がった拍子《ひょうし》に、シャスティルは思いっきり誰《だれ》かとぶつかってしまった。

──柔《やわ》らか！　なんかいいにおい……じゃない！

ぶつかった相手は女性だったようで、花のような淡い香《かお》りが鼻をくすぐった。

思わず陶酔《とうすい》しそうになりながらも、シャスティルは聖騎士《せいきし》なのだ。そのまま転倒《てんとう》しそうな相手を、速《すみ》やかに抱《だ》きかかえる。

「……って、ネフィ？」

「あ、シャスティルさん。どうも……」

それはやわらかいはずだ。よい香りがするはずだ。

──香油《こうゆ》のにおいかな？　今度教えてもらいたい……。

そんな願望が頭を過《よぎ》って、シャスティルはぷるぷると頭を振った。

「すまない。怪我《けが》はないか？」

「大丈夫《だいじょうぶ》ですよ。シャスティルさんが支えてくれましたから」

優しく微笑《ほほえ》んでくれるネフィに、シャスティルも救われた気持ちになる。

ともあれ、いまは洗礼鎧《がい》を着ていなかったのが幸いした。もしも鎧を着ていたら、大切な友達に怪我をさせていたかもしれない。

ネフィを立たせると、シャスティルは問いかける。

「ネフィも、いまの気配を感じたのか？」

「……はい」

「ザガンを助けに行くのだろう？　私も行くよ。魔族《まぞく》とはいえ、やられっぱなしではザガンにも合わせる顔がない」

洗礼鎧を取りに戻る時間はないが、聖剣《せいけん》はあるのだ。戦える。

そう自分を奮い立たせると、しかしネフィは首を横に振った。

「いえ、シャスティルさんはバルバロスさまのところに行ってあげてください」

「バ、バルバロスだって？　えっと、どうして……」

彼《かれ》がいま、綺麗《きれい》な女性とデートをしていることを思い出し、シャスティルはしどろもどろになってしまう。

ネフィは驚《おどろ》いたように目を丸くする。

「ザガンさまからお聞きになったのではなかったのですか？　バルバロスさまはいま、他の〈魔王〉からの引き抜きにあっておいでです」

「へ……？」

では、あの女性が親しげだったのは、バルバロスを懐柔《かいじゅう》するためだったというのか？

——でも、私にそれを止める権利なんて、ない……。

バルバロスだって、決して悪い気がしているようには見えなかった。

それに、彼はまず魔術師なのだ。ザガンとは友好的でいてほしいが、これもバルバロスにとってはチャンスなのかもしれない。

だったら、それを邪魔《じゃま》する権利などシャスティルにはない。

結局のところ、バルバロスは依頼《いらい》でシャスティルを守ってくれているだけで、それ以上の関係ではないのだから。

思わず後退《あとずさ》ると、その肩《かた》をがしっとネフィに摑まれた。

「なに弱気な顔をしているんですか！　バルバロスさまのこと、好きなのではなかったのですか?」

「ふぇあっ?　あわ、わっな、なななななななんでネフィが知ってるのっ?」

「そんなの見ればわかります。気付いてないと思っているのは、シャスティルさんとバルバロスさまだけですよ?」

「qあwせdrfgtyふじこlpっ?」

声にならない悲鳴を上げた。

顔を真っ赤にして目をぐるぐると回しながら、しかしバルバロスがよその女とああも楽しげにしている姿が思い浮かんでしまう。

頭の中がいっぱいいっぱいいっぱいになって、シャスティルは目に涙《なみだ》まで浮かべて叫《さけ》ぶ。

「で、でも!　そう思ってるのは、私だけじゃないか!」

ネフィが驚いたように目を見開く。

「バルバロスがどう想《おも》ってくれるかなんて、私にはわからない。いつも守ってくれて、ときどき……本当にたまにだけど、妙《みょう》に優しくしてくれたり、私の知らないところで危ないことして、勝手に傷ついたりしてるのを見て、そういうの見てたら胸がギュッとなって」

自分でもなにを言っているのかわからなくなってきて、シャスティルは顔を覆う。

「……わからないんだ。こ、こんな気持ちになったのは、初めてで、バルバロスのことを信じてないわけじゃない。でも、自分の勝手な願望を押《お》しつけてるだけなんじゃないかって、バルバロスだって、もっと可愛《かわい》い女の子の方がいいんじゃないかって」

堰《せき》を切ったように言葉が止まらなくなっていた。

「シャスティルさん……」

ネフィは抱きしめようとしたのか肩から手を放すが、思い直したように頭を振る。

それからもう一度肩《かた》を摑むと、真っ直ぐシャスティルの瞳を見据えて口を開いた。

「シャスティルさん。わたしがザガンさまに遠ざけられたときのことは覚えていますか？」

忘れようはずもない。

出会ったばかりのころ、ネフィがこの世の終わりみたいな顔をしてうずくまっていて、シャスティルは放っておけずに声をかけた。

小さくうなづき返すと、ネフィは続ける。

「ザガンさまからもういらないと言われて、目の前が真っ暗になって、なにを信じたらいいのかわからなくなったわたしに、ザガンさまのところに戻る勇気をくれたのはシャスティルさんなんです」

「私が……？」

あのときの事件で、ザガンが犯人でなかったことを知っていたくせになにもできなくて、彼の傍《そば》にいることも選べなかったのがシャスティルだ。

なにも、できなかったのだ。

そんなシャスティルに、ネフィは言う。

「シャスティルさんがザガンさまを信じてくれたから、わたしはわたしの知っているザガンさまを信じようと思えたんです」

シャスティルは、唇《くちびる》を噛《か》む。

——私は、そんなふうに強くなれなかったんだ。

うつむくことしかできないシャスティルに、ネフィは言う。

「だからシャスティルさん。勇気を持ってください」

「——ッ」

どこかで聞いた言葉。あるいは、誰かに伝えた言葉だったかもしれない。

ネフィは毅《き》然《ぜん》として続ける。

「わたしはバルバロスさまのことは、困った人なのに、ザガンさまが一番頼《たよ》りにしている友人だということしか知りません。でも、シャスティルさんは違うでしょう?」

「私が知ってる、バルバロス……」

いつも悪態をついて、軽口を叩いて、でも蝶《ちょう》の髪飾《かみかざ》りをくれたり、シャスティルが居眠《いねむ》りをしていたらベッドに運んでくれたり、なのにやましいことは決してしないでくれた。

──よく考えたら、すごいことをされてるな……。

想わず冷静になってしまうと、ネフィはこう告げた。

「シャスティルさんが知っているバルバロスさまを、信じてあげてください」

グッと唇を引き締《し》めて、シャスティルは顔を上げた。

──やっぱり、あなたは強い人だよ、ネフィ……。

誰かを信じるというのは、とても勇気の必要なことだと思う。

それが恋《こい》ともなれば、さらに大きな勇気が必要だろう。

それを、ネフィは一年も前に乗り越《こ》えてきたのだ。

だから、シャスティルはうなづいた。

自分は、この少女の一番の友人なのだと答えたいから。

自分が、この少女とザガンの恋の背中を押したのだと言ってやりたいから。

なのに、自分の恋には、いつまでも尻込《しりご》みしているなんて、恥《は》ずかしくて言えるはずがない。

「……ありがとうネフィ。私は、私の知ってるバルバロスを信じてみるよ」

「はい。いってらっしゃい、シャスティルさん」

これも、いつか見た光景のような気がした。

「あなたには、いつも慰《なぐさ》めてもらってばかりだな」

なのに、ネフィはなんでもなさそうに首を横に振る。

「もともと、シャスティルさんがしてくれたことを返しているだけですよ」

そう言うと、ネフィは虚空《こくう》から一本の箒《ほうき》を取り出す。

箒は独りでに宙に浮かび、ネフィはそこにちょこんと腰《こし》を下ろす。

「わたしも、もう行かないと。ザガンさまががんばっていますから」

「ああ！　私も、私の戦いをしてくる！」

ふたりの少女は、それぞれの戦場に向かって飛び出すのだった。


そうして、駆《か》け出したシャスティルがバルバロスを見つけるまで、それほど時間は必要なかった。

「く、そが……ッ」

彼もまた、戦っていたからだ。

そこには月を背に立つ人狼の女と、それに首を吊《つ》り上げられたバルバロス、そして足元に倒れ伏《ふ》した魔術師の姿があった。

「もう終わり？　それじゃあ、この子はもらっていくわね」

知らない女がそうささやき、倒れた魔術師がうめく。

「くっ……それは、困るな。ただ働きは、ごめんだ――ぐうっ」

そんな魔術師の頭を、人狼の女が踏みつける。

――知らない女《ひと》が、ふたりに増えてる？

だが、それは事情の知らないシャスティルからすると痴情《ちじょう》のもつれというか、なんかふたりでバルバロスを取り合っているようにしか見えなかった。

カッと頭の中が熱くなって、シャスティルは剣《けん》を抜く。

「その男は私のだぞ！　知らないやつらが私の知らないところで勝手に取り合うな！」

盛大に間違《まちが》えたそのひと言は、図《はか》らずも反撃《はんげき》の狼煙《のろし》となって響《ひび》いた。

◇

「がハッ」

壁《かべ》に叩き付けられ、バルバロスは血を吐《は》いた。

――化けもんか、こいつ。

魔術《まじゅつ》を含《ふく》めて攻撃が一切《いっさい》当たらないほどの予知能力ということは、それが攻撃に転じれば回避不能だということだった。

――予知できるのは、せいぜい一秒か二秒先までみてえだが。

だが〈魔王〉にとっての一秒とは、全てを決するに足る時間である。

エリゴルが軽く腕《うで》を振るえば、どう避《よ》けようとも必ず命中し、間合いを詰《つ》められればおもちゃのように地面に叩き付けられる。

立ち上がる間もなく、エリゴルの爪《つめ》が眼前に迫《せま》る。

バルバロスは強引《ごういん》に身を反らすが、その爪に込められたのは電光だった。

「があっ？」

爪は避けたというのに、電光の枝葉に搦《から》め捕られていた。

一歩遅《おく》れてウェパルの浮遊剣《ふゆうけん》が飛び込んでくるが、エリゴルはそれも爪を以て振り払《はら》う。

砕《くだ》ければ砕けた分だけ数を増して襲いかかる魔剣《まけん》。

しかし、バルバロスは驚愕《きょうがく》の声をもらした。

「嘘《うそ》だろっ?」

ウェパルの魔剣は、破片も残さず微《び》に砕かれていた。

――なんだ? 振動《しんどう》……いや、音か?

強力な振動によって、砂塵《さじん》になるまですり潰されたのだ。

「チッ、さすがに同じ手は通じないか」

これにはウェパルも舌打ちをもらすしかなかった。

そして、エリゴルは横槍《よこやり》を入れたウェパルを標的に定める。

「ぐっ、避けろウェパル!」

それはウェパルの方も例外ではなく、すでに全身傷だらけになっている。

バルバロスが声を上げるまでもなくウェパルは避けようとしたのだろう。

地に杖《つえ》を突きなにかしらの魔術――恐《おそ》らくは重力塊《かい》だろう――をぶつけるが、エリゴルはなにもなかったかのように重力を振り払い、その爪を真《ま》っ直《す》ぐ突き出す。

ウェパルは後ろに跳《と》ぶが、その動きはすでに予知されたものなのだ。

「げ、ごぼっ」

エリゴルの長い爪が、ウェパルの胴体《どうたい》を貫《つらぬ》いていた。

その傷口が、おぞましい紫色《むらさきいろ》に変色していくのがわかった。

——今度は毒か！

《星読卿》がなぜ未来視以外の特徴《とくちょう》を持たぬのか。

その答えを、バルバロスはいま思い知った。

——シンプルに、こいつは満遍《まんべん》なく強えんだ。

恐らくそれぞれの分野の〈魔王〉には及《およ》ばぬのだろうが、それに近い水準でどんな魔術でも使う。

こういう相手ほど厄介《やっかい》なものはいない。

なぜなら、弱点が存在しないということなのだから。

攻撃《こうげき》不能。回避《かいひ》不能。あらゆる魔術を扱《あつか》い、よしんば攻撃を当てることができても、人狼族はそもそも凄《すさ》まじい回復力を持つ種族だ。そこに魔術による治癒《ちゆ》まで合わされば、細切れにしたところで再生されるだろう。

ウェパルの魔術をねじ伏《ふ》せたのも、これが原因である。

ただ強いとしか言いようのないエリゴルの、唯一《ゆいいつ》の特徴が未来視だったのだ。

——〈リビティナ〉を使ってたのは、本当に手加減してやがったんだ。

この〈魔王〉が本気で暴れれば、ただの蹂躙《じゅうりん》になってしまうから、相手を壊《こわ》さないように魔術を封《ふう》じる鎖《くさり》なんかを振り回していたのだ。

屈辱《くつじょく》に、頭の中が沸騰《ふっとう》する。

「クソがあああっ！」

バルバロスは空間を断《た》ち割《わ》り、その断層をぶつける。

空間の刃《やいば》――この世界に在って、これで斬れないものは存在しない。

なのだが、エリゴルはその断層に向かってウェパルを投げた。

「受け流せウェパル！」

魔術を止めるには遅《おそ》すぎる。

即死《そくし》が約束された一撃《いちげき》に、バルバロスは不可能を要求した。

「無茶《むちゃ》を、言う」

ウェパルは為《な》す術《すべ》もなく空間の断層に飲まれるが、しかし奇妙《きみよう》なことにウェパルの体はそのまますり抜《ぬ》けるように空間の刃をすり抜けていた。

重力で、空間すらも歪《ゆが》めたのだ。

――やっぱり、こいつとは戦いたくねえな！

かくして、ウェパルの体をすり抜けた空間の刃は、完全な死角からエリゴルへと襲《おそ》いかかっていた。

避けるには、遅すぎる。

「子供だましね」

エリゴルはその爪を以て空間の刃を真っ向から迎《むか》え撃《う》つ。

そんなことをすれば指ごと真っ二つである。

そのはずだというのに……。


パンッと弾けるような音を立て、空間の断層が砕け散った。


「冗談《じょうだん》、だろ……？」

さすがに愕然《がくぜん》とした声をもらすと、エリゴルはなまめかしく爪の伸びた指をゆらす。

「坊《ぼう》や。空間の断層というものは、別の断層をぶつけると壊れてしまうものなのよ？」

どんな魔術も満遍なく使う。

それは、空間魔術も使うということだ。

――いや、俺よりは劣《おと》るはずだ。

でなければ、わざわざバルバロスを引き抜きに来たりなどしない。

だが、バルバロスに近い次元で空間魔術を扱うのだ。

これまで、バルバロスは自分と同じ魔術を使う人間と戦ったことがなかった。

それが、数百年という年月を生きる〈魔王〉と、たかだか二十一年しか生きていないバルバロスとの、絶望的なまでの差だった。

そうして硬直《こうちょく》した一瞬《いっしゅん》の間に、目の前にエリゴルの顔が迫っていた。

「お勉強になったでしょう？　ほら、授業はもうお終《しま》い」

「がふっ」

首を摑《つか》まれ、そのまま宙づりにされる。

尋常《じんじょう》ではない力に、呼吸どころか血流が止められたのがわかった。

目の前が暗くなっていく。

――あれを、ぶち込むか？

ひとつだけ、この〈魔王〉に通じるだろう力がある。

だが、それでも無尽蔵《むじんぞう》に再生までするこの〈魔王〉を倒《たお》すには足りない。

「く、そが……ッ」

だらんと手から力が抜ける。

エリゴルは地に伏したウェパルを見下ろす。

――ウェパルの野郎《やろう》、目は使わねえ気か？

全力を出せとは思うが、この魔術師が本気で戦うとキュアノエイデスがなくなってしまうのも事実なのだ。

「もう終わり？　それじゃあ、この子はもらっていくわね」

エリゴルの勝利宣言に、ウェパルはなんとか立ち上がろうとする。

「くっ……それは、困るな。ただ働きは、ごめんだ――ぐうっ」

その頭を容赦《ようしゃ》なく踏《ふ》みつけられ、ウェパルは血を吐いた。

――ヤベえ。勝てねえ……。

とうとう、目の前が霞《かす》んできた。

消えゆく意識の中で、バルバロスのまぶたに浮《う》かんだのはあの不器用な少女の顔だった。

その顔は泣いているようで、しかし怒《おこ》っているようにも見えて、バルバロスも見たことのないような表情だった。

――なんて顔してやがんだよ……。

この少女がそんな顔をしなくていいように体を張ってきたのに、意味がなくなってしまうではないか。

そんな顔をした少女は、目が覚めるような大きな声でこう叫んだ。

「その男は私のだぞ！　知らないやつらが私の知らないところで勝手に取り合うな！」

少女は、どういうわけか目の前にいた。

それから、なにを言われたのかじわじわ認識《にんしき》して、バルバロスも声を上げる。

「はあああっ？　俺がお前以外の誰に取られるってんだよふざけんな！」


意識が覚醒《かくせい》する。

亜空間《あくうかん》からナイフを取り出し、バルバロスはエリゴルの腕へと振りかぶる。

――空間の断層を織《お》り込んだ短剣《たんけん》だ！

そんな反抗《はんこう》も予知されたようで、傷を負わせるには至らなかったがその腕からは逃《のが》れることに成功する。

「げほっゲホげほッ」

激しく咳《せ》き込みながらも、ウェパルの体を抱《かか》えて距離《きょり》を取った。

それから、シャスティルに目を向ける。

「馬っ鹿野郎《やろう》！　お前、なんでこんなとこいんだよ。てかどこ行ってやがったんだ！　めちゃくちゃ心配……なんかしてねえけどっ、あれだったたんだぞ？」

「あれってなんなのっ？」

困惑《こんわく》するシャスティルの様子を確かめる。

さすがに聖剣は持っているが、洗礼鎧は着ていない。〈魔王〉相手に戦うには、明らかに装備が足りていなかった。

だというのに、シャスティルはバルバロスを守るように前に出ようとする。

「事情は……なんだかよくわからなくなったが、戦っているのだろう？　力になる」

「馬鹿《ばか》言ってんじゃねえ。ヤべえ相手だってのは見りゃわかんだろ？」

シャスティル自身もそれはよくわかっているのだろう。聖剣を握《にぎ》る手は、小さく震えていた。

なのに、なにを思ったのかシャスティルはバルバロスを見上げると快活に笑った。

「そんなのいつものことだろう、バルバロス？」

そんな笑顔《えがお》を向けられて、バルバロスはなにも言えなくなってしまった。

「……チッ、野武士がよお」

「野武士だって自分を守ってくれた人を助けたいとは思うんだぞ」

「自分で野武士とか言ってんじゃねえよ。女だろ？」

理不尽《りふじん》を返すと、なんだか体が軽くなった気がした。

――なんでだろうな。負ける気がしねえや。

直前まで絶望すら感じていたはずなのだが、いまは気分が高揚《こうよう》してなんでもできる気さえする。

そうして笑い返すと、足元からひどく不愉快《ふゆかい》そうな声が聞こえた。

「……キミ、そういうのはあとでやってもらえまいか」

「おう、生きてやがったかウェパル」

とはいえ、エリゴルの爪には毒が仕込《しこ》まれていたようだった。ウェパルの傷は塞《ふさ》がる様子がなく、立ち上がることもできないでいた。

ウェパルはバルバロスではなく、シャスティルに顔を向ける。

「キミは聖剣の乙女《おとめ》だな？　味方と見做《みな》してよいのかね」

「無論だ。……事情は、あとでちゃんと聞かせてもらいたいものだが」

ウェパルはうなづく。

「結構。ならばキミが切り札だ。……バルバロス、十秒ばかりやつの動きを止めろ」

「無茶言いやがるな」

「できないのか？」

安い挑発《ちょうはつ》に、バルバロスは手の平に拳《こぶし》をぶつけて乗ることにした。

「俺を誰だと思ってやがる。この《煉獄《れんごく》》がたった十秒も時間を稼《かせ》げねえとでも思ってやがんのか？」

ただ、とウェパルを見遣《みや》る。

「時間稼ぎはいいが、なんか手はあんだろうな？」

その問いに、ウェパルは薄《うす》く笑った。

「……こんなところで使いたくはなかったのだがね。まあ、アスモデウスの予行練習だと思ってやるさ」

この魔術師には〈魔王〉を倒すために紡いできた力があるのだ。

「はん。洗礼鎧もねえんだ。俺の後ろから出んじゃねえぞ、シャスティル」

「あなたこそ、死ぬなよバルバロス」

そう言って背中を預けると、エリゴルがようやくといった様子で口を開く。

「相談はもういいのかしら？」

「はっ！　待っててくれるたあ、お優《やさ》しいじゃねえか」

「最初から優しくしてあげていたでしょう？」

まあ、実際ここまで悪い形で面子《メンツ》を潰《つぶ》してでもしなければ、話し合いで済んだような気がするくらいには優しくしてもらえたのだ。

――っかしいな。なんか俺の方が悪いような気がしてきたんだが？

珍《めずら》しく自覚的になっていると、シャスティルがウェパルを抱え起こしていた。

そして、ウェパルはその閉ざしていた眼をゆっくりと開いた。

かくして、その下から現れたのは、深い紺碧《こんぺき》の瞳《ひとみ》だった。

「――ッ」

エリゴルの顔色が変わった。

『――其は暁《あかつき》と共に消えゆく者――薔薇色《ばらいろ》の指を持ち、万物《ばんぶつ》を魅了《みりょう》する者――』

バルバロスも目を見開く。

「神霊魔法《しんれいまほう》だあっ？」

ハイエルフだけに許された奇跡《きせき》の力。

その呪文《じゅもん》を唱えようとも、ネフィやネフテロスのように力の発現は見られない。

バルバロスが知る神霊魔法は、祈《いの》りを始めた瞬間から力が発現し、神霊言語を重ねることに力を増す。そして最後の発動の言葉と共に、それまで発生した力の全てが収束するというものだ。

──不発か？

そう思った瞬間、シャスティルの聖剣に光が集まる。

本来、術者を守るように広がるはずの力が、全て聖剣に集まっているのがわかった。

「聖剣を媒体《ばいたい》に、神霊魔法を使えるのか？」

確かな力を感じたのだろう。シャスティルが驚きの声を上げていた。

──アスモデウス打倒《だとう》を公言するだけのことはあるぜ。

だが浮かれている余裕《よゆう》はない。

ウェパルが詠《うた》い始めるのと同時に、エリゴルは目の前に迫っていた。

「邪魔よ」

「つれねえこと言うなよ──〈震毀《しんき》〉！」

その瞬間、世界が震えた。

いや、震えたのはエリゴルを中心とした空間そのものだ。

「あっ――ぐうぅぅっ?」

初めて、エリゴルが悲鳴を上げた。

どんな攻撃も予知し、当たったところで瞬時《しゅんじ》に再生する〈魔王《まおう》〉が、地面を転がる。それどころか、内臓でも潰れたのか尋常ではない量の血を吐き出す。

バルバロスは中指を立てて「はっ」と笑う。

「――空間そのものをぶつける魔術だ。それなりに、効くだろ?」

空間というものは、本来隙間《すきま》も穴も存在しないはずのものである。

空間魔術は、そこに穴をこじ開ける力である。

だが、そんなことをすれば当然空間は軋《きし》み上がり、ひび割れ、周囲に重篤《じゅうとく》な被害《ひがい》を及ぼすことになる。

その被害は魔術そのものにも影響《えいきょう》し、知らない場所に転移する程度ならともかく、岩の中なんぞに出てそのまま死んだり、亜空間に放《ほう》り出されて消滅《しょうめつ》することさえあり得る。

それゆえ、始点と終点に魔法陣《まほうじん》を用意するなどで空間への影響を抑《おさ》えているのだ。バルバロスが使う〝影《かげ》〟は媒体であるのと同時に、空間への緩衝材《かんしょうざい》でもある。

だからバルバロスは、いついかなる場所にも、誰にも気付かれず、スマートに出入りすることができる。

だが、それを意図的に起こせばどうだろう。

空間を揺《ゆ》さぶり、衝撃《しょうげき》を生み出し、相手に叩《たた》きつけられたとしたらどうだろう。

目にも見えず、音もにおいもなく、外も内も関係なく、全《すべ》てが平等に打撃《だげき》を受けることになる。

どんな魔術でも防御《ぼうぎょ》不能なのだ。

「どうよ。とにかく痛てえだろ？　ザガンの野郎にぶち込《こ》むための魔術だ。ありがたく受け取りやがれ」

「空間を、揺さぶった……？　でも、どうやって」

エリゴルですら知らない魔術なのだ。困惑の声が心地《ここち》良《よ》かった。

バルバロスは自慢《じまん》げに胸を張って堂々とこう答えた。

「亜空間内《あくうかんない》の俺《おれ》の屋敷《やしき》を、空間越《ご》しにぶつけてやってんだよ！」

バルバロスが構築する亜空間《煉獄》内部には、バルバロスの拠点《きょてん》たる屋敷が浮遊《ふゆう》している。

屋敷ひとつ分が衝突《しょうとつ》するエネルギーが、そのままこの空間を揺さぶっているのだ。

当然、屋敷にも甚大《じんだい》な被害が出るし、中もぐちゃぐちゃになったことだろう。まあ、内装に関しては元々手の施《ほどこ》しようがないくらいには散らかっているので、大した違《ちが》いはない。

ザガンの〝魔術喰《まじゅつく》らい〟を突破《とっぱ》するための、バルバロスの捨て身の一撃である。

エリゴルが唖然《あぜん》として口を開いた。

「馬鹿じゃないのっ？」

「なんとでも言いやがれ！」

単純な破壊力《はかいりょく》ならば空間の断層には劣るが、これは空間を渡《わた》っても避けようがない上に、魔術による防御も不可能。体の外側も内側も、脳や臓腑《ぞうふ》に至るまで均等にシェイクされるのだ。

苦痛を与《あた》える上で、これ以上の手段はそうそう考えつかない。

「調子に、乗るな！」

だが相手は人狼《じんろう》の〈魔王〉である。

十秒も眠《ねむ》っていてくれるはずもなく、ほんの一秒程度で飛び起きていた。

そうして、また爪が振《ふ》り下ろされる。

――よく見ろ。避けられなくても、見えねえ攻撃じゃねえんだ。

両腕《りょううで》を上げて、防御の構えを取る。

エリゴルの爪はその防御ごと容赦なくバルバロスを叩き付けるが、しかしバルバロスは倒れはしなかった。

「効かねえよ。普段《ふだん》、俺が誰《だれ》にぶん殴《なぐ》られてっと思ってやがんだ」

恐ろしいのは爪であって、殴られるだけならどうってことはない。

バルバロスは爪の直撃《ちょくげき》だけを全力で避け、腕による殴打《おうだ》は防御も取らずにまともに受けていた。

未来予測だろうが絶対命中だろうが、衝突の瞬間《しゅんかん》に少しだけ位置をズラすくらいはバルバロスにもできる。

なぜなら、いくらエリゴルが強いと言っても、ザガンの拳に比べれば止まって見える程度でしかないのだから。

『――太陽と月の狭間《はざま》に在りて風を従え、光とともに空を駆け征《ゆ》く。なれば其は先駆《さきが》けなり。変革と再生を促《うなが》す福音《ふくいん》なり。星々を生み出し、星々と共に去ろう――』

「おら、もう一発だ――〈震毀〉！」

亜空間の中で屋敷が決定的にぐしゃりと潰れるのがわかった。

――あ、もう使えねえか。

ぶつけるものがなくなってしまった。亜空間に放り出された研究資料の回収を考えると頭が痛い。これを多用するのであれば、ぶつけるための弾丸《だんがん》をもっと用意しておかなければならないだろう。

そうすると、亜空間内の屋敷に衝突して被害が出る危険も増えるが。

それでも、最後の衝撃はそのままエリゴルへとのしかかる。

「あぐっ――っぎあああああっ」

おんぼろとは言え、屋敷ひとつが木《こ》っ端微塵《ぱみじん》になるような衝撃である。

身構えていたからといって、どうにかなるものではない。というより、身構えるという行為《こうい》自体が意味を持たない打撃なのだ。

数百年を生きる〈魔王〉が、地面に身を投げ出してのたうち回っていた。

――ザガンの野郎が、これくらい痛がってくれりゃあ話は楽なんだけどな。

あの男は、どれだけ痛かろうが全力でやせ我慢《がまん》するに決まっている。

バルバロスの前で、こんな無様な姿を晒《さら》してくれるわけがない。

そう、〈魔王〉がいつまでもこんな無様を晒してくれるわけがないのだ。

「あああああっ！」

起き上がり様に、エリゴルは爪を振るう。

両腕で防御するも、完全には避けられない。

「チッ――」

腕を抉《えぐ》った爪から、毒を流《なが》し込まれたのがわかった。

空気が皮膚《ひふ》を撫《な》でるだけで裂《さ》くような痛みが走る。バルバロスの〈震毀〉への意趣《いしゅ》返しか、激痛をもたらす毒のようだ。

――〈魔王〉の毒だけあって、すぐには中和できねえ。

だが、痛いだけだ。

「よう、どうしたよエリゴル。こんなんじゃ痛がってやれねえぞ？」

「……っ」

エリゴルは息を呑《の》むが、バルバロスの方にも反撃する余力は残っていなかった。

――〈震毀〉は弾切《たまぎ》れ。他の魔術は全部読まれる。なんもできねえ。

バルバロスにできるのは、ただ突《つ》っ立って殴られることだけである。

だが、その突っ立っているだけというのが、エリゴルには理解できない行為だった。

幾度《いくど》となく爪で引き裂かれ、魔術で焼かれるが、それでもバルバロスは一歩も下がらなかった。

——後ろには、ポンコツがいるんだ。

下がれるわけがない。

その気迫《きはく》に飲まれたのか、それとも理解できないものへの恐怖《きょうふ》か、エリゴルが気圧《けお》されたように動きを止めた。

そして、その瞬間をもってバルバロスの任された十秒は完了《かんりょう》する。


『——これは始まりの風の音——黎明の霊剣《エオス・クスイフォス》』


ウェパルの神霊魔法が完成し、シャスティルが前に踏み込んだ。

「——天使【告解】〈アズラエル〉——」

聖剣《せいけん》の内から純白の騎士《きし》が紡《つむ》がれ、エリゴルへと斬《き》りかかる。

その斬撃が、幾重《いくえ》にも分裂《ぶんれつ》した。

——刀身の分身を生む神霊魔法か！

それでいて、その剣を握るのはシャスティルなのだ。

十二人の聖騎士長の中で、最速を誇《ほこ》る聖剣の乙女である。

「くっ——」

エリゴルの口から、焦《あせ》りの声がもれた。

未来を予知できるこの〈魔王〉だから、それも予知してしまったのだろう。

「輝《かがや》け——〈アズラエル〉！」

【告解】とシャスティル自身による高速剣の挟撃《きょうげき》。

いかなる反応速度を持とうとも、どれだけ攻撃を予測できようとも、凌《しの》ぎきれるものではない。

三桁《けた》にも及びかねない斬撃をまともに浴びて、ついぞ〈魔王〉は地に伏すのだった。

◇

ネフィからの指輪を嵌《は》めたザガンは、地を蹴《け》る。

黒い刃と焔《ほのお》のメリケンサックが衝突する。

『ほう』

へし折るには至らなかったが、黒い刃が大きくひび割れていた。

だが、それもすぐに修復される。

――あの刃も、体の一部ということか。

指輪を見遣る。

魔族《まぞく》の刃と打ち合っても、魔法《まほう》銀の指輪が砕けることはなかった。

戦える。

そうして、ザガンはさらに前へと踏み出す。

「――〈虚空〉――」

音とともに世界から色が失われる。

時間停止に近しい、超加速《ちょうかそく》。継戦《けいせん》能力に乏《とぼ》しく、体への負担も大きすぎることからザガンはここから〈絶影〉という型を作った。

だが、最強の名を冠《かん》した〈魔王〉の切り札である。

〈絶影〉にすら反応したシェムハザだが、静止空間で動くことはできなかった。

ザガンは拳の乱撃《らんげき》をたたき込む。

手足を砕き、胴《どう》を撃ち抜き、顔面を吹《ふ》き飛ばして、文字通り粉々に粉砕《ふんさい》する。

残った力を全て注《そそ》ぎ込んだラッシュをたたき込んだ直後、時間が動き始めた。

『――――ッ』

悲鳴を上げることすら敵《かな》わず、シェムハザの体ははじけ飛んでいた。

跡形《あとかた》もない。

〈ゾンネ〉の強度と破壊力があって初めて到達《とうたつ》できた領域だった。

現に、〈ゾンネ〉を嵌めていない左手は、ぐしゃぐしゃに潰れて拳も握れなくなっているのだから。

だが、ザガンはそこでさらなる絶望を目《ま》の当たりにする。

「馬鹿な！　これでも再生するだと？」

破片《はへん》すら残らず吹き飛んだはずのそれが、時間を戻《もど》したように復元されていく。

数秒の後には、最初に現れたときとなんら変わらぬ風貌《ふうぼう》のシェムハザが、そこに佇《たたず》んでいた。

その異常なまでの復元能力から、ザガンはようやく理解した。

――違う。ここに在るこれは、本体ではない。ただの端末《たんまつ》……いや、シンボルのようなものだ。

地に落ちた影のようなものだ。

よくよく考えれば、一万もの魔族がこの質量に収まるわけがない。どこか別の場所から、ここに影だけを落として操作しているだけなのだ。

コップの中を空にしたところで、湖からいくらでも流れ込んでくるのでは終わろうはずもない。

それでいて、コップ程度の力に限定してもらわなければ、ザガンは戦いにすらならなかっただろう。

――こいつを、どう殺せばいい？

ついぞ万策《ばんさく》尽きた、そのときだった。


「ザガンさまーーーっ！」


空から、そんな声が響いた。

見上げた空は夜の色をしていて、ぽっかりと浮かぶ月の中から箒《ほうき》にしがみ付いた少女が、墜、ち、てきていた。

「ネ、ネフィ？」

「――〈ほうき星〉！」

墜ちてくるネフィの体が、箒ごとまばゆい光に包まれる。

――魔力《まりょく》による障壁《しょうへき》か？

これは魔法ではない。魔術だ。

オリアスから与えられた力か……いや、恐らくネフィオリジナルの魔術だろう。その障壁が、あるいは〈天鱗《てんりん》〉に比肩《ひけん》しかねないほどの強度を持っていることが見て取れた。

単純極《きわ》まりない魔術だが、それをハイエルフの魔力を〈呪翼《じゅよく》〉――〈魔王の刻印〉まで上乗せしているようだ――で増幅《ぞうふく》してたたき込むとなれば話は変わってくる。

――〈呪翼〉に支えられた高硬度《こうど》の防御魔術《ぼうぎょまじゅつ》。

それが、背中から突き出す六枚の翼によってさらに加速する。

障壁が輝いて見えるのは、断熱圧縮によって大気が燃えているからだ。

こんなものが衝突すれば、小さな村くらい消し飛ぶことになるだろう。

果たして、文字通りほうき星のように降ってきたネフィは、そのままシェムハザへと体当たりをする。

『ごっ――』

突然《とつぜん》の乱入に虚《きょ》を衝《つ》かれたらしい。シェムハザはそれをまともに受けていた。

円環《えんかん》状に衝撃波《しょうげきは》が広がり、土煙《つちけむり》が天へと巻き上げられて巨大《きょだい》な雲を形成する。

いくら魔族の集合体とはいえ耐《た》えられる衝撃ではあるまい。そのまま地を抉って大きく吹き飛ばされていた。

〈魔王〉の鉄槌《てっつい》とも呼ぶべき、凄まじい一撃である。

――ネフィ、がんばって勉強していたものな！

我《わ》が身《み》のことのように嬉《うれ》しくて、ザガンは思わずグッと拳を握った。

「ひあああっ？」

だがネフィの方もその反動を殺しきれなかったようだ。

再び宙へと跳《は》ね返され、きりもみ状に墜ちてくる。

「ネフィ！」

それを、ザガンはなんとか受け止めることができた。

「はえええ……」

腕《うで》の中のネフィはぐるぐると目を回していたが、ひとまず大きな怪我《けが》はなさそうである。

「なんて無茶をするんだ！」

「――ザガンさま」

まだ焦点《しょうてん》も合っていないような眼差《まなざ》しで、しかししっかりとザガンの名前を呼ぶ。

「お許し、いただけますか？」

なにを、とは言わなかった。

でも、伝わった。

――敵わんな……。

ザガンはネフィの頭をぐしぐしと撫でる。

「いまのは、いい一撃だった。……もっとデカいのをぶち込めるか？」

「……ッ、お任せください！」

ネフィは自分の足で立ち上がると、〈アザゼルの杖《つえ》〉を掲《かか》げる。

その背には再び六枚の〈呪翼〉が輝き、ネフィは静かに唇《くちびる》を震《ふる》わせた。


『――其は星のごとく輝く者。天秤《てんびん》をいただき、善悪を調停する者なり――』


〈浄化の流星《アストレア・エクリクシス》〉――ネフィがもっとも得意とする神霊魔法である。

これまで幾度となくその力に助けられてきたが、いまのネフィには〈魔王の刻印〉と〈呪翼〉があるのだ。

その力はかつてのそれとは比較《ひかく》になるまい。

ザガンはそんなネフィを背に守って、前に立つ。

あの鉄槌を受けてなお、シェムハザは何事もなかったように立ち上がり、黒い刃を構えていた。

――よく視《み》ろ！

シェムハザの体は無数の魔族の集合体だ。魔力の流れも複雑を極め、銀眼で視てもとうてい読み解くことのできるものではなかった。

だが、体捌《たいさば》きなら見える。

斬撃を目で追えずとも、体が自然と反応する。

――十三人の〈魔王〉どもに比べれば、あくまで一振《ひとふ》りの刃だ。

あの卓越《たくえつ》した技量の十三人が同時に襲いかかってくることに比べれば、一振りに対処するだけでよいのだ。反応できないほどのものではない。

ザガンは刃の腹を指輪で叩く。

横合いからの衝撃に、魔族の刃も堪《たま》らずへし折れていた。

――刃物《はもの》であることに変わりはないか。

薄い刃を腹から叩けば、折れるのは当然である。

刃《やいば》もシェムハザの体の一部である。こちらも瞬時に復元されるが、その一瞬に隙《すき》が生まれる。

「――〈旋波〉！」

ザガンが選んだのは、ただ荒《あ》れ狂《くる》う魔力で渦《うず》を生むという、児戯《じぎ》にも等しい魔術《まじゅつ》だった。

『──されど天秤は砕《くだ》かれた。秩序《ちつじょ》は失われ、大地は緋《ひ》に染まるだろう。嘆《なげ》くままに貴女《あなた》は空へ身を投じられた──』


かつて魔王候補にもなれなかった哀《あわ》れな男が使った魔術。その妹であるステラは、これを聖と魔の力を混合した〈対極旋波〉という無二の魔術を生み出した。

ザガンが左の拳に乗せたのは、それとも違う答えだった。

これを銀眼を持つ者が使うとなると、事情が変わってくるのだ。

『ぐ、ぬ、あ、あ、あ、あ、あ、あ、あっ？』

体内で荒れ狂う魔力に、シェムハザが困惑の声を上げる。

それはそうだろう。体の内側で魔力の流れを滅茶苦茶《めちゃくちゃ》にかき回されたのだ。

『ごおっ？』

シェムハザの体が、人型から崩《くず》れる。

肩《かた》や足、頭からも別の体の一部が突き出し、異形の化け物へと変貌《へんぼう》していく。

「やはりな。魔力を乱せば、融合《ゆうごう》も乱れる」

魔族の集合体であるがゆえに、その結合に異変が起きればひとつではいられなくなる。

要は、分裂を始めるのだ。

だが、一万もの魔族を内包するシェムハザが体内の魔族を解き放てば、それだけで世界は滅《ほろ》びてしまう。

——アスモデウスの魔術とやらを視ていればな……。

フォルの報告では、アルシエラが作った〈崩星〉にも比肩する魔術を使ったという。

それがあれば一万の魔族ごとシェムハザを葬《ほうむ》り去ることもできただろうが、あいにくとザガンが盗《ぬす》めるのはこの銀眼で視た魔術だけである。

代わりに、ザガンは違う魔術を紡いでいた。

「——〈傀儡糸《くぐついと》〉——」

ザガンの両手の指からは、合計十本の糸が伸《の》びていた。

その糸に侵蝕《しんしょく》されたシェムハザの分裂が、ぴたりと止まる。

それは、再起不能の身だったシアカーンが、自分の体を操《あやつ》るために紡いだ魔術だった。

——もしも、これを俺に使ってきたなら、あのとき倒《たお》れていたのは俺かもしれん。

この魔術は神経を侵蝕して五体の支配権を奪《うば》うのだ。

きっとそれはシアカーンの望む決着ではなかったがゆえに、自分の体を動かすために使ったのだろう。

友になれたはずの男の魔術は、シェムハザの体すらも支配していた。

「ぐ、ううぅっ！」

だが、一万もの魔族である。

十本しかないザガンの〈傀儡糸〉では、とうてい支配しきれるものではなかった。

――だが、これでいい。これで、こいつはもう動けん！

ザガンの役目は、ここまでなのだ。

『――天の光はすべて星。あまねく輝き堕《お》ちゆく劫火《ごうか》。慈悲《じひ》はなく、嘆きもなく、畏《おそ》れもなく、苦しみもない。此《これ》は赦《ゆる》しの祈り――浄化の流星《アストレア・エクリクシス》！』

天から降り注ぐ光が、膨張《ぼうちょう》する魔族の体を消滅させていく。

『お、ごおおおおおっ』

絶叫《ぜっきょう》を上げながら、それでもシェムハザはその身を復元しようと足掻《あが》く。

ザガンは、その正面に立つ。

〈ゾンネ〉を握った拳に、幾重もの魔法陣が重なっていた。

ザガンは、この拳から全てを始めたのだ。

シャックスが〈魔王の鉄拳《てっけん》〉と名付けた、この拳から。

「人間の可能性は、確かめられたか？」

ザガンは拳を振り下ろす。

恐《おそ》るべき魔族の王は、今度こそザガンの前から消滅していた。

◇

「……もう、いいわ」

シャスティルの全力の高速剣《けん》を受けてなお、エリゴルはゆらりと立ち上がっていた。

神霊魔法を乗せた一撃《いちげき》は、〈魔王〉とて耐えられるものではなかっただろう。人狼化は解け、獣《けもの》の耳も、爪《つめ》も、尾《お》もなくしていた。

にも拘《かか》わらず、バルバロスは頬《ほお》を伝う冷《ひ》や汗《あせ》を止められなかった。

――なんだ？　まだ、なにかできるってのか？

バルバロスの疑問に応《こた》えるように、エリゴルはその目を覆《おお》う眼帯に手をかけた。

「――っ、シャスティル、トドメを刺《さ》せ！」

バルバロスが吠《ほ》えるまでもなく、シャスティルは剣閃を放つが、しかしその剣はひと筋としてエリゴルの身に当たることはなかった。

「……もう、全部、消えてしまえ」

そうして眼帯が引き剥《は》がされる——そのときだった。

エリゴルが、ピタリと手を止めた。


「あれ？　どうしてやめちゃうんですか、エリゴルさん？」


エリゴルの背後に、ひとりの少女が佇んでいた。

少女は場違《ばちが》いなほど明るい声で話しかける。

「あは、私、見てみたいなあ。エリゴルさん、いつも眼帯で瞳を隠《かく》しちゃってるんですもん。どんな瞳をしてるのか、私知りたいです」

後ろで手を組み、ステップを踏《ふ》むように軽い足取りでエリゴルの正面に回る。

「いいじゃないですか。見せてくださいよぉ。……って、あれあれ？　エリゴルさん、なんか震えてません？　寒いんですか？　そんな半裸《はんら》みたいな格好してるからですよぉ」

無邪気《むじゃき》な笑顔。

だが、その場にいる誰もが、指一本動かすこともできなかった。

――ヤベえ。こいつは、別格だ……！

万全《ばんぜん》の状態でも、シャスティルを連れて逃《に》げることを選択《せんたく》するだろう。〈魔王〉の中でも、この少女は明らかに違った。

それは、フォルの知らない、アスモデウスという〈魔王〉だった。

宝石族《カーバンクル》であるアスモデウスは、同胞《どうほう》の核石《かくいし》を奪い返すためには手段を選ばない。

だが、彼女《かのじょ》が真に悪名高い〈魔王〉と呼ばれるのは、煌輝石《エリアル・ブラッド》の持ち主に〝あること〟をするからなのだ。

煌輝石《エリアル・ブラッド》に触《ふ》れたことを心の底から後悔《こうかい》させるための拷問《ごうもん》。

これは、そういうときのアスモデウスだった。

エリゴルには、まだ隠している力があった。恐らく、この状況《じょうきょう》からでもバルバロスたちをまとめて倒せるほどのものだったのだろう。

だが、隠していた力の桁が違った。

強いとか相性《あいしょう》などという次元の話ではない。

この世の悪意全てで塗《ぬ》り固《かた》めたような執念《しゅうねん》の前には、どんな力があろうと関係ない。

ただ、黙《だま》って奪われるしかないのだ。

それは、エリゴルも同じだったのだろう。

あれだけ強大な力を振るった〈魔王〉が、頭から汗を伝わせ、肩で息をしている。

銀色の髪《かみ》と、菫色《すみれいろ》の瞳。その瞳の中に星の印を浮《う》かべた少女は、口元を三日月の形に歪《ゆが》めた。

「私、疑問だったんですよね。なんでエリゴルさんの通り名は《星読卿》なのかなって。だってエリゴルさん、占《うらな》いって言っても別に星を見て占ってるわけじゃないじゃないですか？　かといって、星を操るような魔術が得意ってわけでもないですし」

それから、鼻と鼻が触れそうなほど顔を近づける。

「もしかして、他になにか星にまつわるものを持ってたりするんじゃないかなあって」

星の印の浮かんだ眼を大きく見開き、少女はこう続けた。

「たとえば、その瞳が菫色で、星の印なんか浮かんでたりして？」

ビクリと、哀れにもエリゴルは身を震わせる。

少女は、それ以上、口を開かなかった。

ただ、黙ってエリゴルの顔を見つめている。

その眼帯の奥《おく》にある眼を凝視《ぎょうし》するように。

アスモデウスはゆっくりと、エリゴルの首に細い指を絡《から》める。

ガタガタと震えるエリゴルをひとしきり見据《みす》えると、その指に力を込め――

「――あは！　冗談《じょうだん》ですよ、冗談。〈魔王〉といえど、他人の秘密を詮索《せんさく》するのは私の趣《しゅ》味《み》じゃないんで？」

少女はおかしそうに笑うと、エリゴルの首から指を離《はな》した。

「――っ、はあ、はあ！」

がくりと膝《ひざ》を突き、エリゴルが荒《あら》い息をもらす。

そんな悪夢じみた光景を前に、声を上げることができたのはそんな光景を何度も目の当たりにしてきたただろう者だった。

「よく言う……」

呻《うめ》くようにつぶやいたのは、ウェパルだった。

少女はぐるんと首の向きを変え、ウェパルを見据える。

「あら、久しぶりですねえ、我が愛弟子《まなでし》。それ、毒です？　人の弟子にひどいことしますねえ。絆創膏《ばんそうこう》持ってます？　お医者さん呼んであげましょうか？」

心配しているのか馬鹿《ばか》にしているのか、少女の振るまいからは想像がつかなかった。

それから、親しげにエリゴルの肩を抱《だ》く。

「今日のところは私に免《めん》じて手打ちってことでいいです？　まあ、ダメって言われても手打ちにしちゃうんですけど！」

「アスモデウス。あなたは手打ちの意味をご存じないのでは？」

「もう、相変わらず可愛《かわい》げのない弟子ですねえ。……まあ、聖剣を媒体に神霊魔法を使ってみるっていうのはいいアイディアでしたよ？　あとは自由に使える聖剣の確保と、神霊魔法自体をもっと上手に使うのが課題ですかねえ」

そう語る少女たちは、黒いローブに包まれていく。

それが空間に穴を開けているのだと、バルバロスにはわかった。

「それではみなさん、ごきげんよう？」

その言葉を最後に、少女とエリゴルの姿はこの街から消えていた。

ドッと汗が噴《ふ》き出し、バルバロスは膝を突く。

「バルバロス！」

「……大丈夫《だいじょうぶ》だっての」

いや、あまり大丈夫ではないかもしれない。

魔力は使い切ってしまい、毒の中和に手が回らない。

それでも、ウェパルに向かって言う。

「いまのが、アスモデウスか。お前、あんなのを殺《や》るつもりなのか？」

ウェパルは心外そうに目を丸くする。

「バルバロス、キミは相手が強いからと言って戦うのを諦《あきら》めるのかね？」

「……ま、そりゃそうだな」

何度殴《なぐ》り倒されたって、バルバロスはザガンを倒すことを諦めない。

バルバロスが殺すはずだった師《アンドラス》を殺したのだ。その横取りの償《つぐな》いは、ザガンの死でしか贖《あがな》えない。

――いや、いまさらそんなのどうでもいいのかもしれねえ。

ただ、ザガンに勝ちたいのだ。

あの悪友に勝ったとき、バルバロスはようやく自分の人生を生きられるような気がする。

それから、シャスティルはウェパルに目を向ける。

「その、あなたはいったい、何者なのだ？　ハイエルフには見えないが、なぜ神霊魔法《しんれいまほう》を扱《あつか》えるのだ」

「お、そうだった。ありゃあどういう仕組みだ？」

バルバロスもそれに乗っかると、ウェパルは顔をしかめる。

「魔術師《まじゅつし》が自分の手の内を明かすと思うのかね？」

それから、紺碧《こんぺき》の瞳《ひとみ》でシャスティルを見上げると、小さくため息をもらす。

「だが、聖剣の乙女《おとめ》。キミには借りができたことになるか……」

ややあって、ウェパルは観念したように口を開く。

「現在、聖剣と呼ばれているその装置は、本来神霊魔法の増幅機関だったのだよ。天使とやらを人身御供《ひとみごくう》に捧《ささ》げる、その前からね」

「なっ――」

天使以前の聖剣の在り方。それはザガンですら知り得ぬ情報だった。

ウェパルはそんな反応を満足そうに眺《なが》めると、説明を続ける。

「その装置を使えば、ハイエルフでなくても神霊魔法を操ることができる。まあ、ある程度の資質は必要になるがね」

それから、ウェパルはその手の中にまた魔剣《まけん》を紡ぐ。

「この魔剣も、その機能を再現しようと試作したものだったのだよ。まあ、これ自体は失敗作だが、成果はあった。時間はかかるだろうが、手応《てごた》えはあるよ」

シャスティルが目を見開く。

「で、では、あなたは新たな聖剣を作ろうとしているのか？」

「そうなるね。聖剣に関してなら、〈魔王《まおう》〉を含《ふく》めても私以上の魔術師はいないだろう」

バルバロスは鼻で笑う。

「そりゃ魔術師が聖剣研究してなんになんだよ。ぶっ壊《こわ》してえんならわかるが」

「聖剣を壊そうとするな不埒者《ふらちもの》」

シャスティルが自分の聖剣を守るように抱きしめ、じとッと睨《にら》んでくる。

「ああん？　聖剣ってのは俺たちからしたら目の上のたんこぶなんだぞ？」

「だからあなたたちへの抑止力《よくしりょく》になるのだろうが」

「……はあ。帰りたい」

痴話《ちわ》ゲンカに巻き込《こ》まれたウェパルは、心底うんざりしたようにため息をもらす。

それが現在、ザガンが探している才能などと知るよしもない三人は、いつまでも口ゲンカを続けるのだった。

「……ったく、こっちはクタクタなんだ。余計な体力使わせんじゃねえよ……っとと」

ウェパルの傷が回復するのを待って、バルバロスは立ち上がる。

とはいえ、こちらもまだ受けた毒の中和が済んでいないため、よろめいてしまう。

その体を、そっと滑《すべ》り込むようにシャスティルが支えてくれた。

——あれ？　こいつ、こんないいにおいしてたっけ……。

普段の汗くささに慣れていると、ずいぶん新鮮《しんせん》に感じる。

「……？　なんだ？」

そうしてシャスティルを眺めていると、ふと見上げられてしまった。

思わず視線を逸《そ》らしそうになって、しかしそれだと逃げのような気がして見つめ返すと、
今度は自然と笑うことができた。

「なんでもねえ。帰るぜ、ポンコツ」

「ポンコツと言うな」

こうして、〈魔王〉をたった二人で打倒《だとう》するという未曾有《みぞう》の事件は、ようやく終わりを
告げたのだった。

『戻ったか、エリゴル』

　マルコシアスの古城に戻ると、エリゴルはそう迎《むか》えられた。

　丸メガネをかけた青年の隣《となり》には、糸目の青年が佇んでいる。《殺人卿《さつじんきょう》》グラシャラボラスの姿はない。あの狂人《きょうじん》は、すでに別の任務へと差し向けられているはずだ。

　糸目の青年が同情するようにつぶやく。

「その様子だと、あまり首尾《しゅび》はよさそうではありませんね。戦果の方は、やはり……？」

　エリゴルは彼《かれ》を無視して、マルコシアスへと頭《こうべ》を垂れる。

「マルコシアス。例の魔術師の引《ひ》き抜《ぬ》きは、失敗したわ」

『……そうか。お前が失敗するのなら、そういう運命だったのだろう。気にするな。お前の〈星読み〉はそう何度も使える力ではないからな』

　耐えがたい屈辱《くつじょく》。この男は、エリゴルの失敗を咎《とが》めてすらくれないのだ。

　代わりに、糸目の青年が口を開く。

「とはいえ〝扉《とびら》〟が開かれるのは確定した未来なのでしょう？　ならば、取り返しはつきますよ。誰《だれ》が開くかは、大した問題ではありません。……段取りは、少々組みにくくはなりますがね」

エリゴルは口を開く。

「代わりといってはなんだけれど、成果もあったわ」

『ほう……？』

「――アスモデウスの、弱点――」

この言葉に、丸メガネの青年が初めて表情を動かした。

――アスモデウスには、誰も勝てない。

当然のことながら、マルコシアスはアスモデウスを引き入れるにあたって彼女の宝物庫への対策を講じた。

だが、あの〈魔王〉が隠していた力は、こちらの想定を遥かに超えていた。

――〈奈落・禍月〉――あの力の前には、何者も及ばない。

〈魔王〉が三人がかりでも歯が立たないのだ。糸目を戦力に数えたとしても、なんの足しにもならない。

アスモデウスは自分以外の〈魔王〉全員から、粛清《しゅくせい》されるだろうことを覚悟《かくご》して生きてきた。その覚悟と執念は、〈魔王〉の力すら凌駕《りょうが》する。

よくて相討《あいう》ち。悪ければ逆に皆殺《みなごろ》しにされるだろう。

マルコシアスの計画にアスモデウスは必要だが、あれは誰にも制御《せいぎょ》などできないのだ。

現状最大とも呼べる問題がそれだったのだが、ようやく突破口《とっぱこう》が見えた。

『では、計画を次の段階に移行する』

自分を含めて命を道具としか思っていない男は、静かに動き始めていた。

◇

「あ、あなたも、そういう格好を、するのだな……」

一週間後。

シャスティル誕生日当日。バルバロスはシャスティルとふたりで街に出ていた。

——ザガンの野郎《やろう》もウェパルの野郎も、面倒《めんどう》なこと言いやがって。

これからシャスティルを食事に連れていくのだが、魔術師のローブを着て行こうとしたら思いっきり殴《なぐ》り倒された。

結果、先日のようにシャツとズボンという魔術師らしからぬ服装で、耳にはいくつものピアスを嵌めている。髪も結局後ろで結ばざるを得なかった。

――この格好、エリゴルにボコられたからあんま好きじゃねえんだけどな。

いつも通りの装備をしていたなら、あそこまで追い詰《つ》められもしなかったはずだ。

とはいえ、シャスティルの方も普段《ふだん》の私服ではなく、なんだか華《はな》やかな格好をしている。

全体的に青を基調としているのだが、スカートは腰《こし》がコルセット状になったもので、細かな装飾《そうしょく》の凝《こ》らされた真鍮《しんちゅう》のボタンが飾《かざ》り付けられている。シャツも普段のものとは違《ちが》って襟《えり》などに豪奢《ごうしゃ》なフリルがあしらわれ、その上に羽織るジャケットは長袖《ながそで》のわりには裾《すそ》は短く、前も開かれたものである。そこに赤いリボンが眩《まぶ》しかった。

この少女は一応貴族らしいのだが、すっかり没落《ぼつらく》しているのでドレスや装飾品《そうしょくひん》などの高級品は残らず手放してしまっている。

そんな少女が、精一杯《せいいっぱい》の背伸《せの》びでもするように凜《りん》とした格好をしているのだ。

髪も下ろしてはいるが、なにをどうしたのかふわふわと波打っていて、陽の光を浴びると磨《みが》かれた銅のように輝くのだ。

――ヤべえ。なんでこんな心臓がバクバク鳴ってんだ？

動揺《どうよう》で視線を泳がせながら、バルバロスも鼻を鳴らす。

「ま、まあ、お前も普段と違う格好してんじゃねえか。……あれだ。馬子《まご》にも衣装《いしょう》ってやつか？」

それがどちらかというと悪口になるらしいことはぼんやり知っていたが、バルバロスは他に服装への常套句《じょうとうく》というものを知らなかった。

これにはさすがにシャスティルも怒《いか》りに眉《まゆ》をひそめる。

「ひと言似合っていると言えないのか。今日は私、誕生日なんだぞ？」

「んなこと恥《は》ずかしくて言えるわけねえだろ！」

「ふえっ？」

お互《たが》い、すでにいっぱいいっぱいなのだった。

シャスティルは動揺を取り繕《つくろ》うように髪に指を絡める。

「か、髪は、ネフィとネフテロスがやってくれただのだ。服も」

「へ、へええ。まあ、連中、いつもいいもん着てるもんな。マニュエラ《あの鳥女》の趣味だっけか？」

「う、うむ。私も最初は彼女を頼《たよ》ろうかと思ったのだが、ネフィからすごい形相で止められてしまってな」

バルバロスは地に頭をこすり付けてネフィに感謝すべきだが、あいにくと彼はシャスティルがどれほど危険な真似《まね》をしようとしたかを理解していなかった。

そうやって手も繋《つな》げないまま並んで歩いていると、すぐに目的の店にたどり着いた。

「バ、バルバロス？　本当に、ここなのか？　なんか高そうな店だぞ？」

「値段なんか知らねえけど、場所はここで合ってるぜ？」

料金はあらかじめザガンが払《はら》ってくれているという。あの悪友がそんなに親切だとなにか裏がありそうなものだが、ここ最近あの男のせいで立て続けに妙《みょう》なことに巻き込まれている。ザガンなりの詫《わ》びなのだろうとバルバロスは受け取った。

扉からして金の装飾が凝らされた豪華《ごうか》なもので、店の前には品の良いジャケット姿の男たちが並んで立っていた。

「ようこそおいでくださいました。シャスティル・リルクヴィスト卿、そしてバルバロスさまでございますね？」

「お、おう」

「よ、よろしくお願いしましゅ」

店の雰囲気《ふんいき》に圧倒《あっとう》されたのか、シャスティルは早くも噛《か》んでいた。

よく考えたら知らない人間からこんな丁寧《ていねい》な対応を受けるのは初めてで、バルバロスも面食らってしまうが。

どうやら貸し切りのようで——他人に迷惑《めいわく》をかけないよう、ザガンの配慮《はいりょ》である——店内に他に客の姿はなかった。注文もすでに決まっているようで、バルバロスたちは座《すわ》っているだけで料理が運ばれてくる。

最初にテーブルに置かれたのは、食前酒だった。

「はん？　酒とはなかなか気が利《き》いてるな。量はみみっちいが」

バルバロスがそう言うと、シャスティルは顔を強張《こわば》らせる。

「え、これお酒なのか？　どうしよう、私、飲んでもいいのかな」

「お前、今日から十八だろうが」

教会の定めた法では、十八歳《さい》から飲酒が許されている。

シャスティルは、それでも警戒《けいかい》するようにグラスを睨み付ける。

「以前、出来心で少しだけ飲んでみたことがあるのだが、そのとき体が動かなくなって大変だったのだ」

確かに、この少女は酒など飲まない方がいいのかもしれない。

バルバロスはシャスティルのグラスを取り上げた。

「あ、なにをする」

「いや、飲めねえのに置いてたって仕方ねえだろ？　俺《おれ》がいただいてやるよ。味は悪かねえからな」

「私だって成人だぞ？　その、少しくらい、興味はある」

グラスを取り返すと、シャスティルは両手で抱《かか》えたまま難しい顔をする。

「えっと、これは飲み方などはあるものか？」

「そんなもんねえよ。ぐいっと行け。ぐいっと」

給仕《きゅうじ》の人間がなにか言うべきかとハラハラした様子で見守るが、そんな視線に気付く様子もなくバルバロスは言う。

やがて、シャスティルはなにを思ったのかグラスの中にスプーンを突《つ》っ込む。

ここで真に見事なのは、この様を目の当《ま》たりにしても口を挟《はさ》まず黙って見守った店の人間たちであろう。

スプーンに半分ほど溜まった透明《とうめい》な液体に、シャスティルは慎重《しんちょう》に口を近づけ……それからペロッと舌を出した。

——そんな飲み方あんのっ？

真っ赤な舌ががんばってスプーンを舐《な》める姿に、バルバロスはわけもわからず動揺した。

それから、シャスティルは目を見開く。

「あ、これ美味《おい》しい、気がする」

「そ、そうかよ。……ここの酒、回るのが早えな」

「そうなのか？」

パタパタと自分の顔を手で扇《あお》いで、バルバロスは疑問を投げる。

「つうか、酒飲むの初めてじゃねえんだな」

だったら、別にバルバロスが教える必要はなかっただろう。

なのだが、シャスティルは予期せぬ言葉を返す。

「確かにそうだが、誰かと飲むのは初めてだ」

「んぐッ」

その初めての相手が自分だという事実に、なぜか顔がゆるみそうになった。

とはいえ、まだ一気に飲むような勇気はないようで、ちびちびと舐めるようにグラスを進める。

「……」

「……」

沈黙《ちんもく》。

どういうわけか、言葉が出てこない。

次の料理が来るまでの間が持たない。

そんな沈黙に耐えかねて、先に口を開いたのはバルバロスの方だった。

「あー、誕生日なんだよな？」

「う、うむ」

「……んじゃ、これ」

素っ気ない口ぶりとは対照的に、バルバロスがテーブルに置いたのは可愛らしいリボンに飾られた小箱だった。

「え、これって……」

「……やる」

シャスティルが驚《おどろ》いたように目を丸くする。その頬がほのかに赤く染まるのを見て、バルバロスはついにその顔を直視できなくなった。

自分が首まで真っ赤になっていることなどつゆほども気付かず、バルバロスは視線を逸らす。

シャスティルの方も、戸惑《とまど》うようにうつむくが、その顔がまんざらでもなさそうに見えたのは気のせいではないと思った。

「えっと、ありがとう。……開けていいのか？」

「まあ、そりゃ……」

包みを開けると、シャスティルが声を上げる。

「わあ、これ、耳飾《みみかざ》りか？」

そこに収められていたのは、鮮《あざ》やかな翠《みどり》の石をあしらった耳飾りだった。

「ピアスってんだよ」

「綺麗《きれい》……って、これ、どうやって付けるのだ？」

手に取ってみたそれに、シャスティルが首を傾《かし》げる。どうやらピアスというものを付けたことがなかったらしい。

バルバロスは仕方なさそうにピアスの針を示す。

「耳に穴空けてその針ぶっ刺すんだよ」

「あ、穴っ？　体に穴なんて空けるのか？」

「変な言い方すんじゃゃねえ！」

とはいえ、よくよく考えると魔術師でもない少女には、少々抵抗《ていこう》があるものかもしれない。

——ウェパルの野郎！　ピアスやったら困ってんじゃねえか！

理不尽《りふじん》な怒りを募《つの》らせ、シャスティルの手からピアスを取り上げる。

「悪かったな。なんか、別のもん探——」

「──ま、待って！」

ピアスを取った手を、ギュッと握《にぎ》られてしまう。

普段、大剣なんぞ振《ふ》り回しているとは思えぬやわらかくて細い手だった。

「な、なななななんだよっ？」

「その、あなたも、付けているのだろう？」

バルバロスの耳に視線を向けて、シャスティルはつぶやく。

「なら、私も、付けてみる」

「いいのか？」

「せ、せっかく、あなたが選んでくれたものだし……」

そう言うと、髪をかき上げて耳をさらけ出す。

「さ、さあ、やってくれ！」

「俺がやんのっ？」

「だって、自分でするなんて怖《こわ》くてできるわけないだろう？」

グッと、言葉を詰まらせる。

「い、痛がんじゃねえぞ？」

「待て。やっぱり痛いのか？」

「いや、そりゃチクッとはするけど、そんな痛かねえぞ？　俺なんかいくつもぶっ刺してるし」

「本当だな？　信じるぞ？」

なんだか変な気分になってきて、バルバロスはさらに視線を泳がせる。

「じ、じゃあ、やるぞ？」

「ああ。ひと思いにやってくれ」

なにやら祈《いの》るように目を瞑《つぶ》る。

そこでバルバロスが視線を吸い寄せられたのは、控《ひか》えめな薄《うす》い唇《くちびる》だった。

――いやいやいや、なに考えてやがんだよ！

そのまま唇を重ねたい欲求をぐっと堪《こら》えて、バルバロスはシャスティルの耳に触れる。

「――ひうっ」

「へ、へへへ変な声出すんじゃねえよ！」

「し、仕方ないだろう？　耳って、なんかその……人に、触《さわ》れるようなところでは、ないだろう？」

そんなところにこれから針を刺そうとしている自分に、なにか倒錯的《とうさくてき》な気持ちがこみ上げてくる。

頭を振って、バルバロスはもう一度ピアスを構える。

「じゃあ、今度こそ、やるからな？」

「うむ。覚悟はできている」

そうして、バルバロスは形のよい耳たぶに、ピアスの針を突き刺した。


「痛ッだーーーーーーーーーーーーっ？」


シャスティルは思いっきり悲鳴を上げた。

「嘘《うそ》つき！　めちゃくちゃ痛いじゃないか！」

「嘘なんてついてねえ！　お前が痛がりなんだよ」

「針刺《はりさ》されて痛がってなにが悪い！」

とはいえ、バルバロスの方も極《きわ》めて動揺していた。

「ああもう、動くな。服に血ぃ付くだろ」

「血っ？　血が出てるの？」

「だ、だだ、大丈夫だ。ほら、こんなのすぐ治せるし」

治癒《ちゆ》魔術《まじゅつ》まで使って出血を止めて、バルバロスは額の汗を拭《ぬぐ》う。

それから我に返ってシャスティルを見ると、涙目《なみだめ》で睨まれていた。

「あ、あー……似合ってんぞ？　それ」

「――ッ、そ、そんなのじゃ誤魔化《ごまか》されないからな！」

耳が真っ赤になっているのは、血で汚《よご》れたせいではないだろう。

シャスティルは反対側の耳を向けてくる。

「……次は、痛くするなよ？」

「付けんのかよ」

「片方だけ付けたって仕方がないだろう」

それから、やはりもう一度シャスティルの悲鳴が響《ひび》くのだった。

ちなみに、後日ウェパルから『鬼《おに》かキミは。ピアスをつけるならちゃんとした器具で穴を開けるなり麻酔《ますい》をかけるなりしてやりたまえ』と叱《しか》られることになるのだが、それはまた別の話である。

「すごく美味しかった」

食事が終わり、店を出るとシャスティルが信じられないというように頬を押《お》さえて至福の声を上げていた。

「まあ、なかなかだったな」

普段、食事の味など気にしたこともなかったが、そんなバルバロスでさえ唸《うな》るくらいには美味《うま》い店だった。

シャスティルは、しみじみつぶやく。

「そうか……。食事というものは、こんなにも美味しいものがあったのだな。知らなかったよ」

「そうだな」

壊滅的《かいめつてき》な味覚のふたりに、まともな食事の味を教えたいというザガンの願いは、ここに一粒《つぶ》の希望を芽吹《めぶ》かせたのだった。

それから、バルバロスは満足そうに笑う。

「ま、今度ウェパルの野郎にも礼を言っとけ。あいつ、なにかと世話焼いてくれたからよ」

その名前に、シャスティルはビクリと身を震《ふる》わせた。

「その、聞いてもいいだろうか？　あなたは、彼女とはどういう関係なのだ？」

バルバロスは首を傾げた。

「彼女？　ウェパルのことか？　あいつ男だぞ？」

「へ？」

愕然《がくぜん》とするシャスティルに、バルバロスは声を落として言う。

「それ、本人に言うなよ？　あいつ、女扱いされっとキレるんだよ。だったら男らしい格好しろってのに……って、おい？」

シャスティルはなにか真っ白になったように硬直《こうちょく》していた。

それから肩《かた》を揺《ゆ》すってやるとようやく我に返ったようで、乾《かわ》いた笑い声を上げる。

「あ、あー、そ、そう、なのだな？　ははははは、はは……」

そんな反応に、バルバロスの胸に不安が過る。

――こいつ、ああいうのが好みなのか……？

確かに、ウェパルは男にしておくのがもったいないくらいの美形である。

シャスティルが心を奪《うば》われても無理はない。

――いや、でもそれならこんなデートみたいなことに付いてきたりしねえよな？

ひとりで懊悩《おうのう》していると、足元になにかの紙束が纏《まと》わり付いてきた。

「ああん？　なんだこりゃ」

拾い上げてみると、それはゴシップ誌のようだった。

ただ、ゴシップ誌にしては薄っぺらいというか、本誌とは違う号外かなにかのようだった。

シャスティルもそれを覗《のぞ》き込んで眉をひそめる。

「号外？　なにか事件でもあったのか」

「みてえだな」

先日も〈魔王〉や魔族《まぞく》が暴れ回っていたのだ。またなにか異変が起きているのかもしれない。

そう思ったふたりは、記事の見出しを見て凍《こお》り付くことになった。

『聖剣《せいけん》の乙女熱愛！　お相手は最も〈魔王〉に近い魔術師っ？』

「「はああああああああああっ？」」

そこにはシャスティルとバルバロスのことがおもしろおかしく綴《つづ》られていた。

いや、それだけではない。挿絵《さしえ》のような絵が印刷されていると思ったら、それは独りでに動いてしゃべり始めたのだ。

『その男は私のだぞ！　知らないやつらが私の知らないところで勝手に取り合うな！』

『はあああっ？　俺がお前以外の誰に取られるってんだよふざけんな！』

それはバルバロスがザガンたちと共に開発した〈封書《ふうしょ》〉と呼ばれる魔術《まじゅつ》だった。過去の記憶《きおく》を投影《とうえい》するというものだが、いったい誰に見られていたのか。

「「はっ」」

我に返って、周囲を見渡《みわた》す。

すでにこの号外は広まっているようで、街中の人間から――それこそ聖騎士《せいきし》も魔術師も問わず、好奇《こうき》の目を向けられていた。

「て、てめえら！　見せもんじゃねえぞ！」

そう怒鳴《どな》ると同時に、ゴシップ誌からも声が響く。

『て、てめえら！　見せもんじゃねえぞ！』

バルバロスがたったいま叫《さけ》んだ言葉が、そのまま再生されたのだ。

慌《あわ》ててページをめくってみると、そこには愕然とするバルバロスとシャスティルが映っていた。

「現在進行形《リアルタイム》で実況《じっきょう》されてんのっ？」

「バ、バリュ、バルバロシュっ？　ど、どどど、どうしようっ？」

「おち、おおおお落ち着け？　こんなの、どうってこと……」

うろたえるふたりに、誰からともなく拍手《はくしゅ》が始まる。

「おめでとう！」「お似合いだよ」「末永く幸せにな！」「爆発《ばくはつ》しろクソが」

そして投げかけられる祝福の言葉。

「祝ってんじゃねえよおおおおおおおおおおおっ！」

バルバロスの絶叫《ぜっきょう》をよそに祝福の拍手はいつまでも止《や》むことはなかった。

この号外は、聖都ラジエルを含めた大陸全土に配布されており、それまで剣《けん》を向け合うことしかしてこなかった聖騎士と魔術師の関係に大きな変化をもたらすことになる。


そんなふたりを、離《はな》れた場所から見下ろす人影《ひとかげ》があった。

「――貴様、本当に恐《おそ》ろしいな」

「ふ、褒《ほ》め言葉《ことば》と受け取っておくのじゃ」

自分の要求を遥《はる》かに超《こ》えて完璧《かんぺき》以上の仕事をこなした《妖婦《ようふ》》ゴメリに、〈魔王〉ザガンは惜《お》しみない報酬《ほうしゅう》を贈《おく》ったという。

◇

「お姉ちゃん、これ、〈魔王〉のとこのふたりだよね？」

「あはははは っ！　すっごい騒《さわ》ぎになってるね」

聖都ラジエルにて、ポストに投函《とうかん》されていた号外を目にしたリゼットに、ステラは腹を抱えて大爆笑《だいばくしょう》を上げていた。

「はーっ、これザガンの仕業《しわざ》だよね？　よくこんなひどいこと思いつくなあ」

「お姉ちゃん、笑いすぎだよ」

たしなめつつも、リゼットも苦笑《くしょう》を堪えきれなかった。

そうしていると、聖騎士たちが駆《か》け寄ってくる。

「ディークマイヤー卿《きょう》！　招集でございます。至急大聖堂にお戻《もど》りください！」

「あはっ、いまさらなに相談しても手遅《ておく》れだと思うけどなー」

まあ、用件などわかりきっている。

「リゼット、ちょっと行ってくるねー」

「お姉ちゃん、真面目《まじめ》に仕事しないとダメだよ？」

「やー、あたしはいつだって真面目に遊んでるよ？」

パタパタと手を振って、ステラは上機嫌《じょうきげん》に去っていった。

「仕方ないんだから……」

ため息をもらして、リゼットもステラとは逆の方向に足を向ける。

街中すごい騒ぎになっているが、リゼットは今日も聖都の学校があるのだ。

そうして学校へとしばらく歩いたころだった。

「……？」

なにか妙な気配……というより、声だろうか。なにかに呼ばれたような気がして、リゼットは足を止める。

声の方に目を向けると、薄暗《うすぐら》い路地が延びていた。

――なんだろう。お姉ちゃんを呼んだ方がいいかな？

とはいえ、向こうも忙《いそが》しそうだった。

リゼットは抱えていた本を盾《たて》のように構えると、路地の奥《おく》を覗き込む。

「誰かいるんですか？」

その呼びかけに、返ってきたのはうめき声だった。

苦痛に喘《あえ》ぐような声。

——怪我《けが》してるのかな……？

小さく深呼吸をして、リゼットは路地へと足を踏《ふ》み入れる。

「大丈夫《だいじょうぶ》ですか？　誰か、人を呼びましょうか？」

声をかけながら奥へと進んでいくと、果たしてそこにはひとつの人影が横たわっていた。

——魔術師《まじゅつし》……？

暗くてよく見えないが、ローブをまとっているのがわかる。

もう一度声をかけようとすると、その人影は嘆《なげ》くようにこうつぶやいた。

『〝ソロモン〟は失敗した。人間は、可能性など持ってはいなかった』

顔のない影《かげ》のようななにかが、落胆《らくたん》したように、嘆いていた。

あとがき

皆さまご無沙汰しております。『魔王の俺が奴隷エルフを嫁にしたんだが、どう愛でればいい？』十六巻をお届けに参りました。手島史詞でございます。

バルバロスにまさかのモテ期到来！　お相手はマルコシアス陣営の〈魔王〉エリゴルと、無関係なのに巻き込まれた元魔王候補のひとりウェパル。しかし当のバルバロスは未だにシャスティルの誕生日プレゼントも決まっていなくて。そんな策動（？）の裏で、かつてザガンを恐怖させた怪物が帰還していた。聖騎士と魔術師の融和計画は上手くいくのか？

というわけで前回、フォルががんばったりネフィの誕生日会があった裏でなにが起きていたのかというお話になります。

表と裏で分けたのに、結局今回も十五巻と同じくらい分厚くなってしまいました。いったいどうして……。

でも二冊にしたおかげで、書きたかったネタを気が済むまで書けて作者は満足です。やはりすれ違いネタは、バルバロスとシャスティルによく似合う。

内容に関してはこんなところにして、皆さまに重大なご報告があります。

『魔王の俺が奴隷エルフを嫁にしたんだが、どう愛でればいい？』アニメ化企画進行中！

わーっ、アニメ化ですってよ皆さま！　しゃべって動くザガンとネフィが見られますよ。ここまで長かったー！

いろいろ騒ぎたいところではありますが、今回はひとまずご報告ということで。詳しくはＳＮＳ等での続報をお待ちいただければ。

それと、今回は本編十六巻に加えてコミック第九巻と、さらにバルバロスが主人公のスピンオフ『悪友の俺がポンコツ騎士を見てられないんだが、どう世話を焼きゃいい？』が三冊同時発売となっております！

コミックの方も里帰り編佳境に入りまして、ちっちゃくなったネフィがちょこちょこと動き回っております。ザガンが初めて膝を突かされた幼女三人による「パパ大好き」の破壊力は凄まじいので是非是非お確かめくださいまし！

スピンオフは原作三巻と四巻の間の時系列（夜会編と里帰り編の間）となっておりまして、すでにいろいろ拗らせているのに無自覚なふたりのポンコツをお楽しみいただければ。ちなみに今回登場しましたウェパルもちらっと顔を見せていたりします。


それから近況です。

ファミ通文庫さんより、久しぶりに新作出しますー！　一年ぶりくらいですかね？　タイトルは『ポンコツ最終兵器は恋を知りたい（仮）』。古代遺跡を探索していたら謎のカプセルに入った最終兵器の女の子を発掘してマスターになってしまうファンタジーラブコメとなっております。来月十二月末ごろにはお届けできるのではないかと思います。

あと、猫を飼おうと思っております。

里親を募集している組合があるので、現在そちらでお見合いなどをしている最中でございます。相性やらもありますのですぐに決まるものではなさそうですが、仲良くなれるといいなあ。


それでは今回もお世話になりました各方面へ謝辞。

またしても分厚くなって申し訳ありません担当Aさま。今回も可憐美麗なイラストを仕上げてくださいましたイラストレーターCOMTAさま（特に口絵見開きがもう！）。コミックおよびスピンオフネーム板垣ハコさま。スピンオフ双葉ももさま。両コミック担当さま。他、カバーデザイン、校正広報等に携わってくださいましたみなさま。いつもお菓子作ってくれたりご飯作るの手伝ってくれる子供たち。そして本書を手に取ってくださいましたあなたさま。

ありがとうございました！

二〇二二年十月　金木犀の香り漂うお昼に　手島史詞

Twitter：https://twitter.com/ironimuf8

FANBOX：https://prironimuf.fanbox.cc/

HJ文庫 https://firecross.jp/
1042

魔王の俺が奴隷エルフを嫁にしたんだが、どう愛でればいい？16
2022年11月1日　初版発行

著者――手島史詞

発行者―松下大介
発行所―株式会社ホビージャパン

〒151-0053
東京都渋谷区代々木2-15-8
電話　03(5304)7604（編集）
　　　03(5304)9112（営業）

印刷所――大日本印刷株式会社

装丁――世古口敦志（coil）／株式会社エストール

Printed in Japan

ISBN978-4-7986-2985-8　C0193

ファンレター、作品のご感想お待ちしております

〒151－0053　東京都渋谷区代々木2－15－8
(株)ホビージャパン HJ文庫編集部 気付
手島史詞 先生／ COMTA 先生

アンケートはWeb上にて受け付けております

https://questant.jp/q/hjbunko

- 一部対応していない端末があります。
- サイトへのアクセスにかかる通信費はご負担ください。
- 中学生以下の方は、保護者の了承を得てからご回答ください。
- ご回答頂けた方の中から抽選で毎月10名様に、HJ文庫オリジナルグッズをお贈りいたします。